现实主义与当代文学前沿
——文学博士课程对话录

张丽军 等著

本书的出版获得山东省齐鲁文化英才项目的经费支持

山东文艺出版社

图书在版编目（CIP）数据

现实主义与当代文学前沿：文学博士课程对话录 / 张丽军等著. —济南：山东文艺出版社，2021.11
ISBN 978-7-5329-6459-8

Ⅰ.①现… Ⅱ.①张… Ⅲ.①文学研究—文集 Ⅳ.①I0-53

中国版本图书馆CIP数据核字（2021）第207324号

现实主义与当代文学前沿：文学博士课程对话录
XIANSHIZHUYI YU DANGDAI WENXUE QIANYAN：WENXUE BOSHI KECHENG DUIHUALU

张丽军 等著

主管部门	山东出版传媒股份有限公司
出版发行	山东文艺出版社
社　　址	山东省济南市英雄山路189号
邮　　编	250002
网　　址	www.sdwypress.com
读者服务	0531-82098776（总编室）
	0531-82098775（市场营销部）
电子邮箱	sdwy@sdpress.com.cn
印　　刷	山东新华印务有限公司
开　　本	710毫米×1000毫米　1/16
印　　张	13
字　　数	187千
版　　次	2021年11月第1版
印　　次	2021年11月第1次印刷
书　　号	ISBN 978-7-5329-6459-8
定　　价	56.00元

版权专有，侵权必究。如有图书质量问题，请与出版社联系调换。

序 言

  2016年,我被遴选为中国现当代文学专业的博士研究生导师。从2017年开始,我给博士研究生开设的课程是当代文学史理论与实践,同时与其他老师合上一些博士研究生的专业基础课。《现实主义与当代文学前沿——文学博士课程对话录》的主要参与者是从2017级和2018级的中国现当代文学专业博士研究生,以及个别硕士研究生,时间是从2019年2月到2019年6月,原生态呈现了这一学期博士研究生课程的基本风貌。

  对于博士研究生的培养,除了开设专门的博士研究生学科课程,我倡导本硕博一体的贯通式、跨年级的对话式教育。德者不孤。我在东北师范大学文学院读博士时,我的导师逄增玉教授的硕士生课上,就有大量博士生在听课学习。下课时,硕士生和博士生一起向老师提问题,气氛很融洽。读博时,我曾到吉林大学文学院旁听过李新宇教授的一学期课程。李新宇教授的课不仅高年级本科生、硕士生、博士生一起听,还有一些本校和外校的老师专门来听课学习。李新宇老师是山东人,美髯公,讲到动情处,泪光闪闪,印象很是深刻。2014年到2015年期间,北京大学中文系温儒敏先生受聘山东大学文科一级教授,给山大的中国现当代文学专业的博士生上课。温儒敏先生邀请山师的中国现当代文学博士研究生过去交流。机会很难得,我也提出过去听课学习,温老师就说过来给学生点评吧。温老师第一堂课,就以家乡三个钉子钉一张牛皮的例子,告诉我们,大家要相互学习,相互交流,山大、山师的博士生要常联系、切磋交流,以此来建立一个学术取暖团,彼此激励,推进共同体的学术事业。温老师在山大的中国现当代文学博士专业课上,就出现了博士生主讲、其他老师点评、温老师最后主点评和总结的学术热潮。课堂上,除了温老师、山大、山师的博士生，还有山大、山师的其他老师、硕士生、本科生，以及其他不同学科慕名而来的站着听讲的学生。温老师也给这些站着听讲的、外专业的学生交流机会。温老师建立起了一个包容性很大的学术取暖团。完整听了温老师一学期的课，我和山师的博士生受益匪浅。这都让我思考博士生的培养应当是一个开放的、包容的、扩展的教育。目前，文科博士招生名额紧张，一个老师每年能带一个就很不错了，很多老师是两年或三年招一个。这种情况下，博士生的开放式培养就显得更为重要。

博士研究生教育要树立学术自信心和对本学科、专业的认同感。在本硕博一体化教育中，山东师范大学文学院中国现当代文学专业很重视学科的历史教育和学科的认同感教育。多年来，山师中国现当代文学专业硕士生、博士生入学的第一课，都是由德高望重的朱德发先生来讲。朱先生虽然一口胶东话，新生有点听不懂，但都竭力去理解和记住每一个词语和声调。很多毕业的博士和硕士，都以听过朱先生的课为荣。博士研究生们在朱先生的课上，渐渐听懂了他的话语，切身感受一个学科的历史积淀和学术传统。我在本科生《中国现代文学史》的第一课和与博士、硕士的对话中，讲述山师中国现当代文学学科的历史，而且这个历史在不断打开和丰富中。2007年，在吴义勤先生带领学科山东师范大学中国现当代文学申报国家重点学科过程中，学科从学校档案室发现了一份极为重要的史料：1954年，当时中国政务院批准山东师范学院等四所高校（其他三所是北京大学、南开大学、武汉大学）试招中国现代文学专业研究生的函件档案。当时研究生招生，看的是导师，而不是高校，正是因为有田仲济这位中国现当代文学学科开拓者的原因，政务院批给了山东师范学院。1981年，山师的中国现当代文学学科获得国内首批硕士学位授权点；1998年，获得中国现当代文学博士学位点的授权，这是山师第一个文科博士学位授权点；2005年，获得中国语言文学一级博士学位授予权；2007年，山师的中国现当代文学获批为国家重点学科；2016年，中国语言文学一级学科，成功入选山东省首批一流学科。学位授权点的获得是一个学校办学实力最重要的体现和标志，是以往历代学者、诸多先生努力奋斗的结果，所以要倍加珍惜，新一代学生要给她添光加彩。

一个学校、一个学科办得好不好，主要看她是否培养出了优秀人才。山东师范大学文学院的中国现当代文学、文艺学等专业，因为获得研究生学位授权点较早，加之有一批名师，吸引了一批来自中国四面八方的学子来报考，生源充足优异。因而，自20世纪80年代以来，山师中国现当代文学培养出了一批国内知名的学者、专家，活跃在中国高校等人文社科界。这也是很重要的学科历史教育内容。

对山师中国现当代文学学科历史的整理，是推进学科教育很重要的基础工作。因为一些因缘际会的关系，我带领研究生们做了一些学科历史的、学科老师的资料整理研究工作。2014年，《传记文学》的主编郝庆军到济南来，说要做一个20世纪80年代文学批评家的专栏，约我做宋遂良的批评家传记。我欣然同意，就安排研究生丁美华搜集资料，合作撰写了关于宋遂良的批评家传记，在《传记文学》刊发。2015年，《文艺报》的李云雷博士邀请我做一个关于朱德发先生学术研究的访谈。我就带领研究生李君君到朱先生家里做了一个四个小时的访谈，整理后的文字压缩版在《文艺报》刊发。长达两三万字的、关于朱先生童年等珍贵资料的长篇访谈，在《百家评论》刊发。2017年12月，在文学院杨存昌院长和学科带头人魏建先生的支持下，召开了孔孚先生作品研讨会，参会人员一半以上在70岁以上。2020年初，我大力推进、组织整理编撰的五卷本《孔孚诗文书论集》，在孔孚大女儿孔德铮大姐、山东画报社宋刚先生、文学院孙书文院长等人的积极参与和大力帮助下，顺利出版，为下一步的孔孚研究提供丰富史料。学科的历史就是这样建构起来的。我多次跟我的博士生、硕士生说，孔孚先生之于山师中国现当代文学学科、之于中国当代诗坛独特而重要的价值，依然没有被很好地挖掘起来，是一个文学富矿。

在整理学科内部历史、资料，推进学科历史学术化、为博士生们建构学术信心和学术传统的同时，我积极向外开拓，寻找各种鲜活的、丰富的学术资料，推进本硕博一体化学术建设。为此，在担任山师文学院副院长期间，我顺应校庆、院庆，设立院友论坛，邀请王兆胜、罗振亚、张清华、刘复生、鲁太光、李浴洋等不同年龄段的优秀院友回来跟新一代山师学子交流，取得了很好的交流效果。与山东省作家协会合作，邀请山东省签约作家许晨、刘照如、刘玉栋、王方晨、寒烟、王夫刚、东紫、常芳等优秀作家来跟学生交流，出现了学生为参加交流而一票难求的火爆场景。本书中，著名作家王方晨就参加了我的博士课程，对其最新的、有较大的影响力的作品进行了对话交流。文学鲁军的重量级作家张炜主席等人多次到文学院做主讲和对话式交流。本书中对张炜、赵德发、红柯、李洱、关仁山、陈彦等作家作品的谈论，就是建立在与这些当代作家的活跃对话基础上的。所以，我的博士研究生们对当代文学名家名作一点也不陌生，谈起来如数家珍，熟练自如，推进了现当代文学博士研究生与时代的对接、与前沿问题的对接、与作家思想的对接。

  在博士课程中，我根据博士生的需求，在积极探讨学术前沿问题的同时，把自己的阅读、学习、思考，乃至撰写学术论文的思路结构、困惑难点的打开、研究的峰回路转跟他们一一交流，以推进博士研究生的论文写作能力的提升。而在对一个个学术前沿问题和重要作家作品的探讨中，我们不仅触及文本细节、触及人物形象的情感深处，而且触及每一个研讨者的个体生命记忆和情感深处，来分析文学、人物、语言和情感，思考人生、世界、过去和未来，达到了对世界、作品、作家和自我的深刻理解。博士研究生的发言，每每深深打动我：田振华谈起不可理解、匪夷所思的"通灵"问题；孙佃鑫说我是知道自己最后归宿的人，我的叔叔指着祖坟旁边的一块空地说这是你的位置；范伊宁说起母亲做的枣花馒头等。以及好学的刘玄德、刘兰慧、曹昙昙等硕士生的加入，都让我们的博士课程论坛更加鲜活、生动、摇曳多姿。

  "生活何处不泥泞，泥泞也是世界的一部分，我们行走的路上哪能没有尘土呀，这个世界肯定有泥泞，我们才感觉到它的存在。生活就是这样复杂，生活处处都是江湖，主要是如何处理它。"我每每被博士们的发言所激发、启示和进一步思考文学。这本书处处见出我们的心灵、情感、趣味、生活和每一个人的具体而独特的世界。

  "我想做的是对好的作品的挖掘，阐述其价值，烧一块千年不坏的金砖，把作品的前因后果、历史背景、时代气息、未来价值进行一整锅的熬制，是研究式的批评。"烧制一块"千年不坏"的"金砖"，就是我做文学批评的理想。

"顺子是一个非常值得我们敬重的人，他是一个用劳动来获得尊严和价值的人。但是只有坚忍是不够的，我们还要成为一个顶天立地的人，去改变命运，要有理想的光芒，我们可以获得自我生命的愉悦，我们可以带给别人更多的光和希望。"我们研讨陈彦的《装台》，提出了我们的主张。"在这个世界，我们探讨文学、探讨生命、探讨情感，我们是能够互相读心的人。"

感谢帮助过我们的老师、朋友和同学们！感谢山东文艺出版社！感谢本书编辑王春晓和美编徐潇的付出和辛劳。

张丽军
暨南大学第一文科楼
2021 年 10 月 17 日

目 录

21世纪长篇小说现实主义流变 / 001

21世纪以来的知识分子写作 / 008

21世纪以来文学中的"潘晓问题" / 026

21世纪以来的科幻文学 / 040

21世纪以来的历史写作 / 060

21世纪现实题材的网络写作 / 081

赵德发《经山海》细读 / 095

陈彦《装台》细读 / 113

关仁山《金谷银山》细读 / 127

王方晨《老实街》细读 / 141

当代文学学术热点交流 / 163

博士论文写作的思考 / 181

21世纪长篇小说现实主义流变

时　间：2019年1月14日
地　点：山东师范大学千佛山校区3141会议室
主讲人：张丽军
参与人：范伊宁、孙佃鑫、姚婷婷、石琦、
张艳庭、刘兰慧、田振华

这学期的讨论，我想有一个新的主题：从 21 世纪中国长篇小说创作出发，关注长篇小说创作的现实主义特征。这个现实主义不是以往那种传统的现实主义，而是和时代背景相关的、相吻合的、相匹配的现实主义。这两年，现实主义依然是一个备受关注的问题，特别是在当代中国，这是一个极具变迁的语境，它提出了很多新的问题。记得 2015 年，我在鲁迅文学院学习的时候，李洱对这个问题谈论得很好，他说，有人认为今天的中国，是用三十年的时间完成西方三百年的发展历程，那么在这种语境下，怎么快，怎么变化，我们都不会觉得奇怪。这就是一个新时代的新需求。另一方面，在这个时代里，我们的传播方式、创造方式发生了急剧变化，我们的长篇小说创作每年达到三四千部，甚至五千部。今天的这种活生生的现实，这个巨变的现实，以前所未有的方式扑面而来。因此我们的生活需要沉淀，需要积累，需要深入，你要去走遍世界，行万里路，读万卷书。可我们今天发现，信息巨量增长，很多信息扑面而来、同步而来，它改变了生活和文学的关系，让生活发生了巨大的变化，也带来了文学创造的变化，带来了文学传播的变化。今天整个世界的语境，是科技发展带来的语境，它在极大地改变文学创作的生态、文学评价的生态和文学传播的生态。所以，我个人认为，当代文学的经典化是以一种加速度的方式来发展，它跟过去不一样。这就是我们今天正在发生的事实，它正改变着我们的生活。这些为我们提供了描写的可能性，你不描写它，你就进入不了今天的现实，这就是我们这一时段面临的困境。

生活的表象化、符号化、信息化，使我们感到好像世界就在我的眼前，好像我就是宇宙的中心，只要我上了网，世界都在我这儿。但是我们的体验是由两方面构成的，一方面是信息的丰富，另一面是一些信息和感觉的遮蔽，这是需要我们警惕的。李云雷提到，今天的生活在乡村如何如何，我们常常着眼于乡村的细节，它的呼吸，它的脉搏。谁人故乡不沦陷？故乡是如何沦陷的？大家都说乡村的消失，乡村是如何消失的？可能我们有着无人进入的另一种生活的真正现实。正是在这种两重背景下，我们提出当下中国长篇小说的现实主义。

事实上，现实主义是文学的一种审美形态，一直是中国文学的主流之一。我们中国文学有两个传统，一个是现实主义传统，一个是浪漫主义传统。关于现实主义，我们从《诗经》上的《国风》中能感受到当时老百姓的呼号。《诗经》不就是一个一直联系现实，同时写入当下的现实主义的作品吗？文学从来不能回避现实，要书写当下的现实。当年汉乐府的官员们去下面采风，把老百姓的疾苦、声音，包括民歌、童谣，采集上来，编纂成诗歌，这不就是发现人民的呼声吗？文学和人民同呼吸，用文学的方式来体察民情，去了解一个社会的变迁，以及人们的生活日常和心灵的精神，它同《诗经》的写作是一个层面的意思。包括我们提到的，像汉代司马迁的《史记》，像魏晋时期鲍照等人的创作，实际倡导的是一种实录精神。到唐代，杜甫的"三吏""三别"，白居易的《卖炭翁》，都是当时社会生活的写照。文章要合于事实，要展现时代。

中国现代文学受西方文学的影响较大，二十世纪二三十年代，我们倡导写实主义，比如左拉的自然主义，同样也是一种社会生活的呈现。五四时期，左翼文学倡导一种追求速朽的文学、自我的文学，不求永恒，不求文学性，只面向社会现实，促进社会改造，不追求艺术性，只追求文学的现实效果。哪怕是街头宣传、街头朗诵，都要结合演讲，艺术家们自动走向街头演讲。抗战时期文章下乡、文章入伍等，他们强调的是救国于危难之中，他们写的是大文章，要让大部分人看得懂，把民众充分调动起来。不同时代的现实主义，有不同的流变，不同的变迁。新中国成立之后，现实主义又发生了很大的变化，书写革命历史的小说如雨后春笋般涌现出来。为什么那个时代出现了这么多有关革命的小说？因为我们要书写历史记录，我们要用革命的历史证明，我们实现的是一个合法性的社会，我们的逻辑就是没有共产党就没有新中国，这是一种叙述的逻辑。到了五十年代，现实主义就成了社会主义路线的一种讨论，讨论我们应该怎么走路、走什么路。讨论是非常激烈的，像《我们夫妇之间》《霓虹灯下的哨兵》，都体现了新的审美趣味的变化，这些都是对现实的书写。为什么引起那么大的争议，因为它触及了痛点。五十年代我们倡导现实主义，像胡风的那种与现实搏斗的肉搏战，为心灵现实主义的书写提供了很丰富的素材，开拓了现实主义的空间。还有五六十年代提出的中间人物形象论，也非常可贵。那么现实主义怎么写才算是现实，写好人就是歌功颂德，没人看；写坏人，坏透了也没人看。所以，莫言有一句话说得非常好：要把好人往坏处写，把坏人往好处写。这就是写人性的中间性和复杂性。写中间人物，写那些既有优点又有缺点的中间人物，这种人物可以写得很丰满。五十年代也有个别写中间人物的作家，比如赵树理，他不写那种高大上的人物，不写那种坏到极致的人物，他就是写那种有缺点的人物，这样的人物就很生动，是有血有肉的人物形象。

改革开放以来，一开始出现了伤痕文学，伤痕文学其实就是一种现实主义文学，它们先把历史的伤痕呈现出来，然后进行反思和批判。一位清华的老师说，批判性是现实主义的灵魂，这话说得很好。批判性是文学评论的灵魂，没有批判性就没有文学评论的精髓，就不是一个好的文学批评。现实主义最大的特征就是批判性，它不光是去单纯地写现实的东西，它还触及现实主义深处的部分。在反思文学、伤痕文学之后，文学很快就开始转向，先锋文学是一种语言形式的变革和批判，我个人认为对先锋的理解应该与五四的白话文运动结合起来，从语言变革的角度进行一些反思和总结。白话文运动和先锋文学都是语言变革，但是它们走了两条路，白话文运动是启蒙，是让文学更大众化，不要那么阳春白雪；先锋派则又开启了一种表达方式，他们塑造的形象不甚鲜明，像朦胧诗一样，强调的是回归文学的审美形式，强调语言形式的意味。这样一来不可避免地带来形式主义的东西，审美的难度增加了，审美的内在质量提升了，却带来了曲高和寡。这种形式难以为继，这就是为什么后审美时代走不下去的一个原因。八十年代后期，现实主义兴起，特别是刘震云的官场小说写得都不错，他写的官场就像豆腐馊了，人人都能够闻到那个味道。他写一个小公务员的混乱、迷茫、焦虑，你会发现这种焦虑是生存的焦虑，和我们今天的焦虑还不一样，这是文学传达的一种现实感。

21世纪以来，底层写作强调新弱势群体的出现、社会阶层的固化、高昂的房价、乡村的荒漠化和空心化，这些都是现实主义的体现。还有一些现实主义文学是在写当下正在发生的事情，像张炜的《古船》就写于八十年代中期，当时正处于改革的热潮。《古船》的精华就在于如何接受苦难，如何让苦难不再重演；我们必须具备财富，但不能忽略思考如何分享财富。张炜是一个很伟大的作家，他有一颗大心。《独药师》写的是辛亥革命发生的历史，写的是革命、长生与爱情之间的纠结。《艾约堡秘史》直面当下现实，写一个人如何一步步成为大富豪，他曾经历过的苦难，他今天的恶与罪，他如何实现自我救赎。这就是很强的当下现实主义精神，这种写作依然有很强大的生命力。

现实主义不仅应该是对现实的书写，还应该关心心灵，像陀思妥耶夫斯基所说的，现实应该包含心灵的现实，包含精神领域的存在，一个不包含精神领域的书写，就是忽略了生活中最大的现实，也就是忽略了内心的现实、情感的现实。陀思妥耶夫斯基提出的现实和心灵的交融，这是他的一种思考。有外国学者提出，现实主义就像神话中的多头蛇一样，你砍下一个头，紧接着它又长出两个头来，这就是现实主义不断地流变、变迁所呈现出来的状态。在这个现实主义的中国，我们知道发展要付出沉重的代价。我们现在的发展也具备两面性，我们创造的财富建立在高代价之上，牺牲了环境，浪费了大量的资源，带来了大量的污染，这就是当代中国的现实。

这学期所学的文本，要从中国当代长篇小说进入。我们应该关注的第一个方面就是21世纪城市知识分子的精神困境。在今天这样一个语境下生活，要面对前所未有的生存压力、精神焦虑，以及"新围城"中现实主义与当代文学前沿的困境和魔咒，老百姓焦虑，民众焦虑，最焦虑的还是知识分子，这就是所谓的"人生识字忧患始"，这是中国知识分子一个很大的品质。一些学者，比如钱穆等人就看到了中国知识分子独立性问题，他认为中国知识分子不是以往所认为的是政治的附庸，中国是一个知识分子和帝王分享权力的社会结构。在庙堂内部知识分子的独立性是很强大的，他要制约皇权，他要挽狂澜于既倒，扶大厦之将倾，所以知识分子是充满忧患意识的。知识分子是很可爱的人，当然知识分子也很复杂，比如朱德发老师讲的，什么是人，人是最看不透的，看不透才是人，这就是人性的神秘，人性的可爱，人性的看不清才是人的魅力。知识分子一直是社会的批判者，他们永远带着一种批判性思维，他们有文化，有思想，他们是文化的源头，是思想的源头。阎真的《活着之上》就写了当代知识分子的困境，但我个人认为他写得尖锐性不够、冲突性不够、激烈性不够，事实上我们的生存压力要比他写的大得多。红柯的《太阳深处的火焰》中有着非常深刻的国民性批判，只有进行国民性批判，一个民族才能够走得长远。当代知识分子的思考依然是非常珍贵的资源，就像我们提到的张平的《重新生活》一样，从知识分子层面对中国问题提出具有独到性的批判。

第二个方面，是21世纪的"潘晓问题"，即21世纪当代文学中的青年形象。青年是一个国家的中坚力量，青年的希望也是一个国家和民族的希望，他们的道路就是我们的道路，他们的问题同样也是我们时代的问题。今天是一个物质生活大大改善的新时代，但出现了很多新问题和新困境，21世纪中国文学里弥漫着大量失败的情绪，有很多描写失败者的作品，像鲁敏的《六人晚餐》、石一枫的《世上已无陈金芳》等。那么今天青年的出路在哪里，"潘晓问题"在今天依然是一个问题，而且是一个新语境下的新问题，这种书写呈现我们对民族未来的关注，对民族希望的思考。

第三个方面，书写未来，以未来之眼观照当下现实——21世纪中国科幻小说对现实的未来解读。科幻小说描写的未来世界，是以未来者的眼睛思考未来的世界，而关注点、依据和基础依然是现实。很多人提出来人工智能文学创作和物理性、技术性的深度关联与安全远远超出我们的想象，未来的艺术创造必须协助物理性、技术性，才能够得以实现和呈现。对于未来的文学的物理性、技术性的书写可能是文学的新书写方式，也是对现实的新解读的方式，而且科幻小说应该包含对未来和现实的批判性监督。

第四个方面，从历史来看现实，现实从历史中来。今天我们要从历史的书写中反观现实，从历史看现实，寻找现实的源头。像乔叶的《认罪书》、朱文颖的《莉莉姨妈的细小南方》等，都是通过对父辈的历史追溯和现实的穿插书写来理解现实，为现实提供一面镜像。

第五个方面，谈21世纪网络小说的书写。事实上，网络文学受众的量之大、面之广，都需要我们进行关注和思考。我们在看到 21 世纪网络小说中展现出来的接地气、通俗性、现实性特质的同时，也要看到它的不足，需要对其进行分类和整理，看看他们提供了哪些新的审美经验。

第六个方面，我们应该关注进城农民工问题，就是对那些无土时代的无根的人、失根的人在城市中的生存困境的书写。我们要关注他们的心路历程、生存困境，他们的道路到底在何方？乡村振兴的路在何方？我们的文学如何给予回应和呈现？

第七个方面，谈 21 世纪的乡村题材长篇小说，比如贾平凹的作品、关仁山的作品，以及周大新、阎连科对新农民形象的书写等。

第八个方面，跨文体的非虚构写作，也是一个当下现实主义文学新的形式探索。以往的虚构小说强调了文学的虚构性，减弱了历史的真实维度，非虚构达到什么样程度的真实，依然需要我们进行分析和呈现。非虚构写作向何处去，也许关系到现实主义文学未来走向的问题。

以上就是我想与大家共同探讨的八个方面，其实也是中国现实之文学的八个维度。同学们可以选一些文本进行解读，之后咱们一起进行讨论。

21 世纪以来的知识分子写作

时　间：2019 年 3 月 5 日

地　点：山东师范大学千佛山校区 3141 会议室

主讲人：张丽军

参与人：范伊宁、孙佃鑫、姚婷婷、石琦、
　　　　张艳庭、刘兰慧、田振华

张丽军： 今天我们来探讨一下21世纪的知识分子写作。其实我们说知识分子写作是一个很核心、很重要的题材。我先开个头，后面我们一起讨论。我记得前些年曾看到过一个法国的思想家提到，他说在欧洲如果把前50名的思想家、军事家、教育家、物理学家、哲学家、文学家从法国抹掉的话，那么法国就会成为一个没有头颅的法国。在这里面就体现出了知识分子的核心重要性。我们知道，在古代社会知识分子多属于贵族阶层和僧侣阶层的，他们所掌握的知识是占据核心地位的。中国今天已经进入了大众化教育时代，我们反观一下从清代开始的大众教育，就要从京师大学堂谈起。前些年有老师谈到过民国时期的山东教育，每个学校基本上也就一二百人，每个专业也就二三十人。那个时代提倡一种精英式教育，所以出现了像陈独秀、蔡元培先生这样的人物。在1917年，蔡元培先生在北京大学做校长时提出来：大学的功能是什么？大学培养什么样的人才？蔡元培说大学是研究高深学问的地方，在大学是做学术研究和学位研究的，所以说想要当官的不要来，想要发财的不要来，来了就是要做学问的人。今天我们的大学可能更加广义化了，功能更多了，责任更多，义务也更多了。近年来，高等教育学校招生规模在逐渐扩大后保持稳定。山师这两年就保持稳定，没有再进行扩大。很多"985工程"的大学，招生规模也基本保持稳定，不会扩大，比如现在的山大，它的文学院招生总共也就几个班，100多个人，人数还是很少，包括北大也是这样。

今天我们说知识分子现在可能就要被称为"知道分子"了，这么多人都拥有了知识，那还要知识分子何用？这个时代对知识分子提出了许多新的挑战、新的问题，知识分子还能做些什么？知识分子怎样才能成为一种不可替代的存在？我想知识分子必须具有自我的批判意识、反思意识和否定意识，这些独一无二的东西是我们这些知识分子今天以至于未来所需要的。

知识分子来写关于知识分子题材的小说也是很有魅力的。中国古代文学当中做得比较好的就是《儒林外史》，在这里面写了非常多的儒生，将他们写得入木三分。民国文学作品中也有非常多的书写，其中影响比较大的就是钱锺书的《围城》，我们将它称为"新儒林外史"。我们看到像方鸿渐这一类的形象，还有大学里那些有着假文凭的假博士，以及知识分子内部的种种矛盾斗争。当我们说到当代文学中的关于知识分子的小说时，这些人物可能更加集中一点。

在知识分子写作中，其实有两种不同的视野。第一种是知识分子启蒙意识，这是五四文学所开创的，知识分子要启蒙民众、改造民众、建立民族国家意识，这些都体现了中国知识分子的担当。哈佛大学的王德威老师谈到五四知识分子，提到了人魂、人格、国魂、国格，提到了五四文学当中一种涕泗交流、感时忧国的基调，这都是我们中国知识分子非常重要的传统，就像我们在法国都德的作品《最后一课》中看到的那种情怀。一个民族能够持续文明、延续传统，不断创造生发新机，知识分子都起着核心作用。五四时期中国知识分子所延续的就是中国古代士大夫的传统，中国传统文化里面的四书五经等这些作品里面都体现了中国古代一种入世的文化和思想，例如明代的张载提出"为天地立心，为生民立命，为往圣继绝学，为万世开太平"。中国古代有"三不朽"：立功，立德，立言。五四以后很多知识分子，例如鲁迅，都有这种思想的延续。中国古代知识分子通过这样一种"学而优则仕"的思想来呈现自己的使命和价值。五四之后知识分子进行文学创作，创办文学杂志、报纸，特别是民国时期有很多的报人都非常厉害。民国时期的高等教育的独立性、自由建设性都非常可贵，这种不屈的斗志在当时西南联合大学也有所体现，当时的知识分子都在一个个并不华贵的小破屋子里研究学习，你能够体会到这样一种坚毅决绝的精神。在这样一种环境下，培养出了优秀的精英知识分子。

五四之后知识分子的位置发生一个转型，从启蒙者变成了被改造者。中国知识分子写作呈现出另一种视野，一种自我反思和批判揭示意识。毛泽东在延安文艺座谈会上提出来，他认为知识分子要进行学习，参与劳动。从中我们就能发现一个位置的转移，在以往鲁迅的笔下，知识分子是一种高高在上的、启蒙的地位，到后来的三四十年代，知识分子开始进行各种实践，开始与战争、与现代化的历程相结合。所以毛泽东提出我们要坚持两条战线，一条是有形的进行武装的战线，另一条是文艺的战线，这两条战线同样重要。

新中国成立之后，单独进行知识分子题材书写的作品少之又少，尤其是在后期我们提出了新中国建设中的四个现代化，其中科技现代化就更加需要知识分子的参与。周恩来有一句话说，知识分子是工人阶级的一部分。周恩来通过这句话说明了，我们国家要建立现代化强国，就需要给知识分子提供应有的位置、应有的尊严。单独写知识分子的小说少了，大多都是把知识分子同中国现代化的历程相结合，这是一个主流方向。像我们山东作家郭澄清的作品写得很棒，他是在五六十年代很有影响力的一位小说家。我认为郭澄清是一位被低估的山东作家，被低估的中国作家，他的小说再过50年还有人读，而有的作家就没人读了。他的《黑掌柜》《公社书记》都写得特别棒，我在写文章过程中多次引用《公社书记》这部小说，后来他的《黑掌柜》和《公社书记》都进入复旦文学写作的教材。郭澄清是一个特别低调的人，这点很像梁斌。政府让他做宣传部部长他都不干，就是专心搞创作。《公社书记》里的这个公社书记是一个怎样的人呢？他去外面视察、锄地、打仗，他的枪法也非常准，是个神枪手。傍晚去给人家锄地干活，到了晚上又给《人民日报》写评论文章，把自己的经验写出来。这个公社书记是一个锄杆子、笔杆子、枪杆子，三根杆子并举。他总是和群众打成一片，群众无法辨别他是一个书记。《黑掌柜》也写得特别棒，这个人割肉一刀准，绝不多一两或少一两；打酒呢，酒坛子里多少斤酒他都知道；什么东西抓上一把，几斤几两他也知道。郭澄清写的就是农村里的这种能人，这就是我们这个时期的知识分子写作。他既是农民，又是党的领导者，他还搞文化意识形态工作，他有一种浓郁的乐观主义气息，我们能看得出在这一时期文学写作的氛围。

新时期以来知识分子的写作，例如贾平凹的《腊月·正月》里面写能人王才，他因为大家都去看乡长而不看自己感到失落。在贾平凹的《废都》里面写到的知识分子的那种颓废气息特别浓郁，当然这里面所包含的时代因素应该是很强烈的。在80年代和90年代，文学界提出一个问题：思想淡出，学术凸显。不要讲思想，要做史料，要做学问，甚至要躲避崇高。这里面就有一种知识分子的功能的回避，但这是你回避不了的，在回避的同时就会掉入另一种危险当中。我们可以看一下王晓明老师的《九十年代与"新意识形态"》，这篇很著名的文章发表在2000年第6期的《天涯》杂志上，王老师提出一种新的意识形态的流行，包括直到今天一种浓郁的商业气息的弥漫。商业气息不是坏事，但商业如何与社会的人文相结合，这是一个很重要的问题，特别是我们要注重人文精神大讨论的问题，现在社会中人文精神的失落问题很严重。王晓明老师在另外一篇文章中提到，80年代是文学的黄金时代，人们可以依靠一首诗歌走遍天下。当时的人崇尚文学、艺术、哲学。到了90年代中后期，文学、艺术、哲学这些东西变得一钱不值，人们只关注一点利益，什么都不再重要，有钱最重要，其他都是假的。有些人种植一些有害的粮食都给别人吃，自己吃的再另外耕种，他们只管挣钱，这是我们对人文精神失落的一种反思。王晓明老师将其命名为"新意识形态"。我觉得非常棒，这是知识分子的一种反思和思考。21世纪以来，高房价、高消费、低工资，社会阶层流动的停滞化，知识分子何去何从？这可能是一个很大的问题。21世纪一些作家的写作，如阎真的《沧浪之水》《活着之上》，红柯的《太阳深处的火焰》都给我很大的震撼。《太阳深处的火焰》这部作品是红柯的最后一部小说，他对于知识分子的批判写得非常好。他写知识分子的劣根性，他写这个教授模仿他的老师，争夺各种资源，而这个教授看到最后在剧团中领导谁都不提携，却倚重一个把门儿的，这体现出了人心最黑暗的一种东西。知识分子要进行自我心灵深处的革命。李洱曾经写过一部《花腔》，这也是一部很难得的对知识分子进行批判与反思的作品。

我们看到中国当代作家宗璞写的《野葫芦引》这一系列的作品，都抒发了对知识分子命运的思考，这都非常具有价值和意义。好，我先讲这么多，给大家开一个头。后面大家一起来讨论，共同思考。好，伊宁，你先来谈。

范伊宁：提到知识分子写作，我想谈一下《应物兄》这部小说。我感觉从这部小说的总体写作思路来说，它会给我们带来一些难度，一方面在于它引经据典，另一方面在于它人称的变化。同样是在写人物活动的时候，第三人称和第一人称是随时进行转换的。上面讲的是另一个人的事情，下面突然出现一个"我"，会让人产生疑惑。小说开头就交代了应物兄这个人物的特点，他的老师乔木先生告诉他要少说话，所以他就养成了自己跟自己对话的习惯。但是作者以全知视角来描写，总是出现"他如何"，突然又出现"我如何"，就会让人感觉有些突兀。另外这部作品的讽刺特别多，对当下大学里面包括从校长到各个教授的描写，讽刺了知识分子不太体面的嘴脸。我认为里面情节比较经典的是他们去迎接黄先生时的描写。黄先生特别有钱，可以带给他们很大的利益。黄先生的爱好是养驴，都以为他一定会把他的驴带过来，但他却带了一匹白马。应物兄的学生张明亮去巴结那匹马，一直拿着草去哄那匹马，就是为了让黄先生开心。在这里面他所写的知识分子很少有独立的人格，他们更多的是去实现自己的利益。作品中的讽刺还在于，有一些引经据典的部分早已经违背了当初原本的意思。在这部小说中，人物的性格、姓名与最初的意义都相违背。明明是很通俗的一件事情，他们却要打上一个光鲜亮丽的名号。我感觉这部小说可取之处是有的，但并没有像我一开始看到的一些研究文章所评价得那样高。我感觉小说写作有时候不需要写得太明白，他在前面的写作中设置了一些词语，读者其实能够了解人物的动作细节，但小说在文章的后面把这种动作再解释一遍，就会冲淡了他在前面中所做的这种努力，这是我对这部作品的一个看法。

孙佃鑫： 我想谈一下《应物兄》，我觉得这部小说跟我想象中不太一样。作家李洱不是写那种大众小说的，本以为他会有那种端着的感觉，却没想到写得非常肆意。他形容东西时都写得很夸张，让人感觉特别随意。红柯的《太阳深处的火焰》这部作品让人感觉是混着现代感的一部小说。这部小说比较长，我大概看到了第六章。我认为里面有一个人物比较好玩，就是王莉。这个角色的存在是为了什么呢？我感觉王莉就是她丈夫的一个崇拜者，无论什么样的思想她都能够试图去理解他，去帮助他，帮他搭配衣物，夸赞他。小说对女主吴丽梅的塑造非常完美，她妈妈把屋子收拾得很干净，什么都擦得很亮，地上没有任何垃圾，她的爸爸也特别厉害。女主本身长得很好看，又热情又有文采。

《应物兄》这部作品主要是对于知识分子所处环境的描写,但我就陷入了一个怀疑,当时真的是这样子的吗?他老师死后,他成为一个学科带头人,这在现实中真的会发生吗?我觉得这会不会是他想象的?后文中有写到他对于自己老师的一些模仿,不断地让更多的人信服于他。我感觉整个过程非常抽象,不像是现实主义的感觉。语言也不太现代化,不太朴实。总的来说,他对于知识分子在学校所处的境遇的描写,以及对于现实的批判和我想象的不太一样。我看过李洱的《花腔》,我感觉他的写作手法很厉害。《花腔》里面有不同的叙事角度,有知识分子身份的叙事,有平民的叙事,各种视角不断切换,这是一个比较鲜明的特点。他的技巧性很强,很会讲故事。

姚婷婷: 我以前看过阎真的《沧浪之水》《活着之上》。我觉得他的作品中现实主义写得过于真实,这种写法会不会削减了作品源自现实又高于现实的艺术成就?在当代社会大环境之下,知识分子如何坚守自己的内心,成了我们现在要思考的问题。其实大学的这种环境同样给我们带来一种深深的隐忧,让我们觉得这种生存困境也是我们以后要面临的。在这种特别现实的状态下感受到自己未来的压力,这也是对世道人心的把握。

张丽军: 我们说一部好的小说是具有通读性的。写这些俗人俗事,写有人间烟火气的东西,写我们如何生活,如何活出自己的滋味、趣味,这也是小说的价值所在。今天的作品现实感太强,我们应该如何超越现实?关于现实的、可能的、理想的生活,我去年与一些研究生讨论过。当代哲学学者赵汀阳,他说生活有三种形态,一种是现实的生活,即我们日常的生活;还有一种可能的生活,这种生活是我们努力可以达到的生活;还有一种是理想的生活。刚好有同学谈小说过于现实化了,那我们要如何去应对?如何去击破这个现实去开拓出一个新的空间?这可能是一个很大的问题。比如阎连科写的《风雅颂》,这也是一本描写知识分子的小说。《风雅颂》里面提到这个就像《圣经》、理想之城一样的存在,就是"风雅颂"。当然,我个人认为阎连科写的这部作品也不是很成功,但我觉得这个问题其实很有意思。知识分子要如何突破这个困境?实际上我们看罗曼·罗兰的《约翰·克利斯朵夫》,它会给人一种灵魂的震撼感。虽说中国知识分子的写作也应该以更高的层次来谈人的灵魂，但这样一个维度可能是很难的，就像《青春之歌》之中义无反顾地投入到革命洪流当中去的知识分子。这是一个作者所具有的更高的格局，所能产生的巨大的吸引力。当然我们在读的过程中感觉现实是很残酷的，但我们依然要去穿越它，在坚持我们底线的同时，要空出一个更为丰富的空间，走出一条新的道路。好的，石老师。

石　琦：我最近一直在看台湾作家的《荒人手记》。这部小说在刚看到的时候，好多人往往会很迷惑，感觉非常难看。它的故事情节不是特别吸引人，也没有明显清晰的时间线索，作者运用了有点类似于意识流的手法，而且很多人只局限于同性恋这样一个故事情节。但其实抛开了同性恋的性别设定以后，还是符合我们今天要讲的知识分子主题的，因为小说里面主人公的身份是一个知识分子，但是我把它和刚刚看了一点点的《太阳深处的火焰》相对比，明显发现两个作者写作过程中的区别，或者说台湾作家和我们大陆作家在写作过程中有一个很大的不同之处。相比较而言，我们大陆作家对于中国传统文化坚守得会更多一点，但是台湾作家似乎并不是这样。他们在书写的时候，对都市的商业文化的书写会更多。在他们的笔下，我们知识分子的生活会更压抑，他们没有办法对外去沟通和交流，只能满足于将自己与外在世界相隔绝，坚守着所谓自己的那一点点东西《太阳深处的火焰》一开始写得阳光明媚，而且它的意象和色彩都非常丰富。它里面使用了大量鲜艳的意象，都是很光明的东西，但是后面却越写越暗，越写越碎，感觉里面的人像是从死亡堆里出来的，十分阴冷。我觉得这两部小说有一点异曲同工的地方，《太阳深处的火焰》从它的名字来看，就是太阳给人以无限的热度，但它是有阴冷在其中的，而朱天文的《荒人手记》其实也是一样，它告诉我们，人虽然生活在一个无比热闹繁华的都市当中，但其实我们每个人都像是孤独地漫步在花园当中，我觉得他们都想表达这样类似的意思。

张丽军：非常好，我觉得这个可能也与台湾的生存空间有关系。

张艳庭：我说一下《应物兄》这部小说中和知识分子有关的地方。这部小说太长了，将近90万字，但是我看了之后感觉特别震撼，这是一部分析知识分子的少有的经典作品。我觉得这部作品的谋篇布局、深度和文化内涵都特别好。看《花腔》的时候我就特别喜欢李洱，我觉得他是一个在叙述技巧上不断更新的作家，但是《应物兄》却没有像《花腔》那样炫技。在这部作品中，他回归了朴实。小说是第一人称与第三人称结合进行叙事的，我觉得这种既具有自我叙述又有评价性叙述的方式是非常好的。在最后结尾时，应物兄出车祸死掉了，此时他还听到另外一个声音，说他还活着，这就代表了应物兄与自己内在精神的一种隔膜。他能够去看形形色色近百个人物，去认识他们，他在各种人物之间游走，寻找适合自己的位置，进行灵活的转换。在领导面前拍马屁，在学者面前各种措辞，在老婆面前都能采取不同态度。我觉得他有一个能够通览全文的视角，但是与此同时又有一种对于自我的省察，在这种到处逢迎他人的同时，他也能够觉察到自己的行为。他不断地推销自己的书，从这个角度上说，这个人物就能够立起来，起到一种讽刺性的作用。这本书对所有人都有讽刺，对应物兄本人也有。

范伊宁：我觉得小说是讽刺意味的，但写到后面让我不太满意。例如书里将人比作肉，这就让我想到钱锺书在《围城》里面对熟食的比喻，包括里面对于女性的描写都让人感觉很不友好。我感觉它已经超越了讽刺层面，有一种人身攻击的感觉。我们不否认它里面有一些拿捏得比较好的讽刺之处，但也存在许多过火的描述。

张艳庭：这部作品里面增加了很多西方哲学的东西，有人统计这里面涉及中西方哲学书籍大概500多本。但我觉得他有一点做得特别好，就是他把这些内容融合在里面，实现了无缝衔接。他通过对话等方式去描述，无意之中把这些知识融入其中，没有那种故意的生搬硬套的感觉。他对知识的那种吸收容纳是非常好的，这也是使这部小说变得有厚重感的一个原因。关于这部小说的不足之处，我觉得有时候它显得过于啰唆，一些修饰性的词语太多了反而妨碍阅读。它应该说是一个非常简单的故事，但在描述起来就会特别的烦琐。《中国叙事学》里面说以《金瓶梅》《红楼梦》这些为代表的中国古典小说，所采取的叙述方式不是时间化的，是散点性的、空间化的，它们是通过一个散点透视的方法进行描写的，不断地切换人物视角。它们采用的这种空间化的叙事能够容纳特别多的东西，如果按照一个特别紧凑的时间顺序来进行描写，就无法容纳这么多东西。恰恰是这种空间化的叙事撑起了这部小说，使得这部小说变得特别宏大，我觉得这是它的一个特点。另外，我还在不断品味它的叙述语言，我觉得后面我还要再继续细读一下。

我之前读过格非的《江南三部曲》，如果从知识分子的角度来说，我认为《江南三部曲》的核心就是乌托邦，所有人都想要去改造社会，而相关人物恰恰就是知识分子。知识分子对于乌托邦充满了热忱，就像秀米的父亲，他拿到了一幅图就疯了。包括里面好多知识分子，像谭端午的哥哥，他也有一个乡村乌托邦的思想，但是没有成功，最后自己住进了精神病院。谭端午的父亲谭功达也想要建立一个大坝，所有的土地都可以灌溉。他有一种特别大的激情，这种激情使他判断错误，最终导致溃坝死人的事情发生。这是不理性的，几乎所有的人都处于这样一种不理性的疯狂当中。在《人面桃花》的前半部中，秀米是一个非常温婉的形象，后半部分中秀米参加了革命，正是这种革命的热情把她从一个非常温婉的女性变成了一个比较激进的革命者，但最后又让自己变成了一个哑巴，不发一言，这是一个很有意义性的事件。我觉得这部小说就反思了中国知识分子对乌托邦的激情的渴望，从古代的大同社会，到后来的桃花源，这种理想一直存在。我觉得这是中国文化的一个原型，是这种原型使他们变得激情、疯狂，最后走向毁灭。总体上来说，《江南三部曲》是反乌托邦的，到最后故事也没写出知识分子真正的出路。想要改良社会的激进者住进了精神病院，谭端午则在一种落寞和低迷的状态中碌碌无为，这就体现了在进入当代社会之后，知识分子的一种尴尬的境地。

最后我还想谈一下阎连科的《风雅颂》。我当时感觉非常吃惊，因为当时他在写这部小说时，应该是还没有去人大当老师或者说刚刚去，所以他对学校的环境应该不是非常熟悉。他在里面故意显露了杨科的阴暗面，我觉得这也是对知识分子的一种批判。杨科给学生上课讲课，学生都不听。他在精神病院给病人讲课，却受到了病人的热烈欢迎。之后他从精神病院逃走，回到自己的乡村，他讲的事情特别受小姐们的欢迎，这是一种特别大的反讽。而他妻子的作品基本上是照他的书照搬下来的，只是改了一下名字然后出版，这完全是一种学术剽窃。当妻子跟校长在一起，被他撞见的时候，就会感觉这种描写有点失真，但令人感到特别震撼。校长当时都愣了，以为他要大发雷霆，甚至有一点害怕，但是他却跪下了，我觉得这就把知识分子的软弱表现得非常彻底。但小说也有一种夸张的手法，后来他去红灯区把钱给小姐们给她们讲如何从良，但是他又无法抑制自己那种变态的欲望，他对旧情人的女儿有一种变态的迷恋，还把人家的新婚丈夫给杀死了。作家写出了知识分子灵魂无处安放的一种状态，表现了对高校的讽刺，对社会的讽刺。他在河南老家又发现了被孔子删掉的《诗经》，都通过石头刻字刻下来了。他在那里建了一个乌托邦的世界，学校的教授都纷纷来了，妓女们也都来了，妓女在这里听教授讲课。其实人们并没有在这里找到真正的生活方式，只是找到了一种纵欲的感觉。他的讲课受到小姐们的追捧，这像是一种对于知识分子自我安慰式的描写。最后主人公又踏上了继续寻找伊甸园的道路，真正的伊甸园是找不到的，真正的乌托邦是无处可寻的。整体看下来，我觉得这里面包含着一种变态性的书写，对他自己及对社会都有一种很尖锐的讽刺。他说他自己其实是一个特别怕领导的人，他说他自己怕权力，小时候走在村边看到支书都要远远地躲开，包括对待军队的领导，他都显得唯唯诺诺。我觉得加上这一点之后，小说的这种夸张就变得能够理解了，成了一种有血有肉的夸张。

这三部小说对知识分子的剖析都是非常深刻的，我觉得可能恰恰就是在知识分子的身上，我们能看到他们对自己的一种剖析，恰恰是知识分子的这种自省意识，使他们能够成为一个有希望的群体。

张丽军：艳庭说得非常好，知识分子的这种自我剖析、自我批判的能力是知识分子非常需要的，这是文学的功能。现在社会中有太多歌颂式的作品，而我们更加需要这种发自内心的文化内省。艳庭提到了反乌托邦的作品，例如格非的《江南三部曲》，从中我们就能发现历代知识分子的狂热，以及这种狂热的巨大危害性。当然没有狂热，只有低沉也不行，那样就会显得暗淡。所以说人要理性一点，在狂热与绝望之间寻找一种平衡，一种反思和警醒。

刘兰慧： 我读了阎真的《活着之上》，这部作品让我想到了另一本书，就是朱晓琳的《缺氧》。她这本书也讲了大学的学术生态，当时我就感觉这两部作品有共通之处。有人说朱晓琳的《缺氧》甚至可以说是报告文学，我觉得阎真的《活着之上》也极具现实精神。我摘抄了其中的好几段话，比如说："现世的自我，在时间和空间上确定了价值和意义的边界。"我看了一个介绍，说《活着之上》和曹雪芹的《红楼梦》有关。我在想里面是否有这种互文性，或者说本身就具有暗示性。他把曹雪芹写入小说，是否也有一些人性的考虑在里面？

我觉得阎真在塑造女性人物时有些脸谱化、类同化。《活着之上》的女主人公赵平平，她就处于一种极度不满和嫉妒抱怨之中。她本身是一个211大学的历史系学生，却并没有知识女性的那种包容性，给人一种一地鸡毛的感觉。无论是《沧浪之水》，还是《活着之上》，他笔下的女性就一直在抱怨。《历史评论》的那个主编去学校讲座，讲义利观，我觉得这应该算是他书里一个比较核心的命题，这应该也是对知识分子义利观的探讨。

张丽军：《活着之上》里面这种物质的考量和人们精神的存在其实应该是吻合的，不应该是被割裂的。新时期以来，我们推动市场经济的变革，邓小平提出鼓励人们去致富，让一部分人先富起来。财富不是一种罪恶，不要把财富妖魔化。财富应该为人们的美好生活提供一种物质的源泉，包括今天也一样，我们说今天中国对金钱赋予了并非恶的意味，过去有段时间，人们总认为谁有钱谁就是恶人，这是一个很大的问题。在21世纪我们就要打破这种观念，我们强调通过正常的劳动富裕起来，这是值得鼓励的、能让人尊敬的一种智慧。我们不能凭借想象把精神与物质这两个方面给割裂开来，这也是有问题的。当然我们也不能一味地沉浸于对金钱的追求中，唯利是图是不可取的。君子固穷也是有可能的，但穷不是贫，穷是不得志，但仍然很快乐。但是对于大多数人来说，物质的存在是很重要的。

田振华： 我前段时间看了钱理群老师的《20世纪中国知识分子精神史三部曲》，包括《1948：天地玄黄》《岁月沧桑》和《绝地守望》。通过老师讲的那些东西我联想到自从民国以来，对于知识分子整体的书写，其实不算太多，鲁迅有几部短篇，再就是钱锺书的作品，为什么会出现这种状况呢？我觉得第一方面在于知识分子有政治的对抗性，因为知识分子本身有一种批判性。钱理群老师的《20世纪中国知识分子精神史三部曲》里面写到了赵树理、废名、陈寅恪、沈从文，另外还写到了一些政治学家、经济学家，还有数学家。这里面所谈到的知识分子，他们对事情看得比较清楚，作为一个先知先觉的人，他是要带领大众向前走的，但是他走得过于激进的话可能也不太好，我觉得这是一种悖论性的问题。

接下来我想谈一下李洱的《应物兄》、红柯的《太阳深处的火焰》，以及阎真的《沧浪之水》和《活着之上》。通过对这几部作品的对比阅读，我看出阎真的《沧浪之水》和《活着之上》是比较生硬的，他那种现实主义性比较强，而《太阳深处的火焰》则是写得稍微隐晦一些。李洱的《应物兄》是一种通过批判性的手法来进行讽刺的写作。总体上来说，《沧浪之水》和《活着之上》的现实性比较强，而李洱的《应物兄》和红柯的《太阳深处的火焰》还有一种文学性的存在。关于前几年阎真的《活着之上》能够出版，其实我们讨论过这个问题。很多人认为他的作品写得不错，那为什么他还会受到主流媒体的一些批判呢？就是因为他写得太直接。《应物兄》和《太阳深处的火焰》这种作品都是以反讽的方式来进行批判，他们就能够在这种大环境下生存下来。

在李洱的《应物兄》这本书还没有出来之前，大家就开始通过杂志进行宣传，称赞他写得好。我读完之后有一个感受就是他真的很厉害，写得特别好。别人能写出来的东西，李洱应该也能写，但李洱写出来的东西，别的作家很难写出来，因为他的知识储备是绝大多数作家都没有的。我们要真正把它仔细读下来会觉得非常费劲，就算从早读到晚，也得用五天的时间才能把它读完。读到最后，说实话我是不太想读了，尤其是读到第二卷下半部分的时候。这本书大概讲了十年跨度里的故事，就是从2010年往后这段时间。有的老师对他这部作品进行评论时，说它像在剥洋葱一样，通过对这几代知识分子的书写来寻找一种真实，但最后把洋葱剥完之后却没有心，也没有寻找到解决方法，我觉得这种评论还是非常准确的。我不知道李洱的核心价值观到底是什么。应物兄的代表作叫《孔子是条"丧家狗"》,一开始看的时候,我觉得他应该是想要讽刺儒家,好像有一种揶揄的感觉,但是后来很多地方又写到儒家对中国的影响是如何如何的深厚。书中说历代思想家都曾试图挽救中国人的道德颓势,通过儒家思想来挽救中国人的道德问题,但奇怪的是,他越挽救,我们就在道德的下坡路上走得越快,就好像是在揶揄当下这种利益追求对精神颓败所造成的影响。在这种情况下,我们就更加想要去挽救,如何挽救呢?那还是一次次地回到孔子。他说世道越坏,孔子越好。在当前这个社会中,金钱利益至上,但是我们都在倡导对于传统文化的追求,传统文化主要还是指儒家文化,当然也有佛教和道家的文化。他说世道越是臭不可闻,孔子便越是香气扑鼻。为什么我总是感觉李洱的核心价值观让人拿捏不准呢?一方面是他在讽刺这种儒家文化,而且应物兄通过讽刺孔子是条丧家狗出名了,各种电视媒体都追捧他,后来他又以这种赞美的方式来书写。我觉得如果上升到文学的角度,他并没有追求人文主义,好像是在反人文主义,我不知道我这种理解是不是正确的。

前几天李敬泽老师发了一篇微信,他说当年他是河北省的省状元,报了北京大学中文系。在 80 年代的时候,全国最好的大学是北京大学,大学里面最好的专业就是中文系,他就义无反顾地报了中文系,他们班有许多省状元。可现在,同班同学里搞文学批评的人基本没有了,就只有他一个。20 世纪 80 年代是文学的黄金时代,文学氛围非常浓厚,但是今天已经大不一样了。我有时候和其他的同学在一起讨论,他们都已经工作了,还有好多同学已经很多年不见了,过年的时候见了一面。在他们眼中我读博士了,人家觉得你很厉害,但我自己并不这样觉得,人家问你是研究什么的,我说我是学文学的,同学开玩笑说现在还有文学吗?我说我们在小圈子里搞这个东西,就只能那么回答。他就说现在谁还在搞文学呀,大家都去赚钱了。有时候我也想我们搞这些虚无缥缈的东西值得吗?就像人家干了几年工作,就能变得很富裕,我们天天蹲在这个位置,一直往下钻能得到什么呢?我本人经历过很多文学与当下的一些冲突性,大年二十九老师给我打电话,他读完张炜的作品之后,无法抑制心里的那种激荡。张炜老师作品写得非常好,如果按照文学来解读的话,他确实是无可挑剔的,语言结构、对当下的一种关系性等方面都很好，但我就是没有那个感觉。

回到《应物兄》这本书，其实上卷和下卷读起来还是有一定差距的。读上卷的时候感觉很多事情还主要在围绕着应物兄去展开，引出四个大的领导。到了下卷就感觉转入了经济方面的维度，黄兴来了之后要投资，大家都围绕他去做事情。他投资几百万几千万去建儒学研究院，就把应物兄给边缘化了。还有大学校长和省长，他们也都去接近黄兴，就把应物兄给排挤到了一边。最后应物兄出了车祸，也不知道死了还是没死，就结束了。我看网上有好多篇文章都在写知识分子的尴尬，知识分子在当下的困境。我觉得应物兄他就给人一种混沌的、虚无的感觉，应物兄最早的时候是一个学者，后来他和自己的妻子决裂了，在学术方面他也被边缘化了，机构不用他担当什么了，他就处于一种特别尴尬的状态，不需要他都可以，他变得可有可无。他只在自己的小圈子里做学术还是可以的，但要想把触角伸到其他地方还是有一定难度的，必须要巴结人家才能把这个事情做好。我感觉《应物兄》这部作品确实很好，这无可争议，但作品中有些话确实太啰唆了。例如有一部分后面穿插了很多材料，作为一个关注文学性的读者，这些材料肯定是不会看的，都会直接略过去。但整体而言，要细细解读的话，这个空间还是巨大的，他写出了当下新知识分子的命运和现状。

张艳庭： 我想对他刚刚说的讽刺提一点意见。书的名字叫《孔子是条"丧家狗"》，其实并不是一个讽刺，因为孔子自称是"丧家犬"，这不是他故意骂孔子的一句话，这是孔子对自己的一种称呼。应物兄是儒家的代表，自身对孔子是比较尊重的，他把孔子放在一个很高的位置。

田振华： 孔子在那个时代比较落魄，到处奔波，但是在普通大众看来，孔子就是一个圣人。他用《孔子是条"丧家狗"》作为一本书的名字，让人感觉有一点揶揄讽刺的味道。我在看这本书的时候，感觉里面所有人都在谈论儒家思想，他们对于知识的追求、考证特别严谨，特别细致，他们的知识含量特别高，但大部分都是搬儒家思想来谋取自己的私利。由此可见，这并不是一个单纯的学术群体，他在讽刺儒家是否真的能够拯救中国的现实状况，看来是不能够拯救的。中国的文化里面有一些不足的地方，道家追求一种没有主体的自由，儒家追求没有自由的主体；道家是没有意志的，儒家是有意志但没自由的。中国文化缺少的恰恰就是那种对个人的、对个体的自主，中国文化都注重这种集体式的思想。西方有三种主体性，理性主体、非理性主体、占有性主体。中国的理性启蒙没有，非理性启蒙不少，但主要还是压抑的。市民的占有性主体现在成了一个主体地带，大家都在想占有又恰恰没有理性启蒙的存在，也没有见过非理性的反思，所以说中国的个体就只剩一个占有性的个体了。

张丽军：我觉得你这个想法有点儿过于学术化了，我们还是要从多方面来看，不要把自己绕进去了。因为对于李洱的东西，我们一方面要看到它的优点、它的价值、它的意义，同时也要用一种批判性思维来看，包括对儒家文化的思考。进一步说，只有自律的个体才会有自由，自由和自律这两个维度是均衡的。中庸文化是一种平衡的文化，个体和群体的关系怎样掌握这样一个度，这都需要来思考。有些东西我认为是知识分子的乌托邦，你付出了巨大的热情，最后却是无用的，这是具有讽刺性的。今天的社会也不是没有优雅的、高贵的、崇高的知识分子，比如像民国时期的傅雷，他到临死时都不想要打扰别人，上吊自杀也要把凳子下面铺一床被子，自己穿得整整齐齐再去自杀，这是一种非常高贵的品格。像陈寅恪这样的知识分子，他的风骨、坚守和对事业的情怀，同样是我们中国人独特的存在。我们如何去继承知识分子的这样一种精神呢？一方面我们要批判、要剖析，但另一方面我们要去建构。我们缺少建构的渠道，缺少像鲁迅提到的摩罗精神，天地之间的摩罗——精神界的战士。我们也有像钱理群先生、王晓明老师这样讨论人文精神的学者，这都是非常优秀的榜样。这样的人有很多，但是在写作中可能出现得并不多。

我们没有达到罗曼·罗兰笔下的约翰·克利斯朵夫那种真正意义上的英雄，从知识的、记忆的、心灵的方面进行书写和展现。中国文学包括中国知识分子，像孟子说的一样，"富贵不能淫，贫贱不能移，威武不能屈，此之谓大丈夫"，这是多么了不起的东西啊！像刚刚提到的应物兄，对他来说，威武就是能够屈服，这是不一样的，我们讲究浩然之气，要去学习这种理想的东西。现实是很艰难的，就像钱理群所说，现实越逼仄，我们就越是要有自己的空间，包括我们现在的同学在学习、工作和未来的生活中都会遇到很多很多的困难。像前几年，我有个老乡和我都是莒县的，他是搞传媒的，来山师时是副教授。他当时谈到，以我们的能力搞一些精细的研究，干什么都比搞这个挣得多。是这样子的，我们晚上都要熬夜看书，有时候都能看得头晕眼花，我们的付出是很大很大的，但付出和收获可能是不成正比的。一直在不断地看文献，不断地写文章，最后投稿给人家，还不一定能用得上，期刊社有时口味也是很挑剔的。但是有些事情不能仅仅以金钱来衡量，金钱是一部分。钱理群说，在高校做知识分子不要要求有过高的物质待遇，你如果想要过上好的生活，那就去经商，商人能够赚大钱，但是商人付出的风险你了解吗？商人的痛苦你知道吗？很多人抛妻弃子，不能跟家人在一起，你能经受得了那种难受吗？那对于我们来说就有更多和家人相处的时间，有更多心灵的空间，所以说一个人的价值感、幸福感的渠道是多元化的，虽然我们的钱比他们少，但不一定不幸福。人有时是这样的，要有舍有得，人不可能得到太多。但是这是你想要的生活，你觉得有意义，你找到你的价值这是最重要的，像屈原一样，"虽九死其犹未悔"，像孔子一样，"累累若丧家之狗"。谁是孔子呀？我不认识孔子，农民说我只看到一个人像丧家犬一样落魄，那他是不是孔子呢？孔子说，说得太好了，那就是说的我呀，我就是那个样子。其实我觉得这就是一个人自我的认同感，你有价值感和幸福感，在这样一个物质的时代，我们能够获得一点心灵的空间，这其实是很奢侈的。我们把这种精神的感悟推及更多的人，这是知识分子的价值。

  我们这些同学作为知识分子，这么说可能有一些牵强，但这是我们安身立命的东西，我们要有担当。无论做不做文学研究，我们都要保持这颗灵魂，我们要看到中国知识分子千百年来所拥有的一些东西。我们这些令人尊敬的作家提出了他们的思考，一个作家越是批判和呈现黑暗，就越是值得我们尊重的一个群体。当然我们希望他们还能用更加宽厚的书写来写出这个民族，就像《平凡的世界》中孙少平那样，可能他仍然不是理想的，但是他散发出的光芒，他追求的理想，他经历的苦难都是值得讨论的。我们现在不仅需要批判，批判的背后更需要建构这样一种更高的维度。比如说我们提到，像梁鸿这样的作家，她把今天的乡土中国那种变迁的、巨变的、不可见的细节脉络呈现给我们,这就是它的价值和意义。从书斋里,从课堂里走出来,去写出一个非虚构的中国、非虚构的村庄,这让我们看到了一种希望、一种担当。我们可以选择不同的方式去做一些事情,包括我们学校的每一个人,这都是非常重要的,这会让你具有一种快乐感,也可以让自己有一个空间。人的心中要有风景,才能看到外面的风景,美的眼睛和美的信念是相互成就的。我很惊讶,我们山师今天开出花来了,在我们的文化楼后面有一片白色的小花,还有很多要开的花。所以我觉得在大学里还是很幸福的,而且春天才刚刚开始,还有更美好的风景在等着我们。好,今天就到这儿,谢谢大家!

21世纪以来文学中的"潘晓问题"

时　间：2019年3月11日

地　点：山东师范大学千佛山校区3141会议室

主讲人：张丽军

参与人：石琦、马宇晴、姚婷婷、范伊宁、

　　　　李春艳、张艳庭、孙佃鑫等

张丽军：你不关心这个社会的精神问题，社会为什么要关心你呀？所以我们说"潘晓问题"在今天特别值得我们来关注。像我上高中的时候，大家还觉得知识改变命运，我们上大学的时候在想，总有个工作在等着你，所以我们上大学的时候从来不担心要找工作，大家很快乐地上大学，度过了一段非常快乐的时光。春天就一定要去游园，每周六都有舞会，而且大家积极性都很高。读书，打篮球，写词写曲，不像现在，大学成了一个职业训练场。

钱理群老师提出，我们大学已经没有人文精神了，我们有的只是精致的个人主义者。我们说80年代，你喊着一声口号可能就拉出一支队伍走向校园，现在有人说你提什么口号都没用，谁跟你走啊，没人理你，这可能是今天一个常态。我个人认为这样一个社会问题，不能只指责我们的青年和学生有问题，而更应该看到这个问题背后的根本性原因。一个是导向，我上次课也提到"新意识形态"的导向，大家只关心眼前利益；另一个就是强大的经济生存压力逼迫你不得不去努力。我们这些年有人提出逃离北上广，为什么要逃离？因为有巨大的生存压力。所以我想这个问题，不仅仅是一个精神的问题，更应该以一个综合的社会工程来看待。那么在文学创作中我们会发现，在80年代像《平凡的世界》的孙少平那种对知识的崇敬向往，认为有了知识就有了尊严和未来方向的信念在今天可能已经失落了，包括我们的文学创作。像我们山东的作家刘玉栋前两年出版了一部小说《年日如草》，这部小说写得非常棒，他早前些年写的一些中短篇小说也特别棒，像《我们分到了土地》《给马兰姑姑押车》已经成为中国当代儿童文学的经典。《年日如草》是他一个很重的长篇，这部作品里面写到一个叫曹大屯的青年，他是农转非进入城市的。曹大屯是个非常勤劳厚道的人，交了很多朋友。当他发现他过世的师傅的女儿未婚先孕，而且未婚夫还被逮到监狱里时，他就娶了师傅的女儿，给她的孩子一个家庭。生活很艰难，曹大屯尽管很能干，但干什么都很难成功。小说有一个很重要的细节,他想买房却没有钱,一个初中的同学找到他,告诉他自己婚姻出现了变故,她老公有了情人,她想让曹大屯去处理一下,给他四万块钱。曹大屯就把钱收起来,偷偷想这是非法的事情不能做。他把钱留下来买了房,他的买房资金是以这样一种方式获得的。当他离婚的妻子需要他来证明房产来源时,他欲言又止,希望妻子给点补偿,他的妻子说:"你个狗日的,终于开窍了。"我们看到今天曹大屯的形象和以往孙少平的形象有一个很大的变化,在这儿没有人谈理想,理想已经被重重地包裹起来放置在一边,谈的是如何获得生存、如何活着、如何获得生活的必需品。

以往《平凡的世界》里面坚持正义、坚持道德、坚持良知,我要靠我的劳动获得尊严,我有我的底线。在《年日如草》里,我们看到尽管曹大屯依然坚持他的底线,但是他在城市获得了一个灰色的生存空间。在这儿善和恶的边界已经变得模糊起来,在这个灰色空间里他获得了生存的智慧和经验。小说最后写曹大屯开了一家店,跟一个服务员结婚之后又买了一套小产权房,就算在城市安家落户了。小产权房是不稳定的,这也意味着曹大屯在城市的生活依然是不稳定的。这个人物形象让我感到今天世道人心的转变,小说对世道人心的把握非常准,他发现这个时代变了,人心变了,观念变了,善和恶、是与非的界限模糊了,曾经有过的那种追求爱情、追求理想、追求知识的精神彻底被消解掉了。这让我们看到一种失落,作家落的地方很实,但是我又感到很不满足,好像没有对曹大屯这个人物的批判,一个作家要有批判意识,你不能跟着你的人物一起走。

除了这部小说,我还同时读了北京作家石一枫的《世间已无陈金芳》,当然它里边本身也有很多嘲讽、戏谑的东西。通过这些作品,我们发现21世纪以来,我们的文学就当代青年的出路、未来展开了讨论,并表现出深深的忧虑。包括像梁鸿的《出梁庄记》里面,更表现了一种乡村的破败,没有父母在身边的留守儿童内在的精神创伤。成人找不到出路,里边有个女性说,理想害了我,这个写得太沉痛了。《出梁庄记》里面提到了城市的农民工、城市里的二代农民工,在城市打工的人回到农村还有房子和故乡情结,那么在城市中生活长大的农民工的孩子,他们的未来在哪里?小说写出了民工的绝望感。孩子很小但是还会丛林法则,打架斗殴很凶狠。

梁鸿说你好好的，等我回来看你，那个18岁的农民工很冷酷地说等你回来可能我就在监狱里了，他对自己的未来非常绝望。

那么未来在哪里呢？我们的作家把这种现实呈现给我们做一些文学方面的思考。这是艺术作品中的青年形象，也和我们现实中的人息息相关，他们的未来也是我们的未来，对他们的关注，就是对这个民族最重要的群体的未来的关注，我们的青年永远是一个时代最重要的力量，是全体的希望。就像我们在座的同学们一样，大家是希望是未来。那么我们想，面对困境时该如何突围？

姚婷婷：我看了《世间已无陈金芳》，陈金芳对于自身命运的改变也是因为她从小遭受的不公，引起了她内心的反抗。她小时候经历了生活的不幸，走上社会之后去努力改变，但是陷入一种死循环当中，越是挣扎，行进的道路越是艰难。我还看了徐则臣的《王城如海》，第一次看这部小说的时候，我就觉得作家真是一个非常神奇的群体，他们会把各种人物浓缩在自己的小说当中。《王城如海》有两个线索，一条是戏剧当中他对蚁族的探索，另外一个就是从这个剧作家余松坡本身来说，小时候余佳山给予他内心沉痛的压力感。我觉得这两条线索没有太大的契合点，有点断层。他戏剧当中所探讨的就是城市当中蚁族的生活，反映的是当下的社会现状，但是余佳山在小说当中是一个非常重要的人物，他是余松坡的堂哥，当年为了争取当兵的名额，余松坡揭发他带回北京学生"反革命"宣传单，导致他判刑15年。余松坡为此一直耿耿于怀，最终成为心病。但是我觉得这两条线索在一定程度上没有多大的关联。

张丽军：余松坡他有一种很强的负罪感，两条线索交织。

范伊宁：我这周看的是《六人晚餐》《世间已无陈金芳》。我最先看的是《六人晚餐》，我觉得鲁敏的语言密度比较大，她对人物的心理抓得也很准，整个小说不矫揉造作，很自然。小说的章节名称起得都很好，根据每个人特征来命名，如练习簿、杯中物、影响力、道德经、玻璃屋和单行道。前面几个都是有实物的，像杯中物就是丁伯刚喜欢喝酒最后也是因酒而死。给晓蓝起的章节名是单行道，因为她知道谁也指望不上，在通往她想过的生活上只能靠自己，而且她是通过婚姻这道门槛实现的。陈金芳是心理精神上的困扰，而晓蓝是心灵上缺少一种支撑，在跟一群成功商人的太太交际的时候，仍然觉得自己低人一等，这种心灵上的落差光靠物质条件是没有办法弥补。陈金芳打动我的那句话是"我就是想活出个人样来"，她每一次的拼搏根本不给自己留后路，可她还是失败了，因为她的知识和能力匹配不上她的野心。

李春艳：关于"潘晓问题"为什么成为一个问题？我觉得是一个角色期待的问题，从民国开始，我们对青年人的期待都是偏向于比较正面的，代表积极、阳光、先锋等，角色期待让我们对于青年的认知就框定在一种阳光般的存在。其实青年在先锋的同时，他也很脆弱、迷茫、幼稚，这一面是一直存在的。但是在我们的文学作品当中，在现代甚至到了80年代，消极的一面是被遮蔽的，直到21世纪，我们才把青年比较阴暗的一面给真实地写出来。我觉得这也是一种去意识形态化，这对青年人的描写是正常的，这是我思考的第一点。第二点就是张老师提出的当我们陷入这样一个循环应该如何去盘活它。我其实特别迷茫，正好去年您做了一个《平凡的世界》的讲座，您在讲座中提到了鲁迅，我回去非常仔细看了鲁迅的《狂人日记》，我觉得鲁迅提到的狂人基本上可以称得上是那个年代的青年人的代表，放到现在我觉得依然是成立的。鲁迅是怎么去处理青年人在现实面前的焦头烂额的呢？首先鲁迅设置这个人就疯了，因为社会规训与他产生了一种冲突，在这种冲突中他顶不住外在的压力，他内部的一面崩塌了，所以他疯狂了。但疯狂了之后，鲁迅最后安排他赴某地上任去了。鲁迅安排他又回归到了日常的生活之中，实现了与现实的某种和谐。我可能依然有着先锋精神，然而我在现实当中只是用我有限的力量去跟现实达成某种程度的妥协，利用现有的条件去发现我内心主体的存在甚至实现个人价值。我觉得在现实生活中很可能也是这样一个处理，所以我觉得我们现在讨论的"潘晓问题"，其实鲁迅也早已经讨论过了。

看了很多小说我也发现了这样一个问题，当我们的青年过分关注于诗与远方的时候，主人公的精神状态大多是一种迷茫的、彷徨的、颓废的。但是当他们从所谓的诗与远方的精神状态中解脱出来，进入当下生活的时候，可能就会关注生活当中实际问题的解决。所以我觉得我们谈理想是可以的，但是过分关注理想肯定不是解决问题的办法。鲁迅提醒我们，还是应该回到实际生活中来，在我们不能扭转时代大趋向之下，在实际生活中做一些我们可以做的，这才是生存之道。

张丽军：讲得很好。我们春艳进步很大啊！我们要认清现实的面貌，在坚守底线的同时去改变现实、与现实和解，在与现实共舞的情况下去实现理想。

孙佃鑫：什么叫大时代？其实不管你是伟人还是普通人，在大时代里面我们都是小人物，但是作为一个小人物，什么是属于你的时代？对于个人来说，一个人的时代是这个社会给你提供30%，剩下的70%实际上还是要靠你自己。结合现实来说，我觉得我们大学同学毕业了，基本上都能留在城市，混得相对不错。混得比较差的就是我们老家的那些90后，他们初一初二就不上学了，现在也找不到对象，反而是农村里的那些女性就算没有上过学，也是一家有女百家求，她们嫁的都是最起码在县城里有房子的。它反映的不是整个社会的大趋势，但是对于没受过教育的女性来说，她们可以通过婚姻改变命运，而没受过教育的那些男生，只要你肯努力一般是能改变命运的。

张丽军：中国当代文学作品中的失败者的形象，更多是一种转换和变化，或者说是一种氛围的弥漫。像今天很多人提到的"佛系青年"，我不去触犯你，你也不要来打扰我，我独成一个小天地。面对这个困境如何打破，我们肯定要寻找到力量，那力量在哪里？突围的道路在哪里？可能的途径在哪里？我们如何抵御、抗击、打破这种困境？这是我们要探讨的。我对新时期中国当代文学特别是对21世纪"潘晓形象"的书写还不满意，作家写出了困境，写出了失望弥漫的情绪，那么大家是不是都像祥子一样认命了呢？人的复杂性、人的多样性、人的可能性在哪里？人如何突围？特别是当代的青年如何突围？我想跟大家一块来讨论讨论这个问题。第一，我们是不是有这种困境？第二，如何打破这个困境进行突围？

张艳庭：我觉得就是奋斗，对青年来说没有失败这两个字。因为他们生活没有定型，他们要经历无数的失败才可能走向成功。如果仅仅是一些碰壁，就觉得失败了，然后过分地去抱怨社会，这是不行的。社会虽然有些问题，但是市场经济提供了一种个人成功的可能性，提供了一个奋斗的机会。互联网行业恰恰提供了最大程度的可能，因为他们受体制压制更少，互联网会取代传统行业，我觉得这恰恰是好事，它给人一个更好的机会。

张丽军： 像我们的网络文学。

张艳庭： 对传统文学来说虽然有一定的垄断性，但是也还有一定的空间，因为文学还是靠作品说话。

张丽军： 好，我们艳庭同学对市场经济和个体空间进行了阐释，包括互联网经济下个人突破困境的可能性。其实刚才艳庭提到了80后作家和90后作家与出版的关系，这个也很好，我以前写过一篇文章，我个人认为70后都是传统写作，从杂志期刊发表到打磨成书，但是80后如韩寒、郭敬明等是直接出版书打入市场的。

张艳庭： 我觉得当时80后出版的作品是有很多泡沫的，很多不好的作品可以被包装出来。

张丽军： 那你认为我们今天青年们是不是就是走互联网道路啊？还有其他道路吗？

张艳庭： 不是，我觉得不一定要走互联网道路，就算是传统写作，只要你的作品有足够的新颖性也是可以突围的。其实我觉得先锋文学不能说断绝，当时他们那一代人都是二三十岁，青春的心态造就了先锋派的那种鲜活地想要创新的可能，给文学、给我们带来新的东西。我觉得青年人要勇于攻占文学领地，不断地带来新的东西，还要有韧性。

张丽军： 文学最需要韧性，很多有才华的人是昙花一现，有才华的人要有韧性才能成长。刚才艳庭提到一点，真正好作家是埋没不了的，关键是写得好不好。这两年我发现淄博出来很多很好的90后作家，像魏思孝。传统的机制和体制依然在发挥着创新的活力，重要的是个人怎么写作。

孙佃鑫： 刚才张老师说到出路的问题，我觉得方向很重要。就我那些同学来说我发现一个问题，小县城的高中同学他们都上过大学，回去之后反而更愿意待在小县城，幸福感特别强。反而是我们这种农村出来的，可能往城市涌入的可能性更大一点。但是对于那些没有上学的，给别人打工也觉得不错啊。我想说出路的问题一定要走出来，走出来会了解更多，学会一技之长。我工作过，工作之后你会发现有一种窒息感，你的意志会被消磨掉。我现在能理解为什么很多人大学毕业在一个单位待的时间久了之后，他会跟上学时候的气质完全不一样。我也不知道出路在哪儿，我就再"回炉再造"。

张丽军：嗯，其实我明白你的意思，你的意思就是其实这个困境和出路对于上过大学的人可能才是个问题，没上过大学的可能都是物质层面上的，还没到精神的层面。所以我们谈论困境、出路还是在我们这个层面来谈，其实他们隐约的困境是在另一个方向，没怎么显现出来。我们今天的关注点变了，整个社会的关注点也变了。像我刚刚提到了80年代，我们的工人都在讨论学习李泽厚的美学，讨论哲学问题，整个社会都这样。我一个初中生去买《美的历程》看，对未来充满了憧憬，人们就像食指的诗歌写的一样相信未来。但是今天的人肯定是活在现在，所以他不敢去想象。现在社会进步，人们说一个物质繁荣的社会才是一个美好社会的基础。这些没上过大学的人对物的满足并不意味着他精神就不需要，而是他还没到这个层次，现在依然为生存而奔忙。

刘兰慧：我之前思考当下青年出路，我感觉我最初的思考得益于一个英语公众号的张老师。他说自己出生于苏南地区特别贫困的一个农村，他觉得当下青年出路，第一就是需要过硬的本领，另外一个就是要接受好的教育，最大范围内提升自己的学历，争取最高的学历，然后来获取选择的机会。从农村出来的学生一般来说都是特别自卑的，面对同样的机会，在县城或者市级以上生长的那些同学，他们会有充分的自信，可能有五成的把握他们就敢去尝试，如果是农村出来的同学，即使有11分的把握他甚至都不太敢去尝试。

张丽军：我觉得这个未必完全是这样。自卑，肯定是每人心中都有的东西，关键是如何在教育中、在实际生活中改变和提升。你继续说。

刘兰慧：我觉得青年的出路就是顺应主流。如今互联网经济发达，互联网能够缩小不公平的差距。还有就是个人眼界的问题，有的人只会利用网络来做一些娱乐的事情，其实它上面有特别多的学习资源。

田振华：我觉得这个困境应该分不同的时期、不同的人、不同的群体。

以我个人为例，可能我现在的困境就相对来讲会少一些，我目前就是要好好写论文。我之前大学毕业的时候到政府工作，特别不能融入他们。一天晚上，我就一个人坐在宿舍里面看霍达的《穆斯林的葬礼》，我感觉我这辈子可能再也走不出去了，我实在是不想再待下去了，后来有个老师说你考研吧。那一年是我人生当中学习最刻苦的一段时间，除了工作和学习心无旁骛，结果第一年加试没过，只能第二年再来。这几年我一直在看书，一直在学习，我觉得可能算一个突破。这两天我做了一个PPT，下周要讲一个关于新青年向何处去的讲座。杨庆祥老师在《80后，怎么办？》中提到，小资产阶级这一个群体只有从小资产阶级的白日梦中醒来，超越失败感，才能理清自己的阶级，矫正自己的历史位置，在无路中找到一条路来。

张丽军：我想听听你认为出路在哪里？

田振华：我觉得还是要坚定信心，不同的人的目标是不一样的，可能我达到这个目标，我就突围出来了。我记得之前张老师说过一个观点我也很认同，就是现在这个社会你只要有能力基本上是不会被埋没的，你觉得能力不突出就把自己的能力积累到一定程度，可能你就会成功。石一枫的《借命而生》中的主角和普通人的困境也不一样，他是一个监狱看守人员，他原来可以当刑警，展示自己的能力。它表现出了人生价值上的那种虚无感，我读的时候特别感动。

石　琦：我觉得我身边的亲戚是没有精神困扰的，他们有的是生存的压力。而且我觉得我们很多作品确实关注到了现代社会当中这种困境，然后作家也特别渴望想把它表现出来，但是往往作品中没有关注到的是我们的时代是始终变化发展的，我们的乡村也不再像过去那么的穷苦，现在的乡村也是在不断变化的。就像我老公的一个表弟迫切地要从自己的小城镇走出来，去看看外面的世界，我觉得他代表了其中一部分青年人，他们有大把的青春去努力、去尝试。虽然最后他失败了回到了老家，但是我发现他和原本的祖辈不一样了，不再是单纯的面朝黄土背朝天的农民。大城市改变了他的眼界，也改变了他的某些生存技能和方式。

张丽军：他有了新的眼光之后回去做了什么？

石　琦：他现在自己在开农场。

张丽军：开个有机农场也不错，我都想回家开一个。

石　琦：作为一个中年人现在再回过头来想青年时期，我发现就像师弟说的一样，你知道自己想要的是什么，这个时候如果你能够坚定自己的内心，其实你是很难困惑的。我本科读完以后想继续留在大学，于是我就考了研究生，我导师问我要不要继续读博，我坚定地告诉我老师说我不读了我要结婚，于是我毕业就结了婚。工作以后就像佃鑫说的一样，人不可避免地就会被同化，我好像能够看到自己退休之前这几十年的样子。但是我发现有了孩子以后人是会变化的，我觉得城市里的孩子其实也不容易，他们生存的压力也依旧很大。现在城市的竞争越来越大，现在有一个词特别能形容城市里的青年人和中年人，就是"奴"，我们是"房奴""车奴""孩奴"，我觉得这一类人的生活困境是最大的，午夜梦回经常惊醒不知道未来该怎么办，然后在自己努力的过程中也不断地去逼迫孩子，希望孩子不要输在起跑线上，可是问题是这个起跑线是由谁划定的？它其实是我们这些中年人给未来的青少年划定的，我们在决定着整个社会的发展。

我不知道佃鑫有没有这样的感受，当人处在某一个相对来说比较熟悉的环境中，已经完全适应甚至如鱼得水的时候，让你再跨出一步，进行所谓的跨界，你首先感觉到的是紧张和恐惧。

张丽军：一个人能够在一个很适应的环境里走出来，像你这个年龄更应该要跨界，像很多人想跨都跨不了。其实一个人能够安安心心地读书能有几年啊，现在你又有很多牵扯，要走出来是很不容易的事。特别是一个人在一个很适应的环境里往前多走几步，肯定要有一颗像张炜说的大心，要挑战自我。而且一个人往前就是不断地去体验新的生活，我们缺少这种东西。这点我们要学习西方人，80岁、90岁还要探险、爬高山、环球旅行，我们中国人太缺少这种精神。要不断地挑战自我、丰富自我，给自己一种永远青春的东西，或者说青春就在我们的心中，用它来充盈我们的精神世界。好，姚婷婷。

姚婷婷：我觉得"潘晓问题"应该是不同的时期会面临不同的困境，就像是刚才琦姐说她有家庭有孩子，然后是"房奴""车奴"，但我现在是"三无"——没有孩子、没有房子、没有车子，一直都在校园这个环境里可能会相对来说简单一点，可能就没有走入社会的那种经验。

张丽军：那你现在是最自由的，多么宝贵啊！

田振华：我们现在差不多就要毕业了，你们向往我们即将工作，但是我们也向往你们的生活。

张丽军：互相向往，生活在别处啊。但是青春的东西是最宝贵的，这是无可替代的，特别是自由的、无牵无挂的青春。我现在没事就带娃，我也有很多活，我干不完怎么办呀？我觉得带孩子也是调整，这是我想要的生活，那我得负责任，而且孩子也带给我们快乐。人的前半生要看自己的努力，后半生的幸福要看你的孩子。因为中国这个民族特别重视家庭，我们现在年轻一点，再过20年、30年、40年，去看孩子能给你和家庭带来什么，这才是一个民族能够持续不断往下发展的维系。所以周三到周五基本上三天我都在家，中午带她出去至少玩一个小时，保姆五六点钟走了之后我又带她玩一个小时。我把做家务当作一种休息，人要调整心态。不要老觉得这都是负担，难道不是为家庭创造价值？你带孩子这种感情是用市价买不到的，过去就过去了，所以要珍惜这些时间和机会。

姚婷婷：我继续努力，为了那个幸福努力。其实我原来也在思考"潘晓问题"，可能必须要打破一定的舒适区才能够突破这种困境。从我自身而言，一直有点安于现状。我觉得从这个问题上来说，关键是要看自己心中想要得到的是什么，想要的目标是什么。在大环境下这种情况也是无法改变的，你只能按照自己想要的生活去努力，大环境给予每个人的机会都是平等的，你只有抓住机会，提升实力，才有可能从这个大环境当中突出自己。我觉得关键还是在于自己吧。

张丽军：嗯，挺好，我觉得是对的。还有一点是刚才兰慧提到的关于主流的问题，我觉得其实主流还有另一面就是随波逐流。主流和支流也是一个互动的关系，有时候还要过有创意的生活，因为太主流的是没有创意的。你要想过一种安稳的生活、随大流的生活没问题，但是我们要过的肯定是有挑战性、有独特性的生活。好，伊宁。

范伊宁：我觉得青年困境是一直都有的，因为每个时代都有青年，他们一茬一茬都在成长，不同的时代他们都会有不同的困境。但是21世纪以来，就我身边的一些人来讲，市场经济带来的与传统伦理的冲突对人的心理影响是非常大的。

刚刚说到 80 年代小摊贩在叫卖着李泽厚的美学哲学的书，大家都争先恐后谈论美学，那个时候大家可能更多关注的是精神层面上的问题，可是当市场经济兴起之后，给人带来幸福或者说体现人价值的东西更多了，人们对幸福的获取来源也打开了更多途径。而且当经济发展起来之后，贫富差距立马就拉开了，在 20 世纪 80 年代初期大家都很穷，在大家都差不多穷的情况下，反倒对精神方面追求很高。而对于当下很多的人来讲，他们维持普通生活就有难度，生活成本在节节攀升。还有就是社会资源分配问题，尤其是教育和医疗资源差距大，像我老家的侄子们全部都被送到城里去读书，现在也只有老一辈的人他们还扎根在农村。我感觉青年的最大一个特征就是敢想敢干，尤其是在于敢想这个上面，对于未来有很美好的想象。"理想很丰满，现实很骨感"，二者之间的落差能不能经受得起，你能不能去调整好自己的心态，怎么样从现在开始重新去制定自己的目标，再重新出发。这个客观事实和你个人的能力之间，它是有悬殊有落差的，有的人就接受不了，最后就变得自怨自艾。一开始他跟你讲他的苦闷，你愿意听并试着帮他去排解，给他一个积极的反馈，可时间长了，我觉得这种人很可怕，他像一个黑洞，每次跟他谈完，自己的情绪也会很低落，我本来是精神满满地给他讲，讲完之后我觉得自己怎么生活那么难。其实大家都知道现实生活的艰难与残酷，青年不完全是不清醒的，但是他心里还保留那份美好的想象，这是很可贵的。

孙佃鑫：我 2014 年硕士毕业在青岛的一个学院工作，我室友是中国海洋大学毕业的，他就是伊宁说的这种"黑洞"，特别颓废。他天天晚上拿个钓竿，夏天去通宵钓鱼。

张丽军：这会不会和个性有关？

孙佃鑫：他就是没有任何追求，比我大好多岁，也不找对象，性格很好，但是在他身边时间长了之后，你也会慢慢消磨斗志。

范伊宁：我认识的倒不是你说的那种佛系青年，而是有太多抱怨的人。我特别认同的一点是不同的人有不同的困境，你没有站在他的生活背景上，你不知道他所受的苦和他心理压力的来源,没有办法说出"何不食肉糜"这类话。

张丽军: 有一次我到中国作协开会,讨论一个辽宁作家。后来我跟他聊,我说你写了很多小事,怎么工人题材写得很少。他说我不愿写我的生活,我写得很痛苦。这话说得也很打动我,但是我说这块领域肯定是你最熟悉的。一个作家你要有一个特点呈现出来,那恰恰是你的东西,但是他说他不愿意再在创作中触碰。

范伊宁: 关于青年的出路,确实有像佃鑫说的那种选择回小城生活的人。人在一个熟悉的环境中会有一种安全感,我发现他们的幸福指数真的很高。另外也有很多人选择在北京等大城市生活,他们可能面临很大的压力,但是你问他们后悔吗?他们也不后悔。他们是抱着哪怕失败了,也要出来闯这一遭的想法。原因是什么?失败之后还有退路,他可以退回到家乡的小城市,但这是他的选择而不是被迫的一种安排,我其实挺佩服他们的,这个勇气非常大。还有城乡关系方面,有些作家写的农村还是很老旧的,可能还是他想象中的农村。现在出现一些趋向去农村生活的综艺娱乐节目,依靠名人效应,影响力是非常大的。如《向往的生活》《野生厨房》《哈哈农夫》,我没有完全看完这些综艺,但是从海报等宣传上,你大概知道他们想要倡导的是过一种慢生活。但是这种综艺背后也有个陷阱,它把农村生活表现得太诗意化了。

张丽军: 那些农村的人爱看《向往的生活》这个节目吗?

朱文健: 是给我们生活在城市的人看的。

石 琦: 对,这个节目我看了好几季。我觉得这一类节目是有定位的,它定位的一定是在这种快节奏的城市生活压力之下的人,给大家一个释放压力的出口。它叫《向往的生活》,我可以不去,但是我知道是有这种美好存在的,而且和咱们中国人传统的审美是契合的。

田振华: 我一眼就觉得很假,我可能都不会看。

张丽军: 我和你的想法就不一样,我现在真想回老家,好几次给我的大女儿说哪天跟爸爸回老家吧,我去帮你爷爷掰玉米,体验体验那种火辣辣的感觉。可能这就是一种生活的调适,我想找到一个童年的感觉、干活的感觉。

石 琦：我刚才说的那个亲戚，我觉得他之所以能够回到家去开放一个农场，就是因为他体验到了上海的生活，知道城里人是怎么生活的，所以他在回到农村的时候，不是选择传统的种地的方式，而是换位体验到城里人的需求是什么。

张丽军：好，文健。

朱文健：中国最近这几十年可以说是最稳定的时候，你可以按部就班一步步来，如果你不去关注一些精神层面的东西，你真的会觉得有困境，而解除这个困境特别需要那种内心的力量和精神的资源。

张丽军：所以我想啊，我们不同的时段要不断地去走出路来，去建立更多的东西。其实有时我们说，如果从更长远更宽阔的视角来看，可能那些东西也不重要，那些名利也不重要，重要的是我们去经历、去丰富的这些，永远有一种青春的东西，去开拓生活的新境界。好，我们今天就聊到这儿，我觉得还是很有收获的，而且真的找到了每个人往前继续行走的方式。

21 世纪以来的科幻文学

时　间：2019 年 3 月 25 日
地　点：山东师范大学千佛山校区 3141 会议室
主讲人：张丽军
参与人：朱文健、范伊宁、马宇晴、姚婷婷、
　　　　石琦、张艳庭、田振华等

张丽军：《流浪地球》是中国本土电影，而且是具有高科技物理学知识的一部作品。《流浪地球》引起这么大的关注，我觉得它呈现了一个很新的问题。包括我们说像刘慈欣的《三体》，有那么多人都在读，为什么会出现这种热潮呢？以往这种文学本身的关注度不是很高，现如今科幻文学有这么高的发展势头，到底是为什么？这又说明了什么？这也是一个很有意思的话题。包括近期沸沸扬扬的基因编辑事件，我们都说人人生而平等，或者说人人死而平等。穷人富人生下来都是一样的，当然可能有一些其他条件不一样，但是 100 年的寿命都是一样的、平等的。但是基因编辑的出现对我们以往的伦理认知构成了一种挑战。基因编辑把一些关于健康方面的基因进行改写，改变人类的生理结构、身体物理结构，甚至我们可以想象在不远的未来，有钱人就可以将自己的寿命延长 20 年、延长 50 年。那么还会不会有这种终极的平等呢？这可能是人类发展中一个非常大的问题。

　　我们提到工业革命，它改变了人类自然的力量和方式，在工业社会之前，我们靠人力、海洋力、马力来获得动力。工业文明带来的是机械力的传播，蒸汽机的发明成就了石油文明。今天我们的科技文化、人工智能进一步发展了，这是一种超人类的力量，超越上帝规则的东西，这是造物主所没有提供的东西，而我们人类打开了这个世界的大门。以往我们说人类制造大量的化工药品影响了人类的 DNA，但是基因编辑的出现，它直接就引发了改变。在这样一个大的科技背景之下，我们看到的是一个加速发展的社会。那么我们的文学艺术同样也会面临这种挑战，而且文学艺术可能是首当其冲的。因为我们是人文知识分子，忧国忧民的人都是读了太多的书，有太多的文化，所以我们有这种使命感，对人类命运的关注和思考，有一种情怀和担当，所以我们文学艺术是最先感知到这种变化的，并对这些事件的后果进行反思。所以这就是我们说科幻文学能够在世界上繁荣和发展的一个非常大的背景。

那么从我们中国科幻文学的发展来看，或者说从人类科幻文学的发展来看，凡尔纳的《海底两万里》讲了一个鹦鹉螺号潜艇的故事，打鱼人感到很疑惑，这是什么东西？是他们以往没有见过的，还可以下到海底那么深。那么今天我们看到这些都成了现实，这种科幻想象和我们今天的科幻想象是截然不同的，过去可能是想出很多新事物来，是在量的维度上进行扩展，而今天的科幻文学是一种颠覆性的存在。这是世界范围内的，我们来看中国科幻文学的想象。自晚清以来，中国也有对世界的想象，比如说中国晚清的"换头术"描写。他们认为黄种人的脑浆不行，观念也跟不上，那么该怎么办？就要采取"换头之法"，把大脑里面的脑髓给换掉，注入新鲜的血液，这是一种文学的想象，它和真正的科幻文学可能还有很远的距离，但是从今天来看，这个换头术似乎也不是很遥远了。在《山海经》里面，黄帝和蚩尤打仗的时候，刑天以两个乳头当作眼睛，以肚脐做嘴，继续进行抗争，继续生存下去。像《西游记》里面的一些妖怪砍了一个头之后还有好几个头。那么这种想象可能是一种文学性的，它也有一种现实性的依托。但是我们看今天这种科幻文学，它能够为我们提供一种科学意义的、物理意义的、可延续性的逻辑，这可能和以往的那种奇思怪想、不科学的想象截然不同。今天的科幻带有很强的逻辑性和科学性，以及物理原理在里面。它描绘了一个可能的未来，所以这就是从世界意义和中国意义上来发现科幻文学的不同性、异质性。

科幻文学在中国的热潮，其实还在于科技发展的进步。我们现在都在提智慧城市、智慧乡村，还有智慧型的管理，例如机器人在家里帮忙管理家务的设定，机器人甚至能够帮助人类树立情感，这种想象是代表了一种对美好未来的渴望。甚至我们看到中央电视台使用的助理机器人，它们模仿一个播音员进行播音能够以假乱真。机器人和人的区别就在于人有情感，人有个性，那么经过很多年的发展，机器人会不会也有情感呢？比如说人与机器人的象棋比赛，人有创造性、独特性，那么在机器人设置的程序里面会不会也有一种程序，能够让它有一种发散性的思考？我们之前提到了人所具有的个体性、地域性，以及人的各种经历对他的影响，那么这种情感也可以复制，机器人也能够有它的情感。物有物性，我们会说每一块石头、每一棵树，都有自己的光泽和纹理，每一片叶子也是不重复的。那这样来说，人类的情感被异化以后，人和机器人的区别又在哪里？边界又在哪里？这都是需要我们探讨的。

人工智能的边界在哪里？我最近一直在关注这个领域。无论是俄罗斯还是美国，或是欧洲，都非常重视人工智能，都唯恐在这一块儿落伍，这也是现在争夺的一个制高点。那我们再来想一下，它有没有负面的东西？我们都在提它好的一面、便利的一面，那么它的负面性是什么？我们看到有人提出来必须要阻挡基因编辑这个科学实验，又有人提出科学实验还是要做的，这个实验只有在中国能做，在英国就做不了。那么这种科幻所带来的边界到底有没有？有的话，它又在哪里？这是一个更核心的问题。我们学校有进行过探讨，有很多学者提出来，如果死亡也不平等了，那么穷人怎么办？弱国怎么办？其实我个人认为，像《北京折叠》也是一个底层叙述，是科幻文学的底层叙述。它只是利用了一个科幻的外壳罢了，里面仍然展现的是一个阶层的对立，不同的出生环境、不同的人一旦拥有了权力就会变成一种赤裸裸的阶级压迫。一个人只能在特定的房子、特定的阶层里生活。有一些西方国家提出要将非洲国家等一些第三世界国家联合起来进行数据保护，要进行数据制约。人工智能都需要大数据，我们保护好自己的数据，中国的家族信息都比较系统，一个家族的遗传基因数据、病理基因数据等资源，这都是很重要的。在科技相对较弱的国家可能无法进行大数据的收集，但他们能够做的就是不将自己的数据泄露。上次一个国外的老师来到我们这里时，他提出我们中国的支付宝、微信都很好用，但是转念一想，个人的隐私又在哪里？包括我们平时买什么商品，使用什么牌子的化妆品，吃饭点餐等习惯，所有的数据信息都被有形和无形地泄露了。上次给大家讲过一个笑话，说一个老师到欧洲国家访问，去进行交流，后来就有人给他打电话说，老师你在某年某月某日某时某分出入某一个场所，待了多长时间，那老师很惊讶，他问对方怎么会知道，对方称自己是类似于国家安全局一样的政府机构，说他存在洗钱的嫌疑，有几百万的钱，他此刻处于一个被调查的状态，就要他转80万，结果他最后被骗了80万。所以我们看，在大数据时代下个人的隐私、独立个体的边界又在哪里？这是今天的科技给文学艺术、社会伦理，以及对人之为人的几千年不变的准则发起了一个挑战。一个社会运行需要的是有机的、有序的、有规则的，而以往这些规则被打破又将如何？这是我们要面对的问题，所以我们看今天这些和它有关的电影、文学作品很多，也都触碰到了我们敏感的神经。这都是时代提出的课题，我们的研究也要跟上来，研究社会不断涌现出的新问题，这也是我们的价值和意义所在。我先抛砖引玉，就说这么多，下面由我们同学来讨论一下。

朱文健：我很喜欢《三体》这部书，看了好几遍。他有几个方面写得挺好的，很有思想上的深度，又有人文关怀。就比如说第三部最后的结局就是能否活下来不要紧，作为一种文明，他们曾经存在过，他们曾有过一些贡献，这些需要保存下来。如果之后还有社会的话，那么他们就会被知道，曾经有他们这样一群人生活过，他们曾拥有这样的成就，他们创造了这样的文明，到最后已经到了这种地步。一个人、一个种族、一个星系，甚至是宇宙，毁灭都不是问题，最重要的是这些东西留下来能让后面的人知道。

另一个就是黑暗森林从第一部就开始贯穿，里面说文明就是无限发展的，宇宙总量是有限的，就凭这两个就像公式一样的东西，很多东西都是被假设和限定的，比如说"两点之间直线最短"这句话不一定是对的，这都是在一定假设之内的，然后里面的人就以此推理出欧几里得原理。刘慈欣也是以此为基础，他先定下两个基点，第一个是文明都是有无限发展的，第二个是宇宙的物质总量都是有限的。由此，这两种基点就会造成一种冲突，因为如果所有的文明都无限发展的话，总有一天他们会把所有的宇宙都开发完毕，那么他们肯定会爆发冲突，必然有很多霸道的文明世界就要采取措施。这里面只有一个黑暗胜利法则，就是他们隐藏自己，只要发现任何敌人，不管对方是有善意的还是恶意的，先把它消灭。所以这就是他这本书的重点，因为你不知道别人是好意还是恶意，一切都是随手为之。书里面有个人他把整个太阳系给二维化了，从三维直接掉到二维。太简单了，比如说一千年之前的地球，只要一个现代人带一个核弹就可以把整个地球毁灭。所以对于那些很发达的文明来说也是非常简单的，毁灭起来是没有任何代价的，但是如果你不毁灭它，让它发展下去，到时候被对方发现了，那就很有可能会被对方所毁灭。我刚刚想到了另外一点，可以作为这本书的一个补充点，就是当你的文明达到一定的临界值的时候，你的发展是不可逆转的。如果是中世纪的话，让任何一个现代人过去看，也不可能预测到我们现在会怎样，因为那时候太黑暗了，你不会知道它是向上发展还是向下发展，它没有达到这个临界点。我感觉如果正常的话，任何一个人来看我们这个社会，如果他不自取灭亡的话，那么他只会向前发展。因为我们已经过了一个临界点，到了我们这个时代，一切都是要求发展式的，很难停下来，你不做自会有别人做。像美国、英国有法律，有道德方面的制约，规定不能进行基因编辑，不能进行换头术。中国人做了基因编写这件事，虽然说受到了谴责，但是一旦被极端分子掌握，他们也会去实行。所以为了不落后于别人，你就必须去做这件事。所以说我们现在已经过了这个临界值，就必须选择继续发展下去，迟早有一天我们会迈出地球。

结合以上得出结论：第一，文明无限发展，人们对物质世界是有无限需求的；第二，人类文明到了一定的点就会无限发展；第三，物质总量是有限的。你要发展，而且是不可逆转的发展，物质总量是有限的，这就决定了必然会有冲突，那么就必然会有人胜利，有人失败。所以为了不让自己失败，他也必须要去摧毁一些别的星球。这就是黑暗胜利法则最基本的构成，黑暗森林中到处都有与他一起前行的猎人，如果他发现此处有别的生命，他能做的就只有一件事，那就是开枪消灭对方。在这片森林中，他人就是永恒的威胁。举个例子说，如果美国领先世界造出原子弹50年，他们肯定能料想到，后面有国家会不断地造出原子弹，那么就会与他并驾齐驱，很难说他会不会提前下手。他们无法去进行这场赌博，否则就是以自己文明为代价。你不可能说先等一等，先看对方是好是坏，如果他是好的就留下，如果是坏的便消灭。不可能，必须消灭，就这么简单。而且文明是发展得越来越快的，就拿发明原子弹的那几年来说，是美国先发明了原子弹，当时他可以把苏联毁灭，但是没过几年苏联也发明出来了，最后就达成了一种恐怖的平衡，这也是一种脆弱的平衡。所以对于一个文明来讲，根本一秒都不能等，因为你无法保证在这段时间内会不会出现对你产生威胁的对手。

我觉得他的人物塑造也特别好，像里面的章北海，他作为二十一世纪的人支援未来，为了未来的思想建设。虽然他表现得非常坚定，但他一直觉得会失败，所以一直在为逃跑做准备。但是他逃跑的最终目的跟《流浪地球》里面的莫斯一样，当莫斯发现地球要毁灭的时候，就自动启动程序逃离。他从一开始就知道地球要毁灭，所以他彻头彻尾地选择逃跑，最后他发现那四艘战舰的燃料远远不够，要么被毁灭，要么去毁灭别人，他们只有把所有军舰的燃料集中到一艘才有可能逃离。

张丽军：那你有没有觉得这本书有缺陷、有批判性的一些地方？这本书有些观念有问题吗？他的依据有没有问题？他设置的大理念有没有问题？如果他的设计理念有问题的话，他的整个逻辑都要崩溃的。

朱文健：我没有发现，因为前几年看书也是有关于欧式几何和黎曼几何的关系，就是他们自定义的一些东西，以纯逻辑的方式一直推演。

范伊宁：《三体》我没有看完，我看了刘慈欣的一些中短篇。其实我一开始看《三体》第一部的时候，看了好几遍都没有接着往下看，因为我知道它是科幻的，但它一开始场景的描写，就是"文革"那个时期，就疑惑这个跟科幻有什么关系呢？他为什么会从这里开始呢？他对现在绝望吗？这本书我看得很慢，它里面涉及一些原理概念，我觉得对文科生特别不友好。看第一部的时候，我把里面的人名和涉及的东西都写了写，我发现连人名都记得不是很清楚，等到看到第二部一半的时候才知道了一些。后来看《流浪地球》一些中短篇，我发现从中短篇切入的话，对刘慈欣整个小说的体系应该能有一个更好的认识。例如《命运》《乡村教师》《赡养人类》等，我发现它们有很多内在的联系，他可能有一个完整的宇宙观，包括他的一些概念和电影。他最近的几部小说中，我比较喜欢《命运》，再就是《赡养人类》。从我阅读的这些中短篇小说中，开始理解刘慈欣的这种浪漫，他以科幻给我们带来这种浪漫的想象和对当下现实的一种关切，他的浪漫可能是对宇宙浩瀚无垠的想象，包括对外星文明的想象和地球未来发展状况的想象，带有一种浪漫色彩。我特别喜欢《命运》，里面有很多想象性的故事情节，在之后的人类发展中，人就可以去外太空旅游。这里成为一个旅游基地，他和自己的妻子去度蜜月，他无意当中改变了一个人类的历史，当他再回到地球的时候就发现这个历史被改变，恐龙没有灭绝，恐龙成了动物园里的游客。里面这段话我抄下来了，是这样说的："宇宙并没有选择人类，在我们的时间里，人类文明在地球上达到巅峰，不过是一次偶然的机遇，而我们以人类的自负把偶然当成了必然。现在，大自然掷出的进化硬币翻到了另一面。我们确实处于地球文明的动物园里，但恐龙是游客。"他写的这个想象，我觉得非常好。对于人类那种自大的状态，他是有批判意识的。人类一直觉得在自己的世界里是最高端的，是地球的主人，以主人翁的姿态对待其他的生物。他对生态环境问题也是有批判的，《三体》里面也有人们对于森林的破坏。对于教育问题的反思在《乡村教师》里面也有，这就很明显。

今天老师开头说的话使我一下子想起了《赡养人类》这部小说。上帝造了六个地球，已经有了四个，但是你还要去寻找其他的。人类在寻找其他地球文明之前，第一文明已经找上人类，他们要迁徙到地球上来，要来10亿人口的穷人。这些穷人为什么要来呢？因为地球上的贫富差距非常大。第一地球上面99%的资源都掌握在一个人的手里，这个人是中产者，他有着几乎所有的资源，而剩下的人只享有1%。这种贫富差距的来源是什么呢？就是因为教育。以往的阶层流动主要是靠教育，但是最后教育可以通过一种技术在人脑植入一台超级计算机，这样他就可以拥有无限的容量，包括各种各样的资源。但它非常贵，所以阶级就会慢慢分化，然后一步一步筛选，穷的越穷，富的越富，最后被极端化。现在地球上也面临这种问题，所以他们要到地球上来。他对现实的这种思考通过一些科幻的外衣，把现实的问题放大到整个宇宙，甚至嫁接到另外一个地球文明上，把它无限地扩大，给我们提供一个反思的机会。

除了这些反思和批判，我感觉刘慈欣其实对人类抱有一种美好的希望，对未来抱有一种光明的想象。在《乡村教师》里面，教师给孩子们讲《狂人日记》，还有牛顿定律。他说我知道你们可能接受不了初中的教育，但是我想让你们看看知识都是什么样子的。小说最后他们避免被摧毁，发现了高级的文明，他们将活下去，留在这块古老平行的土地上。我们现实问题虽然很多，但还是存在着希望，我们要去努力改变。我感觉到了刘慈欣对人类的关切和温情,在一个科幻作家的身上,这是我没有想到的,是阅读过程中的一个意外收获。

张丽军:伊宁为我们提供了一个阅读的新入口,从中短篇小说开始也是一个很好的方式啊。小马,你来说一下。

马宇晴:科幻小说有一个特点就是经常把国界模糊化,没有国界,没有地区性,就是人类总体。他讲的不是小事儿,而是在考虑人类共同体的命运,这就一下子上升到了一个高度,让所有人都有同病相怜的感觉,然后在这种大的背景之下把人类整体的缺陷慢慢地剖析出来。像《三体》就是写了人类文明的缺陷,以及对未来文明发展的影响。其实我看了另一部书,就是关于刚才老师提到的生命伦理、基因改变,那本书就是赫胥黎的《美丽新世界》,里面的人在出生之前就被基因编辑分成不同的阶层。我感觉有时候科幻小说有一种预言能力,现在感觉这些还太遥远,说不定哪天就会成为现实。书中说到怕孩子们爱读书就给他们进行电击,故意制造厌恶花朵和书籍的条件反射,这是特别没有人道的,但在整个社会运作过程中却起了巨大的作用。它是有一定存在道理的,看似很荒诞,但却是有可能实现的。如果人类文明不是像我们这样发展,而是另一个走向的话,那么在平行世界里没有老子、墨子这样的道德家,人们就不会注重道德。然后还有一个是人类灵魂本质经常会在科幻文学中提到。

张丽军:你如何思考人类灵魂本质,或者他们如何思考?

马宇晴:我感觉在《三体》里面人类的灵魂本质是很脆弱的,最后留下的也就是个遗迹,这个遗迹在他们看来很重要。我觉得他这个角度站得很高,但不是普通人能理解的,你看到结尾才会有豁然开朗的感觉。

张丽军:好,这就是对人类宇宙总体命运的思考,提出一种预警,具有一种预言能力。我们继续,婷婷。

姚婷婷:我也没有看完,但是我觉得还挺好看的,虽然里面有一些物理的知识,但是慢慢看也是能看懂的。我觉得《三体》就像刚才朱文健说的,一方面是有科幻的成分,另一方面有文学的关怀,在里面其实也有一种背叛,科学家对于地球的背叛。他的《三体》主要从科学这方面入手,三体人把科学作为他们攻击地球的一个方式,没有选择宗教,没有以一种意识形态的形式走入人的思想。我就在想，会不会有一天人们为了所谓的意识自由而反对科学呢？就会像那些科学家一样对科学产生背叛。

张丽军：不是啊，我们现在有很多人质疑科学，比如说科学乌托邦、科学拜物教等。像现在说一个人卫生不卫生，都是一种明显的科学主义。

姚婷婷：在游戏当中一些科学家通过自己的演绎，推理出一些东西，后来一个个游戏结束都会证明文明社会是会消失的。一方面通过游戏来打破人们对于科学的质疑，另一方面又通过小说当中的物理知识，通过科学家发现三体人的过程来巩固科学的地位。这种物理知识是有一点依据的，所以这两个方面我觉得写得还是不错的。还有一个就是里面的科学家对于三体的划分，他们分为拯救派和降临派，然后把他们称之为主，这是不是也有宗教的依赖性在里面，还是没有跳脱出去。

张丽军：好，对科学的这种思考也是一个很好的点。石老师，你来说。

石　琦：我接触的科幻文学也就是刘慈欣的作品，我是把他的两部作品大概比较了一下，一个是《流浪地球》，一个是《三体》，但是《三体》很长，我没有看完。这两个作品相比较很有意思的一点就是他给我们时间的设定，都是安排在了世界末日即将来临这样一个时间节点，但这两部作品所宣扬的侧重点是有差异的。《流浪地球》所宣扬的重点在于突出那种情感，那种所谓的悲壮，舍弃小我，舍弃家庭，为了拯救人类而付出一切。这两本书里都是说要拯救人类，但是你会发现《三体》给了我们一个很清晰的科幻的框架，在这个科幻的框架当中，它的侧重点就在于文明的问题。无论通过游戏的方式对于三体文明的介绍也好，还是对于"文革"那段历史的描写也好，他其实就是在暗指无论是人类还是外星人，我们本身的问题都是阴暗的、负面的。它是把历史和科幻很好地结合起来。其他的科幻文学作品，因为了解不是很多，我没有办法去做一个价值判断。大家都知道科幻文学首先是在西方引发潮流的，而且无论是电影还是文学，西方都是走在世界前列的，我们认为刘慈欣的科幻文学是很好的作品，那他在国际当前的环境中是一个什么样的地位？我也挺想知道的，但目前了解得太少了。

张丽军：上次宋明炜老师来做报告，他就提到《三体》在欧洲、美国很畅销，在瑞士很多机场里面也都摆着《三体》，这说明了刘慈欣在国际上还是影响很大的。

  石　琦：科幻的发展对于我们人类的滥用和开发提出一种警告，除了这种警告，在最早我们所了解的外星文化，好像还有种欢乐温暖的因素，但现在出现得比较少。过去讲的大都是外星入侵、外星文明，现在更多描写一种危机感，对人类文明的冲击，等等。

  张丽军：石老师刚刚提到的人心的东西，对文明问题的思考，这可能也是小说所揭示的很重要的方面，这是一个内核的东西。

  张艳庭：《三体》我没有看完，看到第二部就不想再看第三部了。看第一部的时候我很兴奋，后来就不想再看了。第一部是讲科幻，对现实进行一个反思和批判，写得特别好，包括有对"文革"的反思在里面。第二部就开始自我建构这个框架，开始脱离现实生活。它所设想的前提并不代表一个真理式的前提，它就是有问题的，有毛病的。

  张丽军：它的问题在哪里？

  张艳庭：那种人性恶的定义，他把人性恶无限地放大之后成了永恒恶，但是这个东西恰恰又脱离了对人正常的认知标准，对人的认知不应该仅仅停留在人性恶这一个方面。

  朱文健：为什么一定是黑暗森林呢？哪怕只有一个是坏的，其他所有是好的，那么这颗老鼠屎能把其他的全部毁灭，因为要毁灭别人太简单了。一个一千年的地球，我们现在的人只要派十个人，弄十颗核弹就能把它解决了。

  张艳庭：它的前提是宇宙的资源是有限的，但我们对宇宙的认知才有多少？所以不需要争一个你死我活，这个设定本身就是有问题的。对普通读者来说，所有的小说作品都必须建立在另一个文本的基础之上，他才能去接受这部小说。如果小说和现实过分分明的话，就会造成人无法对小说中的世界进行一种认同和代入，导致小说的难以阅读性。

  朱文健：我感觉他是太超前了，就像凡尔纳写出鹦鹉螺号潜水艇，当时根本就没有这种东西，他是超前的。当他们发现他们已经进入了太空之后，突然就产生一种不一样的想法，我们已经不是人类了。从这一刻起，我们应该做的所有事情就是保存自己，其他一概不论。在《流浪地球》里发现另外一种人，他们要么打，要么跑，不可能成为好朋友。只要他是有一点恶意的，我们就会被毁灭，所以我们连百分之一的希冀都不能给。

张艳庭：地球一直在给外界发射信息，但是一直没有得到回应，地球毁灭了吗？他的世界设定都是有问题的，资源一定是有限的吗？非得争个你死我活吗？我觉得这里体现了一个问题，中国科幻和西方科幻的差异在哪里？他总是纠结这种东西，而西方科幻更有价值。比如说排名第一的科幻电影《2001：太空漫游》，它思考外界生命，但并没有给出一个答案。通过电影，人可以感受到生命的那种壮丽感，对生命本身的那种歌颂。它对于人的思索，是它最伟大的地方。在太空飞船上，电脑机器在拥有了人的那种可能性之后，它可能要把人杀死，当然人反过来反击它的时候，这个机器人说我害怕。当一个电脑拥有了人的情感的时候，它就一定比人低级吗？它在反思人的边界问题。真正的文学其实都在思考关于人本身的问题，反观人类本身。这是特别高级的科幻作品，它在思考人的边界不是在人类社会自身里面，而是在人类和所谓的非人之间。排名第二的是《银翼杀手》，它讲了人类社会制造了一些克隆人，让他们去外太空进行劳役，到一定阶段就会死去。克隆人为了改变命运回到地球进行反抗，主人公接到命令要把他们除掉，在除掉那些人的时候，他就面临一个道德伦理的问题，他们算不算人？克隆人拥有强大的力量，他们的能力是超过人类的，所以人类要让他们定期毁灭，就是要用他们去改变命运，改变受益者，改变基因设置，但是他最后选择了自我的死亡。此时主人公已经开始反思自己了，最后他发现原来自己也是一个克隆人。毛姆说他为什么不信仰基督教？如果他信仰基督教就会杀死伊斯兰教徒，但他又说，如果我出生在伊斯兰国家那又会怎么样呢？这就是他所具有的自我批判精神，因为他不信仰基督教，所以他能够对人的界限进行划分。《三体》第二部制造了一种危言耸听的东西，没有对人的更高层面的关怀，在第一部还发现有对于"文革"的批判，第二部开始就堕入了自己虚设的东西里面。

范伊宁：你刚刚说的这两部电影是很相似的，人对自己太自负了。而这部小说关注的是生命，关注的是整个文明的东西，你不觉得它更崇高吗？

朱文健： 人认为自己有反思能力，认为自己更高尚就是人最大的自恋，不要以为你能反思自己就是人之为人的东西。

张丽军： 你们是在讨论两个不同的维度，一个是在对生命体进行分类，一个是在宇宙层面考虑。

朱文健： 我认为刘慈欣写的东西不是危言耸听，他考虑的是科幻，有时候你会发现文学和科幻是不同的东西。我更倾向于以后世界的发展是刘慈欣写的这个方向，我不管你是否是人类，我只关注文明，也不关注善与恶。善与恶本身是人为规定的，宇宙本身非善非恶。我觉得这部作品所表现出来的就是人如何去理解自己。以前人怎么理解自己？通过读历史小说，人在历史中寻找自己的位置，这是历史小说存在的价值，但现在来说历史小说开始没落了，人们改变了，开始通过未来反观现在。谁规定了文学就一定要看人的文学，也可以看别的文学，也可以以文明为基础的。

张艳庭： 文明是以人为核心的，我觉得人毁灭了，外面世界不一定就可以保存下来，那么文明的保存还有意义吗？

朱文健： 以后还会有一种别的生命，整个物种消灭了不要紧，文明留下来就好了。比如说，古希腊人灭绝了，但他们留下了自己的哲学，我们可以在他们的基础上发展得更好，这才是重点。

张丽军： 科幻文学依然要回到人的反思、批判上来，依然是要为人服务、为现实服务的。科幻文学需要给人一种敬畏，让人看清自己属于一个什么样的位置。

曹霎霎： 我其实特别想反驳艳庭师哥说的，你是说它没有立足到人性这方面，对吗？

张艳庭： 不是说它没有立足到人性。第一部我觉得就很好，但第二部开始就在一个虚夸的标准下进行情节上的建构。这个前提是错误的，不一定对的。

曹霎霎： 他没有逼迫我们相信，我觉得他只是给我们一个可能，这个可能就很好呀，而不是说我们非得证实它存在，那就不叫科幻了，就叫现实了，人家写的是科幻，你没有必要否定他。文学这个东西有一个基本问题就是，人通过阅读文学作品来理解自己，理解现实，你是读现当代文学太多了。

张艳庭：它超越了我们所拥有的常识的界限，对我来说它的意义就没有太大，我读不读都没有太大关系。

曹昙昙：我在看这部作品之前他们是这样说的，三体人要证明地球人是虫子，然后地球人拼命地告诉他们我们不是虫子，最后就发现咱们都是虫子。我就说一下我发现的一个缺点吧，我觉得小说前面铺垫得很宏大、很玄幻，悬念设置得很大，但最后给我解释的那个答案令我很失望。它前面把情景渲染得很紧张，好像这个问题无法解决，但最后用了一个很简单的解决方法，让人感觉有些落差。这本书建立的黑暗森林法则其实是很简单的，没有很高的智慧，但中间精彩的部分也是有的。我要反驳师哥的就是他对于人性的看法，我觉得比较好看的有这样几个点，在大低谷时期人类快要灭亡了，人类就要举行性狂欢，这是面临灭亡时一种很悲观的状态，人的丑恶就会暴露出来。本来被文明束缚的人，最后回归了人的本能、本性，但这个本性是动物性的。

张丽军：动物性就是一种丑恶吗？这种观点是不是有问题？你怎么能这么对待动物呢？哈哈！

曹昙昙：他书里强调给岁月以文明，而不是给文明以岁月。他就是告诉我们，这个生命本能并不是说好的本能，还有那种坏的本能，人的自私性都是存在的。这里面人的危机意识也很强，他在写《三体》的时候就充满危机意识，比如说人类有一种救世主的思想，有一种母性，里面的人觉得三体人不会给他们造成危机，要去拯救三体人最后却被团灭了。他并不对人类的发展抱有乐观态度，他有一定的悲观感，人的文明在发展，但是人的素质却不一定在变高。也许刘慈欣认为人类文明在发展，但是子孙可能会丧失掉一些优良的精神。还有一点就是我觉得人类特别愚蠢，而且特别可笑。他写到人的自私，不仅是个人的自私，而且是整个群体的自私。他对人性的挖掘是比较精彩的，比如量子号和青铜时代号争夺资源，他们发现如果不杀死对方自己就回不来了，所以他们就杀死自己的同类，但当地球上的主角能够保住地球上的人类时，就开始骗他们回到自己的母星。这两个号上的人很高兴，但刚下船就被逮捕了。人类非常卑鄙，在审判的时候问他们吃什么？回答说，就吃被杀死的同类，不能浪费蛋白质。法官就问他的感觉，他说没有感觉，当时就感觉这很正常。我甚至同情青铜时代号，到那种地步的话，他们吃同类是人的本性，但是回到地球上被道德束缚的时候就不行了。

张艳庭：人最大的价值是能够去创造，脱离了人的文明就是死的文明，我觉得死的文明没有什么意义。

张丽军：好，我们继续往下讨论。兰慧，你来说。

刘兰慧：《三体》我一直读不下去，感觉内心一直不能接受。但其实我比较喜欢看科幻电影，像《盗梦空间》这一类的，像刚刚师哥说的那个情节就特别像美剧《西部世界》。我看的最早的科幻电影就是《超体》，这部电影最后考虑的也是保存文明还是保存生命的问题，里面也有那种成长小说的味道和英雄史观。电影里面女主是一个毒贩，后来变成了一个优盘，牺牲自我，保存了人类的文明。

虽然我对科幻文学暂时还没太多兴趣，但是我也思考了几点。第一，为什么近几年科幻文学大热，可能与大趋势发展有关。之前也有科幻文学，老舍的《猫城记》也算科幻文学。也就是说，科幻文学一直都有，但最近几年为何变得很热？一方面是有作家获奖，有种自豪感在里面，另一方面我觉得科幻文学能够给我们提供一种疲惫生活之外的梦想，它把科学和想象力、现实主义联系在一起之后能够让人产生一种特别美好的浪漫幻想和想象。有一个说法是科幻是你逃离日常的救生堂。第二，科幻文学的警示功能。刘慈欣在《见字如面》这档节目中说，科幻文学所具有的警示功能就是因为科学所构建起来的世界不仅让我们有了一个全新的角度去审视人们的命运，也让我们去探索人类的未知。我觉得科幻文学就是现实主义一个非常好的补充，《三体》写了从"文革"到宇宙尽头这样一个时间段，把历史、现在和未来种种现象、整体的时代思考囊括进去，这是一个超越性的问题。我发现理工科的同学特别喜欢科幻文学，通过与理工科的同学交流，我发现理工科男生对于人类命运也很关注。

有一篇文章说科幻文学可以借助四个理论进行研究：第一个是当代的社会历史理论，第二个是文本思维论，第三个是童庆炳提出的经典的六个要素，第四个是巴赫金的复调理论。师哥说它有点像霍布斯的《利维坦》的时候，我就想到了最近正在上的文化研究课程，老师谈到了伊格尔顿的文化的观念，其中就提到了文明和文化的分野问题，提到了英国的浪漫主义诗人柯勒律治，他本身可能就属于保守主义思想，把文明和文化进行分野。文明只是平凡的社会进步，科技并不一定促进文明，我觉得这是挺值得思考的一个问题。还有我觉得在思考科幻文学的时候，可以把文明和文化相结合来进行思考，这就是我的一点儿看法。还有，宋明炜老师说科幻文学更多的是一种视觉文学，我本身也是比较喜欢看一些电影，我感觉它确实需要借助非常酷炫的特效来讲出那种神秘的世界，确实需要视觉来传达这样一种文学。

张丽军：刚刚兰慧提到的科幻浪漫主义，这是很有意思的，它是我们生活中没有的东西。

张艳庭：对啊，我觉得科幻文学其实是后现代消费文化催生的一种东西。弗莱说，文学是一种循环，到第五个阶段就是讽刺性文学。这已经是最后的一个阶段了。科幻文学其实就是一种新的生活，它是对科学的神化。后现代消费理念需要这种东西来迎合，神化了的人物凭借科技来进行包装。包括前一段时间的电影《海王》，很多人对它评价很好，但后来感觉它很一般，只是浪费时间，但这种神话有这么多人喜欢，这恰恰是通过制造一个新的神话，我甚至觉得这是对女性消费者的一种魅惑。普通的男人已经不够了，制造一个神一样的男人，来满足她们的幻想。

田振华：我没读过《三体》这本书，但我看过很多科幻电影，可以谈一下这方面的东西。我们可能要用另一套评价体系来评价科幻文学，从传统文学来讲，一般都讲究人学，这就完全把原来的观念给打破了，就像网络文学一样不能用传统的评价体制。还有一个就是，科幻有一个不好的方面，就是它很多地方都不符合逻辑性。比如中国的《西游记》，孙悟空没和唐僧一起取经前大闹天宫，特别厉害，连玉皇大帝都拿他没办法，但到后来他在取经途中随便出现一个小妖，就会让他束手无策，似乎没有逻辑性可言。科幻电影开头问题弄得很宏大，到了最后结局的部分用一个很简单的东西就把它给解决了。他建立故事的基础都不太对，这是我可能不太喜欢的原因。我看完电影就在想，当下为什么科幻这么火？在我看来它还是符合人的一种心理，人的发展还是克制的，但是未来可能就不会出现。机器人突然能力特别强，它可以建构自己，很快就能够把人类给消灭，那到时候人类建立的社会就会被代替掉。这种无限的想象符合人类寻求未知的心理。比如关于基因编辑的讨论，作为旁观者的我们，可能比较好奇，但一旦发生在自己身上就会比较害怕。

张丽军：好，谈得很好，我跟大家一起来交流。其实我刚刚已经谈了这个预设的问题，我们谈任何问题都会有个预设，这关乎小说叙述的前提和内在逻辑。但我个人对他设置的这个逻辑点并不认可，刚才朱文健提到的宇宙文明的无限发展和物质的有限性，还有黑暗森林法则消灭对方。其实我们对宇宙的认知都是以对人类的认知为基础的，以对地球的认知为前提设置和展开。从地球来看，我们所有的善恶只是人类的边界，人类用所有的道德边界来评价其他的生命体系。一个虫子是益虫还是害虫？这就是人类的观点。那么在其他人看来，人就是真正的害虫，到处祸害，成为文明的危机。在宇宙观来说，可能是无善无恶的。像刚刚朱文健所说的，一个生命体在你面前，你不知道对方是善是恶，为了保全自己就只能消灭对方，这种观点其实是有问题的。因为地球和宇宙有内在的平衡，就像狼和兔子都是这个生态环境当中不可缺乏的存在，这都是宇宙事业当中的平衡性和有机性。这是一个游戏的链条，这种对立化也是自我存在的一种必要条件。有敌人、有对手，可能会发展得更好，这是一个世界拥有的平衡点。

朱文健：可是我们没有敌人，我们也发展得很好。

张丽军：我们哪里没有敌人了？有地震、海啸这些自然灾难啊！现在一些生态环境家认为，人是世界上最高物种的链条的顶端，人是最有智慧的存在。从目前可见的生命体来看，人有一种伦理的需求，要维持这个生态的平衡就要有这种责任和关怀。

朱文健：老师我还有一点想说，就是在我们这个社会，如果我们发现老鼠发展的速度是我们的十倍，但他们现在还没有赶上我们，那你会怎么对待老鼠？会不会消灭老鼠？

张丽军：你要看它有没有危害。老鼠、兔子远远不如我们，所以我们说今天我们面临的最大问题是回归自然。自然是美的存在,我们看到大海的每一个贝壳的花纹,每株植物身上的纹理,它们都是所有生命体发展的一部分,是大自然创造的最高智慧的结晶。大自然是最高智慧的存在,而人类恰恰是愚蠢的,人类有意识的改造是最愚蠢的。这是我们今天为什么要反对基因编辑的原因,人类有意的改造恰恰会造成内在冲突,这是很多规律所证实的。大自然的秩序本身有自己的平衡和规律,这是所有动物和植物存在一个重要的基础。所以在我们中国的道教文化里面,我们还是以"道"为核心,"道"是宇宙运行的规则。我们从这个方面出发的话,非要把黑暗森林法则作为宇宙的一个规则,那么这本身的设置就是有问题的。地球是一个有内在规律性的存在,就像我们看基督教,它里面有上帝,上帝制造一个完美的秩序体。这是从宗教的理念来看,当我们从大自然方向来看,大自然孕育了所有的生命体,这里面本身就包含了一种平衡机制在里面,这是我们探讨事物的一种基本点。比如说万有引力,它是一种内在的原理,当然你说我们这个观念之外有没有别的,这我们不敢判断,但是我想所谓的文明,就是要扬善抑恶。

朱文健: 我觉得在中国行之有效的拿到西方去就会变得可笑,在人类行之有效的拿到宇宙去就是搞笑的。

张丽军: 作为人类共同体,有一些共同的东西,不同的可以求同存异。我想批评这本书就在于它拥有的不是中国智慧,而是西方智慧。中国是什么智慧?中国智慧是以和为贵的,可是作者就不认同这个观点,所以说这是我批判的,他这种斗争的、除害的、消灭的思维方式是西方的观念。

朱文健: 我不认为他迎合西方,我认为这就是他本身想的。

张丽军: 我们说它有斗争的一面,但应该还有另一面。这是一种能够制衡的东西,黑暗森林法则是适用于某一个维度的,但有没有能够制衡森林法则的另外一种法则呢?至少到现在为止没有想到。处处都存在制衡,不仅是外部的,还有内部的,就像你刚刚说的美国造原子弹,也有人说可能是美国内部有人把图纸给了苏联,他就是为了实现一个内部的均衡。

朱文健: 二战时期,如果没有美国的原子弹能行吗?可是有时候历史就是由极端决定的,历史就是被美国的两颗原子弹改变的。我想说的是,你在地球适合的规律放在宇宙不一定是适合的。

张丽军：好，朱文健提出的问题是宇宙的规律，需要我们继续探索。

朱文健：我说这么多就是想让大家从另一个方面看问题，并不是说我就坚信这个。

张丽军：但是我个人认为刘慈欣的这种思维模式和理念是非中国性的。我们今天讲述的是中国智慧、中国分析方式。从宇宙道德自然的规律来说，自然是讲究美的，大自然的美是错落有致的。就像梭罗就十分崇拜自然，每一片树叶都是几千年几万年进化的一个结果，甚至是每一个动物，狗的孕育、鸭的孕育、老鼠的孕育、人的出生等，这都非常有智慧，那么这种智慧从哪里来？就来自内在的制衡。我们人类也一样，包括人类内部的制衡，我们人生的制衡。善恶的问题在我们内心同样存在，人的兽性本身就是存在的，我们希望能够惩恶扬善，我们希望以一种人类共同体的规则来取代森林法则。这就是人类的文明史，文明是让人类更加自由、平等，更有尊严，而不是无谓的杀戮。这就是共同体的利益。我们可能还探索不到宇宙外部，但是宇宙内部是讲究均衡的，它有它的智慧和力量，这是肯定的。所以我对这本书看来看去，觉得他的这种理念谈不到激动人心，他没有提供这样的理念和价值，我觉得里面一些内涵的东西还是非常低级的。《三体》这种文学和我们的当代文学构成一种平衡力，它里面有一种预言，这就是它的功能，人类不一定是这样生存的。《三体》里面认为人应该寻找另外一种真正意义的文明和可能性，而且我个人认为这种美是宇宙共同的规律。

朱文健：我觉得《三体》和人类世界没啥关系，就像人和身上的蚂蚁无法共存一样。

张丽军：我们和地球已经共存了，我们还想继续生存下去，就像今天中国人想继续与美国人友好相处一样。

朱文健：现在我们的文明是有交流的，但对宇宙不同文明来说，他们是无交流的，对他们来说这一切都是荒谬的。

张丽军：我个人认为你说的这一切都是没有道理的预设，你怎么知道宇宙是没有交流、没有沟通的呢？什么叫野蛮和文明？野蛮是讲蛮力的，讲究森林法则的，而文明是有共同性的。古人提出：致中和，天地位焉，万物育焉。这是中国文化的智慧，这种理念和今天这种生态的理念都有一定的道理。其实这里面也提到了对人类贪婪的警示，我最近在做生态文学，就有一种特别悲观的看法。太阳系最终要毁灭掉，人类这种贪婪的本性，人类自身欲望的冲突，人类对其他动物灭绝的速度，有时候连我都感觉非常悲观。但后来想，中国文化恰恰就是孔子所言：知其不可为而为之。明明知道达不到我还去做，中国就是有这种精卫填海的精神，大海那么大，小鸟怎么能填的了？但是我仍然要去表达我的意志，就像鲁迅所说的，什么是英雄，他知道大家都投降，都去屈服，假如知道明天就成功了，那么谁不去做呢？但就算大家都知道起义肯定失败，即使被砍头他们还是去做，这才是真正的英雄。就像西西弗斯一样，拥有这种永恒不屈的抗争精神。这部书为我们提供了一个新的思考方向，也是在新的语境之下与文学和时代对话的一种方式和可能性。当然我们要想，什么是真正有意义的世界文学。可能这种理念还需要有更多的创新和思考，我们期待着！

21 世纪以来的历史写作

时　间：2019 年 4 月 1 日

地　点：山东师范大学千佛山校区

主讲人：张丽军

参与人：孙佃鑫、李春艳、张艳庭、石琦、姚婷婷、
　　　　马宇晴、范伊宁、田振华、刘兰慧

张丽军：近几年我遇到一个问题，很多刊物建议我谈谈有关乡土文学的问题以及乡土文学发展的趋势和未来，我现在对这个问题也没想好。后来我想到中国有句话叫见古知今，看不见未来就需要向回看，向回看会找到确定的东西。通过向回看来看现在和未来，这是目前我的一个想法，这令我很兴奋。我现在在读钱穆的《中国文化精神》，我曾经推荐过这本小册子，是九州出版社出版的。当时钱穆应邀给台湾的军官讲中国文化精神，里面有很多不同的说法，但之后出版时也没有变动内容，当然每个人观点、立场和角度不一样，随着时代的变化也在变化。这本书保留了原著的风格，它的特点是演讲性质的，语言通俗质朴，谈的道理很深刻，一语中的，入木三分。所以说大师往往都信手拈来、出口成章，一句话就是经典。

中国文化在哪里呢，其实就体现在每个人身上，在每个人心里，在每个人言语之间，可以说我们每个人就是传统文化的产物，我们身上就体现着过去、现在和未来。传统文化还体现在家庭中，就像书中提到，中国人的家庭就是中国人的教堂，这就是大师很随意的一句话但却具有深厚的韵味。

从小父母就会规训我们，我还记得小时候走路很冒失，不沉稳，就会被我舅舅用各种方法约束和规范。再比如长喘气这件事，农村很忧愁的人就会这样喘气。前段时间我家换了保姆，她经验很丰富，活干得很好，但一坐下就会长喘气，感觉有心事的样子，这会给孩子带来不好的影响，也让我们感觉不舒服。所以说钱穆的话很对，家庭是中国人的教堂。再比如小时候我喜欢托腮，但这就被父母视为不被允许的动作，在农村托腮被看作忧愁的表现。这就是一种规范，所以细细品味钱穆等人的话很有味道。

除了家庭，民族、国家，以及文化和制度也是中国传统文化的体现。文化最多的还是体现在人心里，在人的心中留存，否则也留不住。所以说钱穆的这部作品非常棒，他的话就启发了我去思考我们民族的历史感和文化感。历史是根，我们是谁？从哪里来？又到哪里去？认清了我们是谁，我们的来由，我们会知道往哪里去。那么我们只有看到文化、文学的来路和根脉，才知道它如何发展，这是它的根脉所决定的。所以当我看不透、看不清、迷茫的时候，就往回看，这令我很兴奋，因为我找到了一个路径。很多路径是别人教的，但其实很多路径是可以自己找到的，这种感觉不一样。所以一段时间以来我都是通过文学作品往回看，来找发展的过程，这也是我们讨论的21世纪以来历史书写的价值和意义。其实王蒙就这个问题曾批评过张悦然，张悦然是80后代表性作家，但是王蒙就批评张悦然的小说里没有历史，小说的技巧和故事都很棒，我觉得王蒙的批评是很细致的。所以近几年我们发现张悦然也在悄悄发生改变，前几年我跟她的父亲张华先生聊天，他说让我时常关注悦然，她要写一部长篇小说，写了很多年了，但一直捂着，后来小说出版了，张悦然把没有出版的定稿本发给我，写得非常棒。她父亲说这两年悦然经常问起家族的事情，关于先辈的事情，也就是说她在寻找根。所以看到张悦然的长篇小说《茧》里面就是在写先辈的故事，那个年代的故事。这就是张悦然很大的进步，她也写同代人的故事，但她将同代人的故事往回寻找，这是很有益的探索。

　　无论是学术研究还是文学创作，我们的民族是富有历史感的，民族的历史太长，是优点，但研究不好也是拖累，有得就有失。我有一个画家朋友兼老乡，他从诗人转行为画家，转得很彻底。他第二次办画展请了一些美术界和文学界的朋友，有人便提出了问题，说中国有很长的绘画传统，有很多专业画家、书法家，进入了传统绘画走不出来。说河南有个作家模仿王羲之的字写得太像了，比如《兰亭集序》，但他最后署名时自己的名字写不好。这很有意思，从侧面来说中国的文化传统太强大了，很多学中国绘画和传统文化的人被中国传统文化吸进去，走不出来。

　　中国传统文化如此强大，所以我们写历史是传统，是很重要的传统。包括我们对作品的评价也说是史诗性的作品，对于现实主义的文学作品，这是很高的评价。比如评价《白鹿原》是一个时代的史诗。一方面我们写历史来丰富文学作品的含量，另一方面历史提供给我们一些东西。我们现在有几代作家在写历史，50后的作家，像张炜、贾平凹、陈忠实，他们写历史都很棒。张炜的《独药师》讲辛亥革命时期同盟会的故事，提到北方同盟会的总部在烟台,这段历史可能很多人不知道,包括齐鲁大学最早也是在烟台,由传教士传过来的。而且书中还写中国古老久远的长生文化,求仙求道的道教文化,这是一种写作方式,纯历史写作。我特别建议大家去看看,这本书是一本养生的书,真的很棒。我曾经跟张炜主席特别好的朋友聊天,提起过张炜主席会做养生药丸,其实《独药师》就是提到了一种长生文化,为什么要把植物煮熟了,为什么中国人强调食物要入口即化,他说是通过火把食物奇异的气息去除掉,跟我们柔软的胃相适应。其实蓬莱那块是有这种养生传统的,它跟道教文化息息相关,道教文化强调养生。我们说儒家文化是强调舍生取义,佛教更是强调身体是臭皮囊,而道教文化就是强调仙风道骨和长寿。里面提到了革命和长生,长生是身体的长生,而革命恰恰是牺牲生命,换来社会的长生,也就是在革命和长生、肉体和精神两个维度进行博弈,写出了很大的张力。里面还有爱情,这个时代写爱情的小说已经很少了,曾经有老师开玩笑说,古往今来的伟大作品里提到爱情都是偷情,而张炜主席正面强攻去写爱情,写两个性格倔强的人的爱情,写硬碰硬的爱情,两人之间的摩擦和碰撞,那种倔强写得很棒。其实革命和长生在今天依然是个问题,爱情在革命和长生中到底该如何选择,每个人在时代中会做出不同的选择。我们看张炜最新的小说《艾约堡秘史》,写了一个当代故事,可以称为当代的现实主义,或者把它命名为当下现实主义。为什么这个故事会很精彩和动人,因为当下的故事很难讲,因为他讲出了它的历史,以及倔强和庞大的灵魂。张炜的小说中存在着很庞大的意象,里面提到一个年近六十岁的人,身躯像豹子一样负重前行,体现出了力量感。那么通过历史来书写苦难的故事,赋予了故事叙事和抒情很大的思想深度,这就是这一代作家的写作方式。

　　再来看60后的作家,比如苏童的"香椿树街系列""枫杨树系列",其中塑造了冲动且富有血性的少年,另外像《河岸》《黄雀记》都写得很好,还有长篇小说《米》是很有深度的作品,我曾经写过文章专门谈这篇小说,也与其他小说做过比较。苏童创作的灵感令我惊讶,我的硕士导师认为苏童是最有灵性的作家,他非常喜欢,认为苏童的想象太强了。《河岸》谈到了他父辈的历史,说主人公的父亲是烈士的儿子,当上了书记,但后面被人说他是冒牌的。苏童的作品带有很强的精神标记，比如在《米》中"米"就是很重要的标记，主人公的出现和逝去都与米紧密联系，再比如文中的米店和米堂都是象征。而到了《河岸》，主人公强调自己的烈士后代的身份，用自己的胎记来证明自己，证明自己拥有地区的管辖权，这都有一种内部的逻辑性，到后来胎记慢慢褪去，他自己也在怀疑自己的烈士身份，这让他万分恐惧。后面讲到他的儿子"空屁"，这个名字也体现出苏童的想象力。主人公因为承受不了这样的屈辱，准备背着刻满烈士事迹的石碑投海自尽，这就体现出强烈的历史虚无主义，全都是空的，就像"空屁"这个名字。历史是被改写的，是不确定的，一切都烟消云散了，都是假的和空的，所以说这部小说的精神含义是很大的。后面看到《黄雀记》，这是我认为写得非常好的一部长篇小说。去年在某地开会时我说想给苏童写一篇文章，题目都想好了，就叫《归来依然是少年》，这种写作的欲望很强烈，并且起过好几个题目。《归来依然是少年》这个题目我是想表达从最初的作品到《黄雀记》都体现出苏童的少年感，但时至今日这位少年具有了深深的历史感，诸如里面谈到属于我家的一条街，就像在寻找祖上的灵魂，也谈到了叫魂的文化，这都写得很棒。其实苏童是个非常敏感的作家，苏童在2009年曾来到山师做过演讲，提到过小时候得过一场大病，家里不让他吃盐，有可能考虑到肾等身体部位的问题，他当时感觉就要死了，很长时间不让他吃盐，他感到恐惧，其实每个人的生命经历都会带来不一样的体验。所以苏童的感觉特别敏锐，比如里面谈到的叫魂和捆绑人的多种方法都很有意思。这些故事的核心依然是几个爱玩游戏的少年，这就是苏童进入历史的方式。以往是通过革命叙述的方式，但这几次体现出他进入了个人的心灵史，把这些少年和早期的"枫杨树系列"的少年联系在一起，依然是少年，但这个少年和祖父、祖先的灵魂联系在了一起，这就体现出苏童写作找到了自己历史表述的方式，通过这个方式与现实进行对话，当然这需要进一步的阐释。

我们看70后作家同样如此，我对70后作家期待很大。比如徐则臣写的《耶路撒冷》，这是近几年他非常重要的作品，但这个作品也暴露了作家的弱点，就是故事讲述。徐则臣是艺术感很强的作家，作品一开始写少年回乡，对于大运河的描写凸显出水乡的气息，故乡和要被卖掉的大药房令他感到惋惜，因为大药房里有他的童年和青春。听说大药房要被卖掉的几个同辈人都赶来了，因为大药房里有一个属于他们的秘密：亲眼见证过同伴的死亡。他们要救赎，既是救赎别人，也是救赎自己。我们可以看到70后作家的历史写作是往里走，从现实往历史深处走，这是属于他们的方式，从眼前出发来写历史，这和张炜从历史向外走是不一样的。我跟同学们讨论时谈到书里一些细节，一个歪斜的教堂，原本里面有一个耶稣像，后来让木匠做了新的耶稣像，这个木匠想法很新奇，他给这个新的耶稣像穿了一双解放鞋。我想这个木匠太聪明了，因为他的行为体现了耶稣形象中国化，因为在那个时代老百姓就是穿解放鞋，这也体现出他的创造性。其中提到老奶奶在寻求救赎，而几个少年也在寻找救赎。

如果说这部作品历史感还不是很直接，那么我们看河南作家乔叶的《认罪书》，这个小说就有很强的原罪意识。里面说道，我们有罪，我们要认罪。小说写一个朋友将一台电脑交给"我"保管，并且其中的信息任"我"处理，于是"我"将其中的故事出版，是关于一个80后女孩的故事。这个女孩在当服务员时跟政府官员相遇了，并做了小三。但这个官员为什么看上她呢？因为她和他家里的一个人很像，从而引出了梅梅，这个人物是被逼而死，从梅梅又引出了她的母亲，在"文革"中被逼疯了，就是这样环环紧扣的故事，从现实往历史深处挖。《认罪书》也很具有典型意义，这是当代70后作家对历史的书写和探寻，这是很有价值的写作角度。一个作家要有价值感和精神深度，必须要有一种历史认同，没有这个达不到一定高度。历史不去反思、批判和呈现，如何回归思想的容量和精神的深度？所以我认为这是乔叶很大胆的一次尝试。

我认为70后是大器晚成的一代，他们依然有独特且丰富的历史。一个考山大的博士生跟我说："我跟90后不一样，我有丰富的阅历，那些90后的小孩没有体验，写出的东西没有深度。"我说你这话说得很好，很容易打动老师。他的历史感和生活经历是他的优势，文学一定要从体验出发，要有体验和情感灌注的东西。80后这批作家找不到几个代表作家，除了张悦然，当然还有别人，我们也可以讨论。现在的90后作家很有热度,像山东的几个90后作家写得很好,所以历史就是这样一代代地体现出来的。

代际研究,这是我们划分的一种方式,一种研究的工具。前几年我跟考南大博士的郭师同学说,代际的研究就是一种分类的方式,是一个向度,其实我们都处于一个时代。我们说莫言是50后,苏童是60后,但以后的人不会这样讲述,这是我们当代人的讲述方式。以后的人会说中华人民共和国的时代,民国的时代,晚清的时代,事实上我们和莫言是同一个时代,我们是同一代人,要用更大的维度来看。当然对于文学家我们要做更细致的划分,这是一种研究的方式,因为只有这样我们才能看清当代的位置,我们的生活和情感、感受也是需要突出强调的。80后的人和70后的人感受是截然不同的,甚至80后和85后也不一样。这就是当代人的感觉、文学的感觉。所以说我们要有历史感,当作家进入历史写作时,他的作品才会具有深度,同样进行文学研究时用历史的维度来看是很重要的。研究生一定要培养文学史的维度,没有文学史的维度写不出大文章,仅仅是就作家谈作家,就作品谈作品。衡量一个作家的支点就是文学史的坐标体系,一个作家在什么方面进行了创新,给文学史提供了何种新鲜的经验,这就是文学史的研究维度,我们就是要培养大家这一点。为什么要去读文学史和经典作家,就是要让大家有文学史的维度,知道写了什么,留下了什么,谁写得最好,今天这个作家如何进入传统中去,他在传统的河流中到底创造了什么新的审美经验、价值和思想,这就是评价他的唯一的尺度。在灿烂的文明星河中,他就是要提供一些新东西,否则就要被埋没,自古亦然,包括研究者同样如此。所以我们说历史的维度是非常重要的,一方面我们通过它去看当代,另一方面我们走进历史去获得一种历史眼光,思考捉摸不定的未来,从历史来寻找。

最近我在读赵德发老师的《经山海》,这是一部很优秀的小说,赵老师就像在演讲一样,提出了历史眼光。好,我先讲这么多,下面听听同学们的意见。

孙佃鑫:我看了迟子建的《额尔古纳河右岸》和张炜的《独药师》,这两部作品都很好,我重点谈张炜的这部作品。张炜的作品在我本科时读过很多，早期代表作如《古船》等，主要是因为当时学校建立了一个鲁东大学作家群，里面传阅《古船》的手稿，继而看了很多。毕业后便很少看了，这次借此机会又看了一些。

像莫言的高密东北乡一样，我们会认为作家创作是有自由度的，但观察其长期创作可以看出，其实作家的出生地基本上决定了作品创作的空间和可能，这是我的感悟。因为从作家作品来看，他最熟悉的东西更能在短时间内诠释他所要表达的东西。就张炜来谈，他的作品基本上离不开胶东文化这个背景。

因为我在烟台差不多生活了有八年的时间，所以在《独药师》中谈及的地方以前也许不知道，但现在知道它写的是哪些地方了。举几个例子，先说一种植物菊芋，我上网一查是洋姜，在我老家也有，但我们不会像胶东这个地方这么关注。张炜为何很关注这个，在小说中多次写到菊芋？我岳母到秋天就把姜挖出来后腌咸菜，很脆很好吃。因为我娶的也是烟台人，所以对他们的文化慢慢有所了解。还有就是螳螂拳师，因为螳螂拳本身就是发源自烟台，我还记得大一晚会，几个体育学院的同学就表演了螳螂拳，因为他们都是祖传的，这都属于胶东文化的特色。再比如里面谈到的海塘，这其实就是属于长街的一块古老的居民区。他写的时间背景是清末民初，这些所有的古建筑就是那时所建。冰心的父亲曾经就住在那里，所以少年冰心是在那里成长起来的，那里专门有个冰心纪念馆。《独药师》中还提及了地下酿酒仓库，实际就是葡萄酒博物馆里的。因为烟台酿酒的历史跟种植葡萄的历史一样久远，甚至包括烟台苹果，最早也是由传教士带来从而在烟台传播。再比如张炜《古船》中提到的龙口洼里镇，龙口粉丝现在也很出名。所以说他的作品中的意象都带有非常浓郁的地域特色。

莫言和外国的一些小说家，他们的创作空间很多都是基于他们生活的地方。虽然莫言的高密东北乡是他虚构的一个地方，这是一个很宽泛的概念，包括张炜的洼里镇和整个半岛，都是看似含混的地区，但他们就是在有限的空间内进行各个角度的挖掘和阐释。如果跟迟子建的《额尔古纳河右岸》对照起来看，会发现那是一个民族。读《独药师》你会发现在大时代下每一个地方的革命表达和时代气息是不一样的，如果我们进行一场工程庞大的地域考察，看革命与时代的地方表达，即便都是写辛亥革命，不同地方表达也是完全不同的，而这种不同的根源就来自于根深蒂固的地方文化。甚至我们谈性格，一个民族有一个民族的性格，一个人有一个人的性格，而每个地区也有不可忽视的性格。像我们山东人就是豪爽，在特定区域内性格是有趋向性的。像刚才老师提到制造丹药，胶东地区是道教的发源地之一，那里有个道教仙山昆嵛山，跟丘处机密切相关，道教的文化与我们的儒家传统文化真的不一样，张炜也一直关注这一点。

张丽军： 张炜老家是栖霞的，他生活在龙口那边。

孙佃鑫： 属于齐文化的范畴，不属于鲁文化，两者是不一样的。很多看似不经意的东西，如果我以前没在这里生活过，我对它不会这么了解，但生活久了就会发现它们具有明显的地域特色。张炜后期对徐福的研究非常痴迷，我对长生文化了解也不是很深入，但我岳父特别注重养生。

我说一个他们家族的故事，是关于治病的，我岳父的奶奶的父亲是非常著名的中医，但我岳父的奶奶不识字，但她治病特别厉害，十里八村的人来看病，她便会让你上山去采某种样子的植物拿给她看看，但她不知道叫什么名字。她还有很多钢针，曾经用这些钢针治疗过一个小孩，这个小孩现在年事已高，当时生病时据说他的病是治不好的。因为她不识字，所以这种医术也不会再往下传，因为她父亲治病救人时都是带着她的，所以她习得一身医术，但她的后代却都不会了。这是很可惜的，因为这些医术都是从治病的经验中来的，而不是从医书上所得。张炜的小说中就存在这样的乡村传奇故事，内容很博大，既有正史方面的，也有来自民间野史方面的。单纯来看他也许是学院派，但他的《刺猬歌》里面对于野物、山林和大海的想象都是令人神往的，就像读《聊斋》时感觉会遇到仙女一样，我觉得张炜的作品是对《聊斋志异》精神的承续。

我们通常认为作家可以自由地发挥想象，就像新诗的创作，有些形式是外在的，虽然不那么明显，有些形式是内在的，他们真正有成就的作品离不开这样的空间。不管作者怎么发挥，他都一定要把大时代内化到他所生存的空间。作家需要一定的阅历，但作家本身就是在他所熟悉的土地上成长起来的，他对胶东文化的体味跟我这个外乡人是完全不一样的。我是从小生活在泰安，离曲阜只有六十里地，所以我对鲁文化感受较深，对很多价值观念有完全不一样的体悟。有人说成为作家是命中注定，这也许有些玄，但地方文化所施与作家的影响是巨大的。比如我也是个作家，我来写胶东文化也许也会写得很好，但跟张炜这个真正生长在这片土地上的人相比那完全是两码事。读这两本书时，我有个想法，如果我有经历的话，我把所有谈及辛亥革命的作家的作品全找出来，看看不同地区的辛亥革命到底是怎样的，如果会合起来那么这个庞大的历史事件会非常精彩。

张丽军：这让我想起一个故事，前两年跟张炜聊天时，我说他的很多想法很棒，应该整理记录下来，作为一种鲜活的历史呈现给后来的人。因为现在时间真的是稍纵即逝，虽然我们同在济南，但这些东西我们挖掘得都不够。所以去年我把张炜请到山师，张炜主席不愿意自己讲，愿意对话，他的对话是富有激情的。后来他说找时间让我去他那住一段时间，在山林中进行研究。我说我现在拖累太多，没时间，但可以找时间一起游走，每天把对话整理下来。他说这个想法很好，并且向我推荐了一本书，叫《番石榴飘香》，就是马尔克斯的谈话录。我在图书馆发现没有这本书，后来我买了一本，发现这部对话集很棒。里面提到了马尔克斯的每一部作品，每一个小镇都变成了画面。所以这就是说地方上的人对地方文化有独属于他的表达。

有人研究文学地理学，这也是很好的研究领域。一方水土养一方人，不同地域文化铸就不同的国家，但这一块研究得很不够。实际上我们对沈从文、张炜作品中的那种民间的野性，包括贾平凹和陈忠实的民间表达，都挖掘得不够。前两年有个跟我做论文的硕士，谈的就是张炜研究，叫作《张炜的海洋文化研究》，总体还不错，但没达到我的预期，其中提到的就是半岛文化。张炜的海洋文化和西方是不一样的，这个海洋又靠海还靠山，还有河。张炜作品中提到了很多山林、河滩，河文化和海洋文化都有涉及，这就是半岛。半岛就是延伸于海和山之间的区域，有山的灵性，有海的气息，两者是兼容的。这都具有地理性和标志性意义，这是张炜成功的很重要的因素。但这一块和文学研究方面都做得不够深入，所以一定要对一个作家的灵魂、精神气息、文化根源进行深度研究，这才能做到扎实。好，我们继续交流。

李春艳： 历史小说应该处理好历史在文学中的呈现问题，以及它作为一种叙事的方式问题，这具有很大的难度。我觉得《白鹿原》是真正处理得较好的作品。最近在看徐则臣的《北上》，看完了一遍之后整体感觉一言难尽。它的封皮上写着：一条河流与一个民族的秘史。我看到这样的宣传觉得这一定是非常值得期待的一本书，但在看的过程当中，我停下好几次，每一次都是看不下去了。每一次我都逼自己，告诉自己不能半途而废，要坚持下去，最后好不容易看完了。

我先谈一下对作家徐则臣的理解。首先作为一个作家是非常不容易的，这部作品体现出他把好几个职业和领域的活都揽下了。比如说田野调查，这原本是人类学比较常用的一种方法；再比如古代文学研究的现代考证，或者说叫文献考据，他把这个工作也做得很细致；再比如在外国文学研究中运用的比较文化研究同样在作品中有所体现，以及历史学和文学、文学地理学方面都有所体现。第一感觉，徐则臣是非常正统的学院派作家。后来了解到他是《人民文学》的副主编，就想到他这样的身份决定了他写作时的价值取向和表达方式，甚至是谋篇布局。他的编辑身份对他的创作是有着很大影响的。这谈得有些偏了，说说这个小说吧。

如果将《北上》放在运河小说当中考察，应该有文学史的视野。古代的运河小说主要是讲述运河经过的主要城市及方圆几百里的运河文化，也就是商品经济的发展对人们的心灵等各方面造成的影响。比如说《金瓶梅》和《醒世姻缘传》这类的小说，这是古代的表达，在现代小说中还没有接触过直接描写运河的。当代小说中刘绍棠描写的可能多一些，刘绍棠属于乡土文学的重要代表作家。运河小说和乡土小说的共同特点就是对乡土文化的挽歌情怀，在这本小说中也有所体现。而徐则臣的运河小说则具有一种当下和全球性的观望，运用了较好的形式实现了运河文化在当下的呈现。但是在具体的文本组织时，问题还是很多的。因为只读了一遍根本没有读懂，我理解能力有限，这本小说阅读和理解是有一定难度的。作者并没有将他想表达的很好地呈现出来，所以文字虽然很流畅，但它所传达的思想却并未达到运河小说应有的深度。为何阅读完《北上》感觉不到这种深度？若把《北上》列入古代运河书写谱系当中或者当代运河书写当中，再来看这本小说，它的局限性是很明显的。其中的写作是完全向外打开型的写作，属于历史演义小说，即通过当下来追溯过往，在追溯过往时过多地呈现了历史的东西，仅仅是史，并不是像《白鹿原》一样，通过小说展现一个民族的心灵史。这部小说并未有精神层面的展现，只是非常泛泛的写作。当然有人会说这是史传型的写法，像前几年流行的《芈月传》就是这种写法。史传型写法强调的就是历史的全面勾勒，并不注重人物内心的深度刻画。也许他有自己书写的道理，现实呈现出的作品给我带来的阅读感受就是他下了很大的功夫，但呈现出的是这样一部文本，我看时不停地叹气。我举个例子，大家会有体会。作品共分三部，在第一部中就写到在比较文化视域下国家民族的书写，运用了跨文化比较的视角，一个洋人眼中的中国和具有世界性眼光的中国人眼中的中国，两者之间书写的对比。在写完一段后，又写普通人眼中的洋人和现代意识的中国人眼中的洋人，这样的描写是非常复杂的，并且这样的交流不仅是双向的，也是从多个角度定点观察同一个问题，这让我们看到了同一个定点的对象。比如小波罗，呈现出了其本身人性的复杂。本来如此多的视角观察同一个对象，完全可以把小波罗性格的复杂较好地呈现，但事实并未如此。书中所描写的小波罗就是在船上不停地拍照，找美食和美女，看美景，这就是小波罗的形象。

张丽军： 你写篇批判文章吧。

李春艳： 不不，我不写批判文章。因为我根本没有看懂徐则臣在写什么。在第二部当中，他也许想回到乡土文学书写的道路上去，写运河文化的衰落，这就与乡土意识对接起来了，表现出了挽歌情怀。在运河文化衰败面前，与运河相伴为生的老一辈人以及新的一代如何看待运河文化，这都在第二部中有所表现。第三部与当下对接，2014年大运河申遗成功，运河节目主持人在录制节目时遇到了资金等问题，即运河成为历史景观时，当代人是如何实现与久远的运河文化对话的。

这个小说就分了这三个部分，书面语所说的，一条河流的历史，一个民族的秘史，这都没有很好地呈现出来，其实他可以写得很好，但为何出现这种偏差，可能有其他的因素，但目前最重要的原因就是他对于历史和历史考证太注重了，考证出来的所有材料他都有把它们呈现出来的欲望，说济宁出产的文物有多少，列了一个清单，让我们从头到尾看这个单子。我也看了一些评论家对这本书的评论，对它的评价特别高，说是精神文化的传承。但我在想这种精神文化在小说中体现在哪里呢，真的没有看到。我可以感受到《白鹿原》中所描写的精神文化，但这个小说我没有体会到。我最大的感触就是徐则臣用四年写这部小说真的特别不容易，我所读过的运河小说当中，包括一部叫《大运河》的作品，徐则臣是花费功力最多的，但是让读者觉得读起来最费事的，也是最无感的。

当然关于这点，我也跟很多人讨论过了，他们的观点我整理了一下，差不多分成两派。第一派就认为徐则臣的主流文学意识形态，也就是官方的职位和身份可能对他的写作产生了影响。他在写作中也许会时时意识到这样一个问题，比如说 2014 年大运河申遗成功后，运河研究在聊大还有淮阴都有非常重要的研究基地，成立的缘由也是因为国家对非物质文化遗产及文化繁荣的关注、发扬与支持，所以徐则臣在写作时跟国家政策的宣传非常紧密地联系在一起，他们也认为这本小说想要获奖，不跟政策走是不行的，而跟政策走也导致了徐则臣在进行文学勾勒时作品体现出科学和文学的冲突，要较好地呈现科学就要相应地牺牲文学。这部小说也是这样，一旦他所要呈现的想要表达的东西跟主流意识形态产生冲突，便会隐藏一些想法。其实作品中好的东西可以斑驳地看到一点，他没有深度描述，比如其中对"文革"的描述，但非常少。之后到了八十年代，运河作为一种古老落后的运输方式已经被淘汰了，而运河上的运河人，他们的生存究竟何去何从呢？这一点也提到了，但还是笔墨较少。他无数次的跳脱和在线状态让人怀疑他的顾虑有很多，考虑的也很多。您刚才说让我写批判文章，我觉得当代作家写出这样的文章真的特别不容易。

张丽军：不能同情作家，同情代替不了评价，同情是另一个维度的。意识形态的问题任何时候都是存在的，戴着镣铐跳舞，也可以跳出真正的舞蹈。写作是戴着镣铐跳舞的，而且以文学的方式来表达。文学评价依然是文学性，做了大量工作就意味着是好作家了吗？那这太廉价了，文学性是小说好与不好的唯一标准，好就是好，不好就是不好。不能把文学写成哲学、史学、考据学，写人类学就是写人类学，而读者需要作家真正创作的就是文学。

孙佴鑫： 我想到了一个问题，师姐也提到了这个问题，就是徐则臣这部作品已经不大像小说了。前几天我看到马伯庸也说，他搜集了很多非常好的材料之后出现了问题：小说已经结束了，但如何把这些材料放进去成了难题。其实这对作家来说是一个很沉重的问题。之前一个作家叫朱文，写过《我爱美元》，他得知路遥为了《平凡的世界》搜集了那么多的资料，很不屑地说了一句，大体意思就是写小说用得着搜集资料吗？我想怎么写就怎么写。对于有些小说家来说不需要搜集资料，有的运用资料运用得很好，还有的就像徐则臣这类作家，耗费心血搜集了资料。从这方面来研究小说也很有意思。

张丽军： 真的很有意思。不同作家的文学观念不同。

李春艳： 曾经谈论过红柯的《太阳深处的火焰》，徐则臣跟红柯还不一样，红柯在这部作品中可以看到裁取小说的痕迹，但徐则臣的小说并非如此，他很努力地想把材料融入叙事当中，想使其成为叙述有机的一部分，但实质上没有做到。

张丽军： 这就是问题所在。刚才佴鑫提的问题很好，不同作家对文学的理解、观念不同。我们现在听作家来谈谈，艳庭，你是怎么写小说的？怎么选取材料？材料和文学的关系又是怎样的？

张艳庭： 我不会刻意去搜集，因为我不太喜欢写命题作文。写命题作文必须要搜集材料，抛给你的主题必须通过大量搜集资料从而对它有所认识，再结合你对世界的认识，将二者相互融合。也许抛给你的新东西和你的认识是脱节的，需要重新融合，所以我不喜欢写命题作文。

李春艳： 这也不叫命题作文。比如我想写某个题材的，就需要我去了解和把握一下。

张艳庭： 有一些确实需要，比如涉及历史一类的。有一点我也不认同，之前看徐则臣的作品，觉得很不错，但把他推崇得未免过高。他的《耶路撒冷》问世后，有评论说因为有了《耶路撒冷》，70后作家不再是70后作家了，而是超越了70后作家，意思就是70后作家写出了这么厚重的作品，有些超越文学史的意味，这让我有些反感。他写得是可以，但绝对达不到这样的高度。70后作家的作品缺少批判精神，或者说批判精神是不够的，以及反讽和思考都是不深入的，就是因为要避免很多误区和雷区，再小心翼翼地选择材料把自己的东西编织进去，编织痕迹特别强。所以70后作家写得不错，但达不到登上神坛的地位。我觉得朱山坡的作品就很好，因为朱山坡敢写。

张丽军：朱山坡的小说我看得不多，他给我邮了两本，我看后大吃一惊，确实是特别棒的作品。

张艳庭：70后作家不敢写，朱山坡恰恰是非常敢写。

张丽军：大家还不知道朱山坡吧，出道没几年，但一出道就非常引人注目，中短篇写得很棒。而且他写得很文学化，绝对是文学。

张艳庭：他就是在创建虚构的世界，并不是要还原现实，通过与现实完全剥离而从现实跳脱出来，去评价和表达自己的想法，和现实是没有关系的，也让读者不要对号入座，但通过跳脱的方式表达了自己很多犀利和尖刻的想法。他的作品中涉及了很多内容，孤独是他作品强烈的主题，像《风暴预警期》里面所提到的小镇一直是被上帝遗弃的，被国家所遗弃的，在这个被遗弃之地，所有人都是自生自灭的。女主人公一直想走出去，但她走不出去，是一种循环。里面充斥着死亡和疯狂，而且死亡的方式特别多，冤假错案、日常暴力、被狗咬、饥饿等都可以导致死亡。反讽、悖论、荒诞、隐喻都有所体现，最重要的是其中台风的隐喻。里面有人物说，他感觉台风就像政治运动一样，每隔一段时间就要有一次政治运动。

张丽军：那你所说的这种隐喻到底是否是准确的呢？

张艳庭：隐喻也就是循环的历史观，历史一直在循环。朱山坡所描写的这种循环的历史观恰恰反映了真实的历史，而直线式的历史观带有强烈的乌托邦色彩。

张丽军：你这样的理解在我看来有些过度了。当然每个人可以有不同的观点，你这样理解也很好，也是一种分析的方式。我看的时候没有将这部作品政治化，它是非常棒的文学作品。

张艳庭：对，写得非常好。因为前面提到了政治，所以我特意拎出来说一句。但不仅仅涉及政治，里面所描述的一段将近百年的历史，包含了生存、痛苦和死亡，所有的这些内容都用寓言式的方式包含在内。

张丽军：讲得很好，为我们提供了另一种解读的可能性。回去多读读《风暴预警期》，这是令人眼前为之一亮的小说，有请石老师。

石　琦：我最近看了一些关于历史的小说，我的观点也许跟佃鑫有点像，就是不同地域的人受到历史的影响从而表达出丰富且独特的自我感受。最初看的是乔叶的《认罪书》，越往后看内心就越沉重，并且感到压抑，特别不舒服，几次想搁置。这部作品是讲述"文革"那段历史较为深刻的作品，批判性和客观性也是超越其他作品的。这部作品是两条线索交织的，交织过程中原本小说下的艳情故事被"文革"的大历史掩盖住。作品让我们去回顾和反思历史，很多看似已经远去且讳于谈及的历史其实跟我们每个人都有关系，这是我们不可否认的。以前我在上课时，因为要讲文学史，所以在所难免要谈到这段历史，但我发现，首先自己本身不是很了解，其次只能跟学生提及这些名词，可能他们听到这些词很熟悉，但具体的内容很茫然，因为毕竟这段历史在逐渐远去。当这部作品中提及某些历史观点和态度时，我会不自觉地想到我的家庭和我的亲人，我们家在"文革"中是受苦的那一批，我父母的青年和中年完全在"文革"那个时期。

张丽军：你跟他们交流过这个问题吗？

石　琦：我父母从来不谈，现在也不说。

张丽军：那肯定是跟自己的经历和感受有关系。

石　琦：对，如果按照当时的成分划分，我父亲家就是地主。我奶奶的父亲是国民党将领，虽然抗日时牺牲了，但因为是国民党的子女，而且职业还是老师，所以在当年是受苦的一批。我父母内心真的很惨痛，不想提及那段历史。我奶奶和我爷爷年迈时也不提及，他们的学生去看望他们时也不会谈，呈现出一派和谐的样子。但这段历史是真实存在的，只是被大家都掩盖住了。我父亲提到过当年家庭生活很困难，也没有提到"文革"这个词，他的内心其实遗留了很多记忆和伤痛，这些是需要时间去平复的。

看完这部作品后，我内心很压抑，之后看了台湾张大春的作品，选了一本写给他女儿的作品《聆听父亲》。他的父亲在老去时越来越沉默，不愿意去讲述那段历史，他也许是在思考和回忆，但却不愿与作者交流。张大春说，当时妻子怀孕，他便有了一种使命感，根到底在哪儿。他说借着我给未来的孩子讲述那段历史和过去，以对话交流的形式记录下来，这是很好的传承。我看过一些作品后发现台湾作家有一种对文化的寻根，因为他们觉得不可避免地受到政治现状的影响，以及日本殖民时给他们带来的文化上的断裂。他们现在的年轻人对于文化和根的意识其实不是很强，更倾向于对日本文化的靠近。他们觉得自己跟大陆是隔阂的，与大陆的历史和文明这种隔膜就更深。所以最近在看台湾很出名的一部小说是齐邦媛的《巨流河》，她是根据自己的个人经历和历史再去关注那段过往，写得也很好，我还没看完。

张丽军：石琦的视野很好，提供了关照历史的新视角。我们可以看到台湾作家对历史的讲述与大陆是相关联的，是有根的，这种根既是空间上的，也是代际上的，比如父辈人的故事，都是很有意义的，都值得我们关注。好，姚婷婷。

姚婷婷：我最开始看的是迟子建的《额尔古纳河右岸》，小说描写了对于大自然和动物的敬畏感，人的生命在大自然面前不堪一击。小说提到了日军侵华战败后离开了这片土地，写到了少数民族对精神家园从出走到回归的一种心路历程。这种类型的作品令我很感动。曾经看过一段话：要对令你感动的文字心存感激，这样才能在文字中体会到更深的感受。之后看的是《认罪书》，故事性很强，最初是被故事情节所吸引，但没想到是写"文化大革命"的，比较关注的是人物的情感历程，很想知道梅梅的故事，没想到在主人公的父辈身上有更深的故事等着我去了解。作者一直在写主人公循着父辈的道路走下去，呈现循环的状态，无法跳出这种循环，命运也无法解脱，一直在原罪的状态内得不到救赎。这就是我看这两本书的感受。

张丽军：好，我们听听马宇晴对《认罪书》的感受。

马宇晴：故事的情节设计和作品的文风不像是70后作家的风格，更像是80后的，但是80后一般倾向于表达自身的痛苦和矛盾。看到后面，我的心情比较压抑，历史中的人性是这样，其实现在的人性也是这样，人性是没有变化的。主人公经历的一些事情也太可怕了，虽然大家不去谈论，但这种黑暗的过往并不是说通过良好的教育或者学习科学知识就能使人性有所改变。大家都不敢往回挖掘，活得糊涂一点，不要太去深究，大家才活得都快乐。但是又有希望在里面，人类的进步就像钟摆一样，经历特别黑暗的时刻，自然就会偏到较好的方向。我看的另一部作品是赵德发的《经山海》，这部作品有官场小说的感觉，主人公是小镇上步步为营的女性副镇长，她整个人非常正面，没有什么缺陷。其中最奇怪的是主人公对家暴有一些调侃的心理，觉得家暴很正常。后来她坚定地要离婚，但又怕影响她的政治仕途，最后放弃了。她自己很有想法，能力很强，一直在通过自己的努力跳脱家庭的束缚。

张丽军：家暴也是世界性难题。

马宇晴：作者是想说家暴这件事不好吗？可书中并没有表达出家暴的负面影响。

张丽军：也许是一种自我调侃。

马宇晴：作品的结尾主人公掉海里淹死了，让人有些失望，这是在暗示一个女性通过努力还是没有得到应有的东西吗？就像透明的天花板，引申出许多的可能性。

范伊宁：我没有全看完，看到三分之一的时候让我想到了贾平凹的《带灯》，这部作品我也不是很喜欢。男作家写女性还是有点隔膜，还是以男性想象中的女性形象为参考去写作，这些女性不太像女性，除了生理特征是女性，心理活动都不太像。

我首先看的是朱山坡的《风暴预警期》，这是一部很好的作品，很长时间没有遇到过这种写法的作家了。最开始读的时候，并没有看到政治或历史的宣泄，更多的是大环境对人精神上的摧残，包括暴力。比如赵中国为什么要装病，口吐白沫。历史事件可能过去了，但对人的影响是很长远的，在他们的生活中都留下了很深刻的印记。他们怎么带着历史打下的烙印生活下去，这是作家关心并向我们提出的新问题。阅读时还给我一种感受，每个人头上悬着一把达摩克利斯之剑，每个人都知道风暴要来，就像每个人知道死亡终究会来，但也害怕它的到来。它不来，又觉得不正常，带着期待、害怕和紧张的心态面对这个事。主人公一直想逃跑，每次都失败，她在逃跑时也不知道自己能去哪里，她只是想着要出走、逃离，但对于未来在哪儿，她也是一种迷茫状态。对个人来讲有成长和人生的阵痛，就像小说中所说，风暴必然会到来，每个人都抗拒不了，每经历一次就成长一次。小说谈论的更多是人性，政治性的内容我没有太关注。

还有就是石琦提到的《巨流河》，我目前为止看了三遍，最近也不打算看了，因为这部小说每次看完都会哭。整个历史题材的书写更倾向去表达人性，历史事件的记录在历史书中可能是一个个的事件，但每一个历史事件背后都是鲜活的人，通过作家的书写展示人性，而不是空洞的、冷冰冰的历史事件，是有温度的历史，后人再去了解这段历史就会有切肤之痛。

田振华：我最近在看民俗学和文化人类学的书，为什么我们一直关注从哪来到哪去，这是历史对我们的影响。文化的影响会渗透到人的精神、价值等各个层面，对我们施加影响。正如这么多年流行的文化研究，就是通过这种角度去探究历史的深度。

大家提到的这几部我都翻了一下，关于《北上》，大家的观点我有部分认同但不是完全，我认为作家是有个体差异的，徐则臣个人的成长环境和禀赋也许就适合写这种作品，他写不出《风暴预警期》，也不会往那方面去写。如果站在政治角度考虑认为他这样的书写是一种迎合也可以，但换一种角度去理解，他对历史的挖掘还是很可贵的。更为核心的是，他能通过历史和当下几代人对大运河的不同观点，将历史与现实串联起来，这里面也许有预设的痕迹，但处理起来不容易。对几代人家族的书写，几代人的血脉联系，在小说中还是能揭示出来的。

张丽军：你觉得《北上》的文学性怎么样？

田振华：文学性不能与《风暴预警期》比，但还是可以的。

李春艳：你觉得比《耶路撒冷》好吗？

田振华：《耶路撒冷》我也没看完，因为最早它是三个中篇拼凑起来的。《北上》史料非常丰富，下的功夫特别多。和《额尔古纳河右岸》比起来文学性不强，但现实主义的内容更强烈。《风暴预警期》写出了小人物在艰难环境下的尊严和光辉。故事中的女主人公和哥哥一开始对父亲的态度都不太好，最后通过每一个哥哥的讲述挖掘出父亲的历史后，才知道这几个都不是他亲儿子，都是他领养的，最后也才明白父亲是非常不容易的。

哪怕是最卑微的人物也不愿被命运卷着走。

读完《认罪书》，我心中也有五味杂陈的感觉。整本书比较厚，四五百页，前面将近用了一百多页在写官员小三的感受，这个地方我觉得有点多，与后面没有必然的联系，可以压缩一部分，把重点放在后面。还有赵德发老师的《经山海》，他写得特别好，包括镇长如何一步步去做，以及他们那一代人的视野。站在我当年在镇政府工作时的角度，他的视野好像还是停留在十年之前。这部作品对现代女性和家暴进行了描写，面对家暴，女主人公并没有反抗，但我所认识的镇长级别的女性都是非常强悍的，能够跟许多男性抗衡，才能坐上这个位置。

马宇晴： 不知道是不是因为是男作家，他把女性看得很低，不大承认女性在家庭中有强悍一面，认为女性在家庭中就要柔弱，不能反抗。反抗方式太多了，但她不知道，一写到矛盾的碰撞就暴力解决，那就是典型的男性主导，女性只能屈服。她难道没想过其他招制服老公吗？女性不会这么单纯的。

张丽军： 没有把女性的复杂性写出来，女性并不是一打就屈服的。

马宇晴： 让人不能理解一个已经上过大学，有知识和人脉的副镇长是这样的下场，她所认识的富商和归国有为的初恋，以及她的阶层让人觉得她不至于发展成如此。

张丽军： 我看到某个报道也是女镇长被小流氓逼到绝境，好像也是悲剧，怎么也摆脱不了。

田振华： 总之我很理解乡镇政治的复杂，以及我所看到的比书中谈及的要复杂得多，包括贾平凹老师写的作品都太浅了。

刘兰慧： 我在作品中读到的历史有两个方面，一个是警醒，另一个就是关怀。以朱文颖的长篇小说《高跟鞋》为例，《高跟鞋》就是反映时代，其中写道，"王小蕊从来只相信现在时，她不需要历史，历史对她这样的女孩是不起作用的，它只能误事"。王小蕊天生是这个时代的尤物，她比时代更现实。在《风暴预警期》中也有对物质的描写。

第二个方面便是关怀。虽然是写历史，但还是把历史想得过于理想化，更多还是描绘社会景象，在历史的对比中反映人物。比如《风暴预警期》

中所写，风暴每年都要给这里洗一次澡，这里太脏了。书中写道："近些年来，虽然'文革'早已经结束，但人心似乎更险恶，盗窃、奸淫、投毒、偷窥、算计、诬蔑、诈骗、诱拐、抢劫、杀人的事情层出不穷，想钱想疯的人越来越多，人们按捺不住内心的洪水，邪恶在每个人的脸上若隐若现。"这都表现出对人性复杂度及对脱离了大历史后个人的小历史的关怀。面对这段话，我第一反应是苏联作家艾特玛托夫的《白轮船》。文学史中有很多对洪水等灾难的书写，《白轮船》表达的宗教意味和神话性也非常具有隐喻性，暗含着人文关怀。

张丽军：《风暴预警期》还是非常棒的，这两年朱山坡的创作成绩很好。其实对历史的探索是20世纪九十年代以来新历史的思潮，新历史主义和这些作家又引发了转型，像刘震云的《故乡天下黄花》里面的新历史主义，对历史的重新书写，还有格非的《人面桃花》，等等。它们比以往的革命史表现出更复杂的人性，这是很重要的变化。今天历史的写作先锋性又去掉了，回到正统的道路上去了。这方面我个人觉得有不满意的地方，文学创作依然要有吸引人的内容，但叙述手法的新颖性、艺术性的维度同样呈一种内在的正相关的关系。没有很好的艺术手法、叙事技巧、想象力，历史也会走远。这可能是一个宿命。做文学研究，我们所操纵的话语是文学话语，作家也一样，你是作家写的依然是文学，要具有文学性。在今天的时代我们并不是要回避历史，我们用文学表达我们的心声，这也是我们一生想达到的。以后作家要加强这方面的训练，我们对作家有很高的要求，作家依然要用文学性说话。文学应该是有温度的，应该是艺术的，是心灵史和情感史。好，我们今天就谈论到这。

21世纪现实题材的网络写作

时　间：2019年4月8日
地　点：山东师范大学千佛山校区
主讲人：张丽军
参与人：姚婷婷、石琦、张艳庭、李春艳、
　　　　曹昪昪、刘兰慧、田振华、范伊宁

张丽军：我看网络小说看得不够，我们先请姚婷婷同学做个主题发言，我们先听一听她的看法和思考。

姚婷婷：对于现实题材的网络小说而言，写实就会成为小说最主要的特点，它这个实可以说是真实、现实。在读这些网络小说时，你会发现所写的故事和我们的生活非常贴近，小说中的人物也是和我们生活在同一个社会环境下的人群。其中所塑造的人物有在社会中摸爬滚打的小人物，也有在时代浪潮变化之下通过自己的努力对社会产生一定影响的大人物。小人物像崔曼莉写的《浮沉》里的乔莉。《浮沉》是一部现实题材的职场小说，网络作家崔曼莉有国企和外企的从业经验，她现在也是某家科技公司的执行总裁。她的《浮沉》是2007年发表在天涯社区上的，2008年由陕西师范大学出版总社出版了纸质书。这部小说主要描写了乔莉从一个前台逐渐成为在公司中有一定影响力的白领，这和李可写的《杜拉拉升职记》有点像，也是职场小白一路打拼成为企业高管的故事。这类小说所定位的人群是职场人，比较注重实用功能，可能里面体现的文学性价值很小，很多人都是冲着它的实用价值去看的小说。

张丽军：对人生经验有帮助。

姚婷婷：对，有人说这类小说是职场生存手册。这类小说能让我们思考职场与社会，给我们带来启蒙的效果。这种启蒙的效果应该是平行式的、交互式的，读者能够给作者思考，作者也能给读者思考，这种更容易引起读者的共鸣。还有一部作品就是阿耐的《大江东去》，其实这部《大江东去》去年被拍成了电视剧叫《大江大河》。阿耐是近两年比较火的网络作家，《欢乐颂》《都挺好》也是她的代表作。她的作品还是比较好看的，影视剧改编也很火。其实正午阳光影视公司最初看上的是《大江东去》，顺道买了《欢乐颂》，他们先拍了《欢乐颂》，火了。《大江东去》拍得也很好，小说写得也很好，它主要是写改革开放三十年来经济和社会的变化。对于90后来说，我们没有经过那个狂热的时代，但从这一类网络小说当中，能够看到人们努力在社会浪潮中改变自身处境，感受到那个年代的变化。这个作品和职场类文学有很大差别，职场类可以说是从小人物出发引起普通民众的思考，而《大江东去》侧重的是社会环境的变化引起的人物变化。比如说宋运辉，从大学进入到金州化工厂，钻研技术，一步步成为厂里的中流砥柱。这种知识分子拥有技术、知识，同时他对于时代有准确的把握，能够努力奋进，所以说他是比较成功的人。这个小说还有一个重要人物，就是雷东宝。他是一个退伍军人，退伍回到了小林家，他想通过自己的努力，帮助村里的人改变贫穷的现状。有人说他有点像鲁智深，因为一开始他就是一个风风火火的"大老粗"，他没有知识，与宋运辉形成了很明显的互补，同时这个人物也展现了那个时代对于知识的渴求，对于改变社会现状的渴求。还有一个人物就是个体户杨巡，在那个年代下个体创业也是一个很大的突破。杨巡无依无靠，如果失败了就会一无所有，他可以说是社会中的弱势群体，没有宋运辉国企的依靠，也没有雷东宝风风火火的精神，他是在夹缝中改变自己命运的代表。这个小说主要是塑造了这三种人物形象，既有国营经济的代表，也有农村改革者，还有个体户，从这三个角度展现了改革开放三十年的历史。

齐橙的《大国重工》主要运用了穿越的方式，让主人公从二十一世纪穿越回了八十年代，他的身份是二十一世纪国家重大装备办处长，所以他能很准确地知道国家工业发展的每个阶段，他一步步地按照发展的规律制造出比较先进的仪器。这个作品表现的主题比较宏大，也写得特别长，但就文学性来说，不如《大江东去》。齐橙现为北师大副教授，他还是中科院的博士，作品涉及很多化工类的东西，看起来比较费力一些。

六六的《蜗居》和《双面胶》也是现实题材的网络小说。这类小说从女性视角出发，展现了当下都市男女的爱情观、价值观，小说中充满了现代生活给予人们的精神压力和生活苦闷。其实现实主义的网络小说也许不是最具有特点的一种类型，但它对社会问题的关注度应该是网络小说中最高的一种，也得到了大家的关注。与科幻类和仙侠类不同，这一类小说更容易引起读者的共鸣，从而带来大家对网络小说观念的转变。在思想深度上，它可能无法与纯文学相比，但在表现的广度上，网络小说比纯文学要宽得多。

张丽军：现实题材的写作对网络文学是一个新的生长点，是新的生机，这一点我很认同。我想问一个问题，《欢乐颂》《大江东去》《都挺好》都是阿耐的，为什么阿耐的小说会被改编，而且有比较好的市场接受度，原因何在？

姚婷婷：从这几部作品来看，她的作品完成度很高，感情很细腻，比较适合翻拍，而且故事并不是单一线索发展的，而是有很多线索，比如说《大江东去》。《沉浮》其实也改编过，但是电视剧并不火爆，它主要展现了职场风云，没有社会上多面的呈现。阿耐的作品既有家庭，也有事业，也有不同层面的感情的传递。

张丽军：情感比较细腻，这是很重要的。那它有没有展现社会的广阔度和批判性的因素？

姚婷婷：也是有的，比如说《欢乐颂》就有社会批判性，也有对于不同层次价值观的展现。比如樊胜美，她有家庭的琐事，各种不如意都压在她身上，小说对她家庭的批判性很大，批判她的哥哥，批判她妈妈重男轻女的价值观念。《欢乐颂》中塑造的五个女孩，性格有很大的差异，每个人的人生轨迹都不一样。

张丽军：今年博士笔试老师出了个题，预测一下未来中国的诺贝尔文学奖获得者。有同学写赵树理，还有一个预测的是七堇年，这个作家我不熟悉，是个青春作家，挺有意思的。网络小说通过网络剧进行二次传播，这倒是个现象。中国网络改编剧的美学内涵、评判性思考及美学原理在哪里？到底是什么因素使它成为改编剧，它的生成机制、内在原理这些都是值得去讨论的。一个人做研究要有创意，不要搞老掉牙的题目，看不出新意来，这个点就很新，而且亟需人来做。下面我们继续来交流，听听其他人的观点，石琦接着来。

石　琦：这几年我很喜欢看网络文学，但看的题材基本上都以玄幻类为主，当时这一类之所以能够吸引我，主要在于题材很新鲜，情节设置上和传统文学作品不同。现实题材的网络小说，我看得不多，《大江东去》很长，没有看完，它真切地反映了中国改革的发展史，写得很细腻，很真实,我会不自觉地代入,回忆我父母在那个年代的情况,在我成长过程中,这些事件确实是我们亲身经历的。小说中有一个细节我印象很深,宋运辉和水书记去参加广交会,水书记去到那边,自己没有买东西,给家人买了表和布料。我记得当年我爸出国,他也没有给自己买任何东西,给我妈买了一件超大摆的裙子,穿了一个月,但又觉得和当时格格不入,就很遗憾地把它收起来了,你会在书中的小细节上发现那种年代感。刚才听到老师说到网络文学的改编,确实如您所说,最近这些年我们对网络文学的了解,主要是通过改编的影视剧。被改编的分类很复杂,有《甄嬛传》《芈月传》《步步惊心》这类宫斗剧,也有《何以笙箫默》《微微一笑很倾城》这类都市偶像剧,还有《楚乔传》《花千骨》《太子妃升职记》这类古装言情剧,等等。网络剧被不同的世俗文化领域所接受,反映出文学欣赏的现状。这些影视剧的点击率很高,收视率很高,通过网络剧也会对文学作品有更好的理解。

张丽军:石琦做了重要的补充,很具有逻辑性,分门别类,理得很清楚。我想起另一个话题,除了网络改编剧外,还有就是网络自制剧,网络剧可能不像电视剧一样需要走那么多的流程,那么多的资金。

姚婷婷:优酷上有个很流行的平台,就是网播剧,一般都是吸引青少年的作品。

张艳庭:我看的网络文学和他们不是一个年代,当时榕树下和天涯还是比较大型和主流的。天涯没有绝对的标准,强调跟帖的数量。它不是直接盈利的,是靠点击量盈利,最终还是输出。这段时间的网络文学有很多经典,但之后的作品多半是注水的。像《江湖》当时不受主流出版社欢迎,但这类题材特别多,它们虽然写的是混混的生活,但把这些人塑造得十分具有英雄气。主人公被逼无奈进入江湖,和黑道打交道,越来越厉害,里面黑道间的内部斗争写得特别惊心动魄。在天涯中最大的收获就是读到慕容雪村的作品,他在当时是一个奇迹,当然也有比他好的。现在很多作家仍然写欲望,男主人公就像种马一样,不断寻找女主角。但他的描写具有悲剧色彩,自毁于自己的欲望,现在的网络小说没有这种悲剧感。后来看他的《天堂向左,深圳往右》写到资本家的原罪,白手起家的资本家变得富有之后，用金钱来满足一切为所欲为的欲望，到最后也以悲剧收尾。最后一部《原谅我红尘颠倒》，写的是一个律师，他见识到了法官世界的黑暗，黑暗的一面写得特别好。但最后为了出版，他在结尾处说原来只是一个梦，加了一个光明的尾巴。他写的作品令人印象非常深刻，观点也特别犀利。那个时期的文学恰恰代表了自由的文学。天涯社区没落后，起点开始兴起，这类作家便没落了。像起点这样的网站，工厂式生产，发工资。起点上的作品，我看得很少，但我觉得它们和传统文学走得越来越远，没有传统文学的敬业意识。

张丽军：以往的写作是自由的写作，现在有资本的介入，文学和资本的合作，这是更深层次的改变。我也很奇怪，谁给他们买单啊？

张艳庭：比如说游戏版权、影视剧改编版权、IP产业链的开发等，都可以卖很多版权。

张丽军：现在素养很高的纯文学作家也挣不了多少钱，一部小说五六万，一年挣十万八万养活自己，网络作家却可以轻松赚到，这真有意思。

李春艳：我有个朋友写网络小说，好的时候一星期能挣两三万。一个特别喜欢他的朋友很有钱，给他出巨额让他连载。

张丽军：这也是一种能力。有人说写那么长，要让人看下去，淘汰率也很高。还有这些网络读者能不能长久维系下去，这也是一个问题。大多数网络作品改编还是少，网络作家的产业性和资本的关系都是要考虑的。

张艳庭：网络文学的特征，首先是休闲性、可复制性。网络文学典型的情节模式就是打怪，但读者就会被吸引，这类作品情节模式的可复制性很强。

张丽军：何以把人吸引住并去买单，这是很值得探讨的问题。语言、思想、情感、寓意、批判性是我们强调纯文学应有的品质。网络文学就是一种释放，它跟资本有密切关系。现在在大数据时代，读者群的口味和需求都可以成为一种设计。

张艳庭：网络文学作品在一段时间里呈现出色情化趋向，但在之后的净网行动中打击了很多这类的网络文学作品。比如在当时的新浪网页中提供了付费便可阅读的该类作品，这类作品即使色情情节较多，但由于限制性较大，被较少的读者群接触。我朋友当时依靠这个挣了几十万，甚至上百万。他那时已经不上学了，让他重回校园的重要原因就是他写作的网站在净网行动中被封杀了。这类的作品在当时特别火爆，作者几乎一个月能挣到一两万，也得到了家庭的支持。

张丽军：但这只是个例，这类作品写多了也会倒胃口。大家认为这些读者是流动的，还是固定的呢？

姚婷婷：固定和流动的读者群都会存在。比如说唐家三少面对的读者群，一是很多人直接看他的作品，二是他每一天都在写，坚持了很多年，很多的粉丝群就是靠着这种情怀维系下来的。

张丽军：情怀是一部分，有内在的东西才是长久的，让人支撑下去的。

姚婷婷：读者会比较固定地追自己喜欢的作品类型，比如喜欢看言情类的，仙侠类看得就较少，那一部分的作家更新也不会去看，但对于喜欢的类型可能每天都会去看，已经成为一种模式化。

张丽军：模式化会不会带来厌倦？

姚婷婷：这要根据作家的创作而言。某些作家的写作到了后期如若达不到读者的期待预期，令读者感受不到继续阅读的价值，读者就不会再继续阅读。

张丽军：就像我们看传统的小说一样，一定要抓住读者，令读者欲罢不能，这也是作家的一种能力，但对于我们来说还有艺术的追求。

张艳庭：纯文学对人物的塑造和网络文学对人物的塑造是不同的，纯文学更强调人是会被摧毁的，为了完成社会批判，显示出社会的力量。

张丽军：纯文学并不是这样，纯文学是强调人在对抗中成长，比如海明威的小说，强调人是不可以被打败的。

张艳庭：这只是在意义上的获胜，但这种在网络文学中是不可能有读者的，网络文学必须使角色成为真正的赢家才会吸引读者。

姚婷婷：网络作品必须给读者带来阅读快感，满足读者在现实生活中得不到的欲望，即使这种欲望是比较低的，但只要每天看完这两个章节能够满足欲望，读者就会有一种填充感。

张丽军：这可以理解，这也是文学的重要功能。但文学作为艺术，这种功能只是众多作用的一部分。

曹昙昙：网络文学中令我印象深刻的是《悟空传》和《亵渎》。《悟空传》被拍成了电影，但我感觉没有书写得好，拍得非常差。《悟空传》所塑造的人物很有颠覆性，迎合了 90 后的心理追求。《亵渎》的主人公罗格是一个有些卑鄙、狠毒的人物，但这种卑鄙和狠毒被很多男性读者所接受，这满足了男性的野心。看到这种作品，我会想到周星驰的电影，有些无厘头的成分。我认为好看的网络文学作品通常有一种怪异的风格，塑造的人物或是语言风格和文体风格都是个性化的。其次我想谈一下《浮沉》，我起初就是想看一下它所塑造的 boss 形象有什么样的个人魅力，我看到了他对员工是和蔼可亲的，心胸和格局都是很宽广的，总之不同于我们现实中的老板，我认为成功的职场人是有个人魅力的，并不总想着去整治员工。

张艳庭：我觉得你这是被洗脑了，网络文学就是塑造了这样一些人物令你着迷，但现实生活中恰恰这是少数。真正的企业并不是依靠领导的个人魅力而维持，它必须依靠整体的运转机制。员工只是其中的螺丝，整个企业的集体整合运转才能使其盈利。你会这么想是因为你还没有进入社会，进入社会你就会把体制化当成自己的一部分，你会融入进去。现在很多年轻人不想上班，很多是因为体制化管理的原因。

张丽军：体制是永远存在的，但不要被体制异化，这很重要。我们现在强调企业文化，那就是给人性以尊严。

刘兰慧：之前谈大众文化时提到的，说现代人坐公交彼此相望几个小时不说话，人与人之间相互防御，大众娱乐可以释放孤独。像网易云音乐，大家都说等级越高的人越孤独，形容耳机像输液线一样能够续命，网络可以抵御人与人之间的疏离感和孤独感。其次说到读者群，目前我想的就是两类：一类是不具有思想深度且较为单纯的读者，他们时间比较多，用来消磨时光；另一类是青少年读者，他们有一种盲从心理。时代把握之难和作家想象力之厚，旧有的长篇小说文体是否无法适应今天的时代了？是否无法囊括当下复杂的物质现实和精神现实了？文学变迁轨迹已经见证了史诗和喜剧的衰落，或许正在见证长篇小说的某种变异。比如网络小说已经出现了千万字数的超级篇幅，那么篇幅之长是否已经成为时代制作的新趋势?刚刚听师姐说阿耐的小说,我百度后发现她的作品内容十分丰富,涉及了社会生活的各个方面。传统的作品受制于篇幅,仅表现出一个方面,而像《欢乐颂》《都挺好》影视改编后都会成为现象级的作品,各类自媒体都会进行关于社会问题全方位的思考,比如之前大家会讨论邱莹莹是何种类型,还有关于原生家庭和职场问题的思考。

田振华: 我是从高中时期开始接触网络文学的,当时身边的同学都在读这类作品。有一个读书能力特别强的同学,两天就可以读完很厚的一本书,像金庸等人的作品。他给我推荐《坏蛋是怎样炼成的》,说这个特别好看,主要就是描写一个一无所有的小混混怎样一步步获得权力和金钱,并建立自己帝国的。读完这部作品,我觉得这类作品对青春期的青年是一种伤害,这类作品的内容其实都是浮光掠影,不注重情节的安排。虽然我当时也很喜欢看,但上大学后没再看过,更关注传统作品。工作后喜欢浏览天涯社区,慕容雪村的作品我也看过很多。网络文学原本还带有纯文学性质,但慢慢开始改变,走向如今的快阅读时代,呈现出短篇化的特征,每天的更新量很小。师妹刚提到的《大国重工》,也很吸引我。言情小说之类的作品能抓住读者并不稀奇,但《大国重工》有什么能抓住读者的呢?首先是内容非常专业,我之前在类似单位工作过两年,像一些复杂的器件、机密机械的运作和工人的工匠精神等,我都深有体会,所以像我这种有过工作经历的会去了解。其次,这类题材也是国家近几年所倡导的现实主义写作。它虽然是穿越文,但也是工业题材,它是改革开放背景下工业大发展的特定产物,可能在经济热度褪去及工人劳作强度稍显缓解时,该类文学作品便不会有如此强劲的发展势头。除此之外,其在当今的文学中呈现出了科技与人文的关系,表现出科技时代下的感性表征。

之前跟师姐聊过网络文学,当时提到了网络文学中的诸多新词,例如耽美,她跟我说是同性题材的写作。由于我是一个传统的人,所以对于这类文学不大接受,也很少涉及。

张丽军: 个人体验性的感受还是很重要的。

范伊宁: 高中时期,学校里风靡一部网络文学作品,叫《狼的诱惑》,当时全班排队看,很多本身不爱看书的孩子都爱看,还有一些调皮的男生逃课去网吧看网络小说。高中时我看得不多,我是从大学开始看的,各种类型都有涉及。

张丽军:在座的各位有看《狼的诱惑》的吗?

石　琦:我当年看过,还有《那小子真帅》。

张丽军:《狼的诱惑》讲的是什么故事?

石　琦:它是青春题材作品,两个男生在学校里发生的爱恨情仇故事,不是耽美作品。

范伊宁:当时言情和玄幻类都看过一些,因为篇幅太长了,看了很久,印象最深刻的是《斗破苍穹》和《盗墓笔记》。这类作品就是表现草根的成长,里面的主角都是平民,都是在贵人帮助下逆袭成功,这也许会带给读者一种阅读快感,生活中达不到的状态在作品中实现了。还有一部现实主义题材的作品也引起了我的关注,就是《柿子湾》,这本书非常倾向于纯文学,但它一直没有出版。它描写的是山西风情,运用了章回体的结构和大量带有方言特征的词汇。我认为阅读载体对阅读影响很大,所以我关注它是否有纸质版,纸质版更容易看进去。例如文中对山西景物的描写很多,而且特别细致,很多人物的住宅被提及多次,导致后面的阅读令我感到混乱,所以我需要去回顾之前的内容,但由于是电子书所以给我带来一些阅读障碍,纸质版读物就会十分方便。这个作品令我对同类型作品有了很大的改观,它没有很强的网络文学的模式化特征。

张艳庭:它不是一个典型的网络小说,它是按照传统文学来写的。就是因为出版不了,所以发到网上,但这样肯定是赚不了很多钱。

范伊宁:当时这部作品的讨论度也挺高的,也有人说要去帮助他出书,但很显然没有成功。我也一直在思考,网络文学最初的命名也许是因为其载体的原因,但这类文学作品到底和纯文学的区别在哪儿?或者说它的特征和优势又是什么?

张艳庭:我觉得很重要的一点是细节问题,网络文学不可能提供大量的细节。

张丽军:那也不对,比如《甄嬛传》就有大量的细节,服饰和情节推动都是很细致的。

范伊宁：我反而觉得网络为细节描写提供了很大的空间，它不受题材的限制。

张丽军：但出版社对这并没有限制。

张艳庭：有的细节是强调描写。网络文学强调的是动态细节而不是静态细节，网络小说不允许出现静态细节，因为静态细节会打乱阅读节奏和阅读快感，会让阅读停滞。但传统文学恰恰营造了大量的静态细节，营造了独特的意境，就像中国传统文学强调意境的重要性，但网络文学不可能体会到意境，它没有意境的说法。

石　琦：就像《盗墓笔记》一类的作品，在推动情节时一定会有细节描写，我觉得你对网络文学存在一些偏见，细节它是有的，不能一味地说在网络文学中它就是绝对不存在的。近几年随着网络文学的发展，一些优秀的网络文学作品已经出现了。就像老师说的，阅读的受众群体是在不断扩大的，它的阅读年龄层次不像纯文学一样，纯文学的受众群是会有一定分层的，但网络文学受众群却是各行各业、各个年龄段都有。也许绝大部分人是为了追求刺激而去消费，但确实是有优秀作家和作品，所以大家才会去追随并形成固定的阅读群体。

张丽军：石老师，你觉得现在很经典的网络作品有哪些呢？

石　琦：南派三叔的《盗墓笔记》，还有阿耐的系列作品都写得很好。

姚婷婷：那么网络文学经典化的道路是什么样的？和传统文学经典化道路是一样的吗？

张丽军：经典不会有两条道路，网络文学首先是文学。

范伊宁：其中一定会有很多细节的描写。比如《盗墓笔记》，它的题材是猎奇式的，但它展开了广阔的空间，其中的文物，甚至是一把铲子，作品中都会诠释得十分细致。

张丽军：大家就是看这些。

范伊宁：对，所以不能因为动作描写过多就去评判这类作品。

张艳庭：它是不是猎奇性的？

姚婷婷：作品本身就是给读者带来新鲜感，如果单纯地因循守旧，那么没人看。

张艳庭：传统文学有一个定位，就是通过创新写作给传统的内容注入新鲜的血液，提供新的角度，刷新对生活的认识，而网络文学有时也会提供给读者完全不一样的世界。

范伊宁：作品如何去吸引读者，这一点是很重要的，但我觉得不是看细节描写得多不多，这太武断了。就我今天所读的《柿子湾》来看，我很欣喜看到它的转变。网络文学归根结底还是属于文学的，虽然它面临着诸多的限制和争议，但最终还是会在网络上发表。

张艳庭：现在对网络文学是有诉求的，他在写作的时候就预设了目标，不是要出版，而是依靠点击率获得稿费。

范伊宁：我不知道这个作者是为了追寻什么而写作，但他的网络出版和现实出版是有时间差的，并不是说他一开始就是想出版，即使出版也是作者正常的希冀。其实一部作品能否出版还是要经过读者的审阅，比如《柿子湾》2013年就想出版，但现在也没有出版，它不像传统的纸质媒体，它已经经过了网络读者的层层筛选。

张艳庭：大家也许认为我对传统文学过多地维护，其实不是。因为我也知道传统文学多么困难，正在走向没落。传统作家纯粹靠稿费过得很好的是极少数，图书出版挣钱是很少的，所占的份额是很小的，我感觉这就是传统文学走向末路的标志。现在网络不全是一个分界线，不能单凭作品载体来规定它们的性质，尤其是很多网络文学，比如《繁花》也是网络连载的，张老师觉得它是网络文学吗？

张丽军：它不是网络文学。是否在网络上发表并不是判定网络文学的固定标准。我们今天讨论得很有意思，涉及网络文学经典化以及网络文学与传统文学的交融。我们探讨到在网络上发表的就是网络文学吗？或者说何为网络文学？这依然是未定性的东西。其实我个人认为网络文学首先是文学，不能把所有的网络写作都称为文学，这其实也是一个误区。网络作品的文学性到底有多大，以及是否接受时间的考验就可以称之为文学，这些都需要进一步探讨。当然，我们对文学的定义可以更宽泛些。为什么今天我们还在关注网络文学，其实我们关注的是文学阅读和国民素质，以及国民精神气质的建构。纯文学的萎缩和网络写作的兴起是文学研究者所要关注的，为什么如今大家不喜欢读纯文学而更喜欢阅读网络文学？这是值得我们关注的现象。近几年山东举办了多次经典文学论坛，就是把优秀的经典作品向大众推广，进行一种对接，这是我们重视这个问题的体现。另一个就是说为什么网络文学吸引了很多的读者，比如我们提到它的艺术性不是很高，语言也并不美，但为什么能够被改编成影视剧呢？我相信投资人不会做赔本的买卖，他有他自己的欣赏品味，所以这也体现出网络文学中也是存在精品的。

张艳庭：我也在思考较为成功的网络文学作品是否能够被划归到经典的行列，譬如像《甄嬛传》这类的作品。

张丽军：我们说经典会有更高的要求，但它的确是时代的流行品。它虽然达不到经典的水平，但我们需要讨论它为什么会成功。就像《甄嬛传》其中谈到的人心的攻防及传统的中国宫廷等众多细节，这都是吸引读者很重要的点。情节的巧妙设计和人物命运的转换，也很打动人，但我们说这样的作品格调不高。经典，不仅是把握微妙的细节和充沛的情感，还要强调艺术形式的创新。其实从某种意义上来说，我们依然只是把这类作品看作是消费品，读者阅读自己未曾体验过的、新奇的情节时会感到生活压力的释放，是一种消遣，而不是说作品给读者内心带来启迪。真正的经典强调的是带给读者精神和灵魂的洗礼，比如读完《平凡的世界》，我们的内心会有所震荡，带给人英雄般的感受，史诗类的作品才是我们真正需要的。网络文学需要引导，纯文学作家也需要向网络作家学习，学习情节设置和吸引读者的方式，但是不能因此降低自己的品位和追求。金庸的小说为什么写得那么好？这是由他的写作水准决定的，小说里包含了大量的知识，人物塑造也具有不拘一格的魅力。金庸他们的作品就是一个标志，对历史、文化方面的深入挖掘和学习，依旧是中国作家应该坚持的道路，一个作家就是一个博物馆。很多的网络作家具有很强的草根意识和学习能力，就像《甄嬛传》为什么那么吸引人，其中很多的历史文化知识令我们惊讶，对宫廷文化的了解和掌握恰恰是很多作家达不到的。网络文学中庞大的知识体系、对人性维度的书写，以及语言的洗练等，这都是很多学者提及的网络文学的经典化问题。从这一方面来说网络文学一定是文学，它也要生存和流传下去。但我们也强调不是每一个作家都要写经典，不是要求每个作品都是经典。

很多作家追求对社会有用的文学，不追求作品流传的永恒性，能够吸引并影响当代人就已经完成他的使命了。不能把文学用一个维度来定义，把文学所有的功能都定义在一起，文学允许有消费性和娱乐性，有不同的功能和类型，不同的创作群体，满足人不同的需求。就像吴老师所说，文学并不一定是严肃的，也有嬉笑的成分，并不要求所有的文学都那么严肃，这就是说文学的功能和类型是多样化的，没有统一的要求。当然一个作家追求创作精品是对的，哪怕是喜剧作品也有更高的维度和精致的标准。有人说大俗即大雅，这也不无道理。当然作为研究者，我们选择的依然是经典，因为这是一个民族的文化和灵魂，它会长久地滋养着我们。我们为什么要关心网络文学的阅读问题，一个民族长期阅读消遣娱乐的、浅薄庸俗的网文，心灵的浅薄化和碎片化会成为时代的精神问题和社会问题，所以说文学应该有人文关怀意识。文学研究者要筛选出经典进入我们的文学史、时代的阅读史和心灵共鸣史，这是我们的责任和使命。所以我们要关注网络读者群，这是一个时代真正的问题。

研究网络改编剧，也是我所关心的领域。以往八十年代文学是主流，是精神承载的主体，但今天文学已经被高度边缘化了。文学传播读物多了，不再是纸质的，这是不可逆转的趋势。像很多国外的刊物就是电子刊物，没有纸质的，所以我们要重视网络作为传播知识的新载体的重要性，文学从来没有变，变的是传播的载体。为什么八十年代人们提起某个作品非常有影响力，因为没有网络和影视，现在谁在看电视啊，我是没时间，都是老年人在看。时代之变就是我们要研究的问题，所以说研究者要和时代同步，研究才能有创新。我们讨论的依然是文学，它的传播、创作、接受方式极大地改变了，包括阅读的习惯都在改变。好，今天就讨论到这里。

赵德发《经山海》细读

时　间：2019 年 4 月 15 日

地　点：山东师范大学千佛山校区 3141 会议室

主讲人：张丽军

参与人：孙佃鑫、范伊宁、石琦、田振华、
　　　　姚婷婷、刘玄德、刘兰慧

张丽军：今天我们讨论一部作品，把大的问题和文本解读联系在一起。一部小说，从什么途径来解剖它？怎么来立意？怎么来思考？我想这也是一个很重要的训练。其实对于人文学科来说，自学更重要，就是你要有悟性。人们常说，天下文章一大抄，看你会抄不会抄。这个"抄"，今天应该是一个广义的模仿、仿写，一些创造性的学术训练。看人家文章怎么写，你知道你的文章应该怎么写。像我跟很多同学说，好文章看多了，你就知道好文章怎么写出来的。我跟我的研究生说，你去看看王晓明老师主编的《二十世纪中国文学史论》，这里面有一些好文章、大文章。其实很重要的学术训练就是做文本细读，剖析一个文本的内部逻辑。好的批评家和我们很佩服的学者就是很犀利，很细腻，他们的文章中有很好的问题意识，角度很独特，这样的文章，哪个编辑不喜欢呀。所以我觉得我们文章写得到位不到位，这是最重要的，要靠实力说话。今天我们想做一个《经山海》的阅读分析，看看大家是怎么分析的，我们彼此学习。谁先来，我们长短不限，可以从感受出发，谈谈你的思路、你的观点。

孙佃鑫：好，我先来。因为我还没看完，可能整体把握得不是特别好。我先说我感觉不是很好的地方，他在每一章的前面列了历史上的今天发生的事情，他列个人的事件还可以，我觉得他列世界范围内发生的事情跟主题有一些疏离。我不知道他在表达什么，也看不出这些事件的关联。我觉得有一些细节，处理得还是比较好的，比如说她把她的母亲接到城里给她看孩子的时候，她母亲拿出一本书来，里面夹了很多鞋样子。我觉得这些细节处理还是比较好的。

张丽军：你见过鞋样子吗？

孙佃鑫：我家以前都是纳鞋样子的。好多人不穿那种鞋了，但是有时候还会做，那种鞋养脚。其实给我触动最大的都不是这些，给我触动最大的是吴小蒿个人的命运，从中学认识由浩亮开始，他就像树胶一样粘着她。我看到这里的时候，觉得很悲哀。吴小蒿自己的错误也很明显，因为是她默许了这件事。更震撼的是，山大的一个高才生，嫁给了一个混混，还遭受了家暴，我能从其中读出那种无力感。我看完她婚姻奠定的这个调子之后，再去读这个小说，就感觉整体比较沉重了，包括她从政协调到镇上工作，也不过是从一个泥潭跳到了另一个泥潭。虽然我们一直提倡新女性，但她们面对的东西还是太多了。尤其是我有了女儿之后，我会站在女性的角度上去思考一些问题，如果我女儿将来面临这种问题怎么办。像她的家庭出身也好，跟他丈夫的背景差距也好，反正这个婚姻关系给我触动很大。

张丽军：我们佃鑫同学这种勇于发言的勇气特别值得表扬，人就需要这种勇气啊，恰恰是我们书中的女主人公缺少勇气，更多的是妥协。当然这里面有一些可能我也不是很认同，大家也可以互相交流。比如说我觉得对于吴小嵩来说，乡镇工作是她选择的，苦也罢，乐也罢，她愿意承受，而婚姻不是她主动选择的，这是一个很重要的区别。生活何处不泥泞，泥泞也是世界的一部分，我们行走的路上哪能没有尘土呀，这个世界肯定有泥泞，我们才感觉到它的存在。生活就是这样复杂，生活处处都是江湖，主要是如何处理它。面对自我、面对世界的处理方式，这可能是一个问题。好，我们继续来谈。

范伊宁：我是这周看完的。看前面的时候不太能进入到这个故事里，后面感觉稍微好一点，但是我发现很快就又结尾了。我一开始对他在前面加入的一些记事很好奇，读到后面，我发现其实这些是不必要去记的，因为有很多内容跟后面的小说没有关系，甚至一些小嵩或者点点记的东西在后面都没有提到过，也没有发生。作者为什么要把这些东西记到里面？如果说为了体现一个对比的话，有很多都没有可比性，而且它的干预痕迹很明显。比如说2004年9月20号小嵩会记下她生下女儿，因为这是她人生一件重大的事情。点点也记了点点出生，当时我看后就有疑问，这个很明显是作者做的。小嵩是1月1号结的婚，1月1号出现了8次，从她结婚那年开始一共有7次，她只在2003年1月1号记今天结婚，但是剩下的1月1号有很多是空白。其实我可以理解，因为她婚姻生活很不幸福，很不满意，所以她在这一天选择不去记，而点点选择在这边记下：2013年老爸老妈结婚十周年，老妈没回家，老爸很生气。还有一个疑问就是，她在2016年突然记了一个"全面二孩",就是二胎政策的实施,让人觉得很奇怪,她这个时候对婚姻已经没有希望了,已经决定要离婚了,也跟她母亲说过她不会再生孩子之类的,她为什么在这里记下这个,纯粹是为了记录一下这个历史事件吗?我感觉这个不太像个人日记,没有太多的个人事件在里面,更多记录的是一些社会上发生的事情,她很少表现自我。还有一个问题就是,有一些情节在前面做了铺垫,到后面缺少了一个后劲,突然断掉了。他从前面很早就开始铺垫吴小蒿的胸疼,等她明确去医院检查的时候,已经疼了两次了。医院检查出来结果之后,我觉得后面会不会发生什么不好的事呀,可到后面啥也没有,就让人觉得很难受。不过从她这次生病开始,她决定要对自己好一点,开始去关注自己的状态。看到这里,我想她下面应该不会再去继续忍受这种生活,会做出改变,可还是没有,这就让人心里有很多压抑的感觉。

张丽军:她有做出一些改变呀,比如她的婚姻。

范伊宁:她还是一直在妥协,当她要升为镇长的时候,她觉得现在不方便离,就要等一等,到最后她咨询了律师,还是一直被拖着这种状态。

我觉得小说中对一些生活的细节,包括一些民间民俗和文化传统,其实描写得挺好,尤其是描写一些农村人稍微落后或者圆滑的那一面。在读这本书的时候,我发现赵德发老师知识面是挺广的,有些很新的东西他都能跟得上,洛天依他也知道,一些很年轻的歌手他都知道。整体读下来,觉得小说还缺了一种筋骨性的东西在里面,就是说能给人带来更多反思、进一步思考的东西还不够。

张丽军:好。石琦轮到你了。

石 琦:在看这部作品的时候,我觉得作者对女主人公是非常偏爱的,这种偏爱已经超越了作者本身的客观冷静。为什么这么说呢?第一点就是刚才伊宁提到的,他在前面进行了不断反复的铺垫,其实我们在看的时候,心中也在不断预设,这时候她的婚姻出现不幸,她的工作也处在一个艰难期,她的身体也随即出现了问题,我在预设如果她是乳腺癌的话,那么对于她的人生会造成什么样的影响呢,但是后来发现,他不忍心伤害女主,让她轻巧地度过了。

张丽军：滑过去了，这种滑过去的现实可能性是很大的呀。这就是我们说的日常生活和文学作品两者之间不完全是等同的。

石　琦：这个作品，我们认为它可能更深刻、更有意义，可以更感动人，因为他塑造这个女主人公从一开始就不是一个普通人的生活，从她的原生家庭，到婚姻的出现，再到她在官场上的经历，我们发现她其实都是不顺利的。

张丽军：你们两个觉得苦情戏不够。

范伊宁：就是她内心的斗争还不够，她整天就是忙于工作，我看着她都觉得很累。我觉得这部作品从头到尾给我们塑造了一个优秀的好干部形象。

张丽军：是这样，这样的人是存在的呀。

石　琦：是存在的，没错。我看到这部作品的时候，我们从头到尾确实为村镇的这种优秀的女干部感到很不容易。可是我一开始就看到那个时间点大事记，小嵩记和点点记，我觉得这是一个令人眼前一亮的东西。他表现了自己的一个历史观，这是他的一种创新，他想表达我们人类的历史是不断传承的，历史上不仅仅有重大的事件，我们每个人的生活其实都是历史的一部分，这种方式其实很好，但是就像刚才伊宁说的那样，在他这样的历史表达中，你不明白这个时间点在他的整个故事世界当中的重要性在哪里，他为什么把它单独拿出来，并没有表现得很清楚。而且同一个事件在小嵩身上和在点点身上，她们是交叉的，这个孩子不是低幼，她已经上学了，十几岁了，是青春期的孩子，她也有语言记录和表达的能力。既然作者有一个传承下来的历史观，我觉得他可以选择同一个时间，不同的视角，然后把它更好地表现出来。

张丽军：点点这个叙述者没呈现出叙事功能。

石　琦：对，她只是一个完全被动的被叙述者，人物的性格并不是很丰满，略微有点符号化的人物。但他在塑造乡镇干部的时候，这些人物的形象就会丰满很多，无论是镇长也好，还有两任书记也罢，这些人物形象很丰满，你就会明显感受到作者对这群人是很熟悉的。我觉得家庭生活这方面表达有一点点欠缺，而且最后她对婚姻的抗争让人并不满意，她一开始一直想要摆脱这任丈夫从婚姻当中走出来，可是当她发现可能对仕途有影响的时候，她又呈现出一种犹豫和妥协的姿态,这是她一贯的性格反应。为什么后来她坚决地又要离婚呢?这是因为她的丈夫借着她的羽翼在外面谋取不当的利益,她觉得这对于她的政治生命是有影响的,所以为了自己的政治生命,她选择离婚。我觉得这也是对官场人那种鲜明性格的一种表达。

在上课之前,我和婷婷他们聊到这个女主人公的命运,她到底死了没有,然后你会发现这个故事的结局很仓促,看完以后有一种意犹未尽的感觉。我们一直以为接下来她对于婚姻的抗争和她未来仕途的发展会怎样交织时,突然一个海难,一个事故就这么出现了,你会发现作者的命运之手的强加之感。我觉得这个结局有点过度意外,然后整个情节连贯性有点不够。我还有一个疑问,作品的名字叫《经山海》,我到现在都没有参透为什么起这个名字。

张丽军:上次我们讨论,振华说这个小说的氛围和现在不大一样,有点八九十年代的感觉。你认为故事老套了,是吧?

田振华:他写的还是当下的故事,但是这是一个 50 后作家写出来的,不够新锐。因为我前几天读徐则臣的作品,他们写的东西好像确实不一样。虽然说赵老师也很前卫,但是 50 后和 70 后的内在就是不一样。

范伊宁:小说里面写了很多新事物,但是你明显觉得那是一种流于表面的东西,没有完全到里面。但是我当时看到的时候还是很吃惊,赵老师对这些新东西都知道,他描写的一些事情的发生是对的,他平时应该是有一个很好的记录习惯。

张丽军:刚才伊宁和石琦提到的苦情戏不够,不仅仅是苦情,还强调内心的撕裂度不够,更内在的东西没有把它撕开。

石 琦:他一味地给我们描述女主人公在工作当中的努力和付出,但是她在面对自己丈夫的时候,她的内心其实并没有完整地展现出来,还有那若有似无的一点诱惑和小暧昧,他都没有把它表现得很深刻,你会觉得意犹未尽。

张丽军:我觉得石琦提的这个是很有道理的。文学还是要摆脱一些外在的束缚,可能还有一些他所顾及的东西。当然有一点我也要与大家交流,写她身体的疾病,我觉得未必非要写成恶性的,像乳腺癌那样的,其实生活的常态也是多样化的。我们要看出人物灵魂的深度，这才是他的问题所在，这也是我们要求他要达到的东西，他没给我们那种灵魂的震撼感和感染力，没有那种情感的浓度。

田振华：前几天我们在山东书城听毕飞宇老师的讲座，我觉得他讲得很好，其中有一句话让我特别有感触，特别是结合这个小说。他说，一个作家写历史，很容易就能写好，因为我们就是建构过去的事情，但写现实并不容易，写实也可以虚构，但你写不好的话，很可能就让读者一下子看出来。现实是很难捕捉的，特别是改革开放背景下的现实，它变化太快，而且未来是不确定的。我觉得赵老师能写这样一部作品还是很值得称赞的。

回到作品上，女主人公身上有两条线，一条是家庭线，另一条是事业线。这两条线反映了她两种不同的性格，面对丈夫，她是隐忍的，传统的；面对事业，她是勇敢的，积极向上的。她在做事业的时候，实施了各种文化上的措施，最后说要创造历史。赵老师说他要写一部有历史感的小说，过去我们总说让历史告诉未来，让历史照亮未来，但是赵老师让现实进入了历史。当然每一章开头的历史和个人的记事应该化入故事中，这样表达可能会更好一点。就像赵老师说的，我们要表达一个思想，要把这种思想作为一种骨骼，作为一种血肉背后的骨骼。

主人公以那种方式死去，我觉得是赵老师给我们留下的一种悬念，让我们去认识这种历史存在的方式。还有一点就是关于她胸痛的问题，我觉得这主要是因为她生活、工作当中遇到了问题，我们可能也有过这种经历，就是生活特别不顺的时候，身上有一点点小事情，可能都会有是不是得了大病的这种心理。最后吴小蒿确实也借这个机会，重新去认识自己，从身体开始，让她意识到自己的存在。我希望作者能在这个基础上继续往下写，从身体到思想，她重新再去好好认识一下，还是有很大空间的。还有一点赵老师写得比较好，小说中他截取了一个文化方面的东西。其实如果她升到镇长的时候，所面临的事情绝不是这些层面的问题，最主要的问题还是土地问题、资源问题，这些方面可能要比文化层面的问题要多。

如果再说一点缺憾的话，就是赵老师把吴小蒿这个人物写得太好了。全心全意为集体做贡献的人物可能也会出现，但是有一些细节让人觉得不太真实，比如说要给她配一辆公车，她不要，还开着原来那辆旧车，这种事情在现实当中是绝对不会出现的，因为你是代表一个镇的形象，你不可能因为要表现个人的无私，然后牺牲整体。

张丽军：我们来继续谈谈。

张艳庭：以前有各种现实主义，现在有一种叫文件现实主义，就是按照中央文件来写。我觉得这个小说恰恰就是文件现实主义作品，因为它里面很多东西都是跟政策有关的，而且他对政策的宣讲都是正面的。

张丽军：哪些跟我们现实的文件有相关性？你举一些例子。

张艳庭：有很多。比如美丽乡村、中央八项规定等。

张丽军：这都是现实生活的一部分啊，政治就是中国社会最大的现实，小说不谈政治是不可能的，作家不谈政治就是不谈现实。

张艳庭：我不是说完全否定他这部小说，而是读起来有一种生硬感。但是我觉得赵老师有一个特别聪明的地方，就是他从一个女性的角度来写这个新时代，这在一定程度上化解了强硬的政治化。因为女性本来就是柔软的，而且女性有敏感的想象，对身体的想象，想到她死的时候是什么样的。一个男的肯定不会这样想，但是一个女性这样想就会令人感觉很真实。她想象一头鲸，从鲸的死落脚到要造福一方，化解了这种生硬感。她的女性身份，在这个小说中起到了特别强烈的作用，也包括拆迁的时候，她晕倒了，其他人才会答应拆迁，我觉得这一点特别有意思。

小说写了四种类型的人物。反面人物显得有点过分夸张，包括他们的结局都稍微有点硬。袁笑笑在微信群里发了一个段子，然后被双规了，这个写得稍微有点儿牵强。吴小蒿这个人物，是一个真正的正面形象。还有一些中间人物，亦正亦邪，我觉得这些人物也写得很出彩，像贺镇长、周书记他们都有自己的一些问题弱点，恰恰这几个人是比较写实的。现实生活中有很多这样的人，他们有不好的一面也有好的一面，但是总体而言偏向好的一面。我觉得对贺镇长的处理稍微有点儿仓促，因为还没有对他进行调查，可能他只是察觉到一些事情，就选择了去死，这一点也说不过去。但是我觉得最出彩的人物是那些没有出场的人物，招商引资的时候，梁总依靠老领导的关系，想开发楷坡的香山旅游项目。但这家公司既没诚意，又没有充足的资金，让吴小蒿很为难。没想到梁总恶人先告状，让老领导以为基层干部态度恶劣，故意刁难开发商，房书记和吴小蒿因此受了批评。省里边的老领导，是没有出现的人物。新来的书记叫郭站长回来，郭默为了留在区文化馆去找了领导，领导特意下达指令，让书记等人不要强求郭默回楷坡。什么领导，大领导，这个大领导也是文中没有出现的人物。郭站长是怎么跟这些领导们打好交道的？她给上一届书记发短信说，今天台上唱的这首歌全部都是为了你。这里面反映出的这些东西，我觉得恰恰是特别现实的。我觉得赵老师也是有意这样去写的，他也不能去塑造一些特别大的反派，但不写又觉得表达不够真实，于是他就选择去写没有出现的人。小说里没有出现的人物，恰恰体现了他的反思。小说中很多问题都得到了解决，包括袁笑笑这种官都会被处理掉，但是那些无法被处理掉的，恰恰说明了时代的问题症候。小说中体现的症候是什么症候呢？就是作者想要去塑造的那种东西和他实际上写出来的东西有矛盾。《水浒传》的作者一开始是想写他们造反，最后写他们招安，写造反没有好下场，还是要招安，还是要归顺。但其实人们想看的是什么？是造反，造反更吸引人，更让人激动。这是小说的一个症候。

　　这篇小说大部分在写好的人和事，不断出现很多事情，但我觉得这些事情有一点堆叠的痕迹，对主人公的命运没有构成一种环环相扣。它像穿糖葫芦一样把这些事情一个一个串起来，这样的表达方式有一定缺点，就是没有写透，包括写那些新的东西，也没完全写透。

　　最后吴小蒿的内心我是能接受的，我觉得这样的人是存在的，她不是一个特别脸谱化的人物，她想了很多东西。他们拼死拼活在下面干，可能抵不了上面的一句话，一个电话，这种症候性的东西还是存在的。我感觉赵老师写这个很不容易，还得从一个相对正面的角度来写。和以前的官场小说比起来，这里面有批判，但是我觉得他的批判度很弱。他写到了一些不出现的人物，来达到这种切实的批判，这也是非常不错的。

　　张丽军：艳庭说得很好，我觉得这就是对小说的细读。艳庭对作品的细读中提到了另一种小说的症候，以往小说的症候是体现人性的复杂性、多样性。这个小说写得很正，体现出这种命题作文的特点来。刚才提到的性别和政治的关系,这种感受很好,一个很硬的命题,或者很正的命题,用女性的那种柔情去化解,变成一种柔软的、可以接受的东西,我觉得这点谈得很好。关于人物形象,其实我个人认为所谓的反面人物也是人物复杂性的一种表达,包括我们提到的袁笑笑,他不是坏人,他就是这样的性格,爱讲笑话。由浩亮是人物的品质之恶,但他对他的女儿还是非常疼爱的。他是一种在特权家庭里长大的人,他找他父亲的老部下帮忙,这都符合人物的性格逻辑,这样就把人物性格的复杂性呈现出来了。还有刚才提到的没出场的人物,把现实生活的复杂性,用这种方式隐隐约约地呈现出来,这恰恰是作家的高妙之处。这些都谈得非常好,我们越谈越深入了。

姚婷婷:我看这部小说的题目叫《经山海》,它是开了一个非常大的头,可是写的格局很小,没有达到我对这本书名的期待值。其实他写这部小说给我的感觉有点像网络小说,前面挖了很多坑,后面又没有把坑填上。他把鳃人传说作为开头来写,但是后边的许多部分都没有涉及这个传说。这部小说还有一个特点就是重视故事情节,就像刚才说的,它像穿糖葫芦一样把整个故事串起来,但是缺少了一些沉淀性的东西,缺少思考。赵老师是一个50后作家,但是我感觉这像是一个90后作家写出来的,对于这些比较流行的东西,他没有把它们很好地融入进来,只是流于表面。还有一个特点就是赵老师用他男性的视角来写女性形象,吴小蒿这个故事的主人公没有写出我想要的感觉,整个人物给人的感觉就是很平,那些反面人物反而比吴小蒿更出彩一些。

张丽军:我觉得吴小蒿这个女性形象很生动呀,她也有烦恼呀。

姚婷婷:但是她的烦恼不够,她的烦恼没有给她带来非常大的困扰。有了烦恼之后,她可以逃避到农村去干她的工作。然后她的工作几乎顺风顺水,没有任何的阻碍,只要她一出现总会有解决的办法,就有点像网络小说中的主人公光环,没有她解决不了的问题。还有一个让我感到非常困惑的,就是家里老人要让她姐夫入赘改姓这件事,那一段可能只有两三百字,她几句话就让家中的老人立马转变了观点。就因为她是一个副镇长,让这件事情办得非常合理。他应该有挖掘的深度,但是他没有写出来。

张丽军:过程少了点。

姚婷婷：它缺少叙述之间的张力，好像只是在叙述故事，缺少更深层次的挖掘。赵老师说他是用历史现实主义的方法来写这部小说，一个很重要的切入点就是历史上的今天，但我发现有一些历史上的今天是完全没有关联的，除了点点和小蒿，她们记叙的事情与下面叙述的章节有相关性，其他的我没看出来。

它里面有一些民俗文化的东西，好像就是在说我在发掘历史，我们现代人在创造历史，他的历史观好像就是通过这点体现出来的。还有刚才提到的女性的切入点可以以柔克刚，我没有看出来吴小蒿有多么的柔弱，以及她对于事情的解决有多么大的作用，换成其他人也可以有这样的效果。所以我觉得这个人物形象有点生硬。

张艳庭：我说的是为了实现历史与现实的写作，用一个女性来表现比男性可能更好一点，并不是说他刻画了一个特别成功的女性。她不是一个成功的女性，但是她和这个主题的结合是一个很好的选择。

张丽军：我们玄德同学看得也很细，我们来交流交流。

刘玄德：听了师哥师姐的分享，我真是收获太多了，好多地方都是我没有想到的点。我就说一点我自己的理解吧，可能跟师兄师姐相比还比较浅。首先，我觉得赵老师写的《经山海》最重要的一点，就是他对当下的乡村基层干部的现实生存困境、政治生涯困境，以及生活的矛盾和冲突，进行一个非常细致且真实的描写。但是它前面一部分太过于聚集到个人的生活琐事上面了，我有点看不下去，后面随着她的政治生涯，以及周围的一些民俗文化和招商引资加进来之后，那个力量就出来了，就把我吸引住了。最让我佩服的地方差不多到最后了，他写到乡村老人的口述历史，这个对我的触动非常大，因为我之前看苏州大学的王尧老师写了一个关于文学史上的口述历史，里面都是比较重要的作家和评论，那个时候我就想生活在我们身边的老人，尤其是农村的老人，他们个人经历的现实生活就是真正的历史啊，他们就是非常宝贵的历史财富，我们可以去挖掘他们。我一直这么想，但没有行动。在这里我看到赵老师写出来了，觉得特别感动。但是赵老师没有把它深入地写下去，只是简简单单地提一下，我觉得可以更深入地去挖掘一点。另外一个方面就是他对于民俗的挖掘，最后一个船老大,他在一个已经不能在出海的船上喊号子,累得口吐鲜血,最后倒下死掉了。我觉得那个场面应该是非常壮观的,如果能把它展开或者深入地写一下,这对人的情感冲击力应该是非常巨大的,但是赵老师只是通过一个直播的方式传播给大家了。我觉得这是非常可惜的两个地方,一个是对口述历史的描写,一个是对民间文化的挖掘。这两个点如果能够再深入地挖掘或者拓展一下的话,产生的影响力和历史的主题就非常贴合了。

张丽军: 赵老师的作品,我以前也给他提过建议,像他的《双手合十》《乾道坤道》里面的一些描写读起来有些生硬。《人类世》还好,但看不到我想看到的那种场面性的描写。我们谈《水浒传》也罢,谈茅盾的《子夜》也罢,我们一起来学习一下场面性的描绘描写,就是该粗的粗,该细的细,细要细到深处,就像看一个人一样。这也是天赋,不是你想写就能写得了的。其实张炜的小说里面有大量的性描写,但是这些描写淹没在了故事里面,淹没在了情感叙事里面,张炜就写得很精彩,让人觉得很自然。写作业是文如其人,文笔不一样,所以不是每个人想写就能写好的。刚才我们提到小说中的描绘不够,就像要在这个天花板上做一个彩绘,这个彩绘没绘上来,就缺少了那种文学的感染力。

刘兰慧: 我之前读了一遍,读得不深,但也有几方面的感悟。首先,小说表现了作者的责任感和使命感。吴小嵩在招商引资时的那种谨慎,不会为了眼前的利益,而牺牲后代的那种责任感。书中提到现在渔民越来越少了,原先出船能打到很多鱼,现在海洋资源渐渐枯竭,能感觉到当下人为后代着想的那种使命感在里面。其次,他更多地在写文化,一方面写他的文化资源,这个地方叫楷坡,本身就与儒家文化相关,还写去曲阜求楷树种子,就有一种文化精神的传承在里边。另一方面就是历史的资源,包括丹墟遗址的发掘,等等。再者,它也反映了很多文化教育方面的事,比如乡镇干部子女的教育问题。最后,里面重男轻女的思想也是很明显的,比如说写了一个细节,吴小嵩接她母亲进城的时候,她母亲说一辈子听她父亲的话,需要征得她父亲的同意。还有就是在修家谱的这件事情上所反映出的陈旧观念。

张丽军: 兰慧同学读得也比较细。赵老师说他没必要去一味地肯定这个时代的干部形象，干部本身的问题就是真实存在的，其实周斌是一个很猥琐的人，他有他的小算盘，但他也有他的底线。这就是中国现实呀，这个写得很真实，很动人。

之前我也问赵老师为什么是这个名字，有什么含义。他说是施战军主编给起的，起得很好啊，这个小说是山地和海洋的结合，又有山又有海，是个临海的小镇，这是小说地理空间的独特性。我读这部小说的第一印象，就是想起了《小草》这首歌，"没有花香，没有树高，我是一棵无人知道的小草"。吴小蒿就是一棵小草，一棵具有坚韧生命力的小草，葳蕤自生光，她成长为一棵茂盛的小草。如果让我给小说做一个定位的话，我个人认为这是一部 21 世纪以来写新时代中国改革者心灵史的奠基之作。基层改革者，基层干部形象，这是这部小说写的。改革开放 40 年来中国社会的进步，离不开千千万万的普通的乡镇干部。像刚才同学提到的，上面一个电话可能就能改变一个人的命运，乡镇干部的上升空间非常小，哪像书上说的，一个村主任，几年提拔成镇长，提拔成书记，成市长，成省长，普通人哪有这种经历的可能性啊，可能一辈子都熬不成一个副科级干部。职位太少，但是他们做了大量的工作，这也是为什么我们对贾平凹的《带灯》很看重。中国作家要么写一个村庄，要么写一个大都市，但是写一个乡镇这个层面上的作品太少。贾平凹的感受是，乡镇就像一辆马车，摇摇晃晃，但还是一路前行。这就是今天的乡镇。我对《带灯》和《经山海》做了一个比较，《带灯》的女性形象是什么样的？她没有家庭，父母也隐去了，独身。小说写一个精神之恋，这个精神之恋写得很浪漫，但你会觉得很虚无，很缥缈。他写了带灯所遇到的乡镇的事情，包括这些工厂和乡镇空间里的各个门类和各个人物形象。它是以一个环形的空间呈现出来的，这是贾平凹的《带灯》。但是他没写出人物的复杂性，恰恰是赵德发把一个人写活了。《带灯》的女性形象是一个虚的，但是《经山海》里面的女主人公是一个实实在在的，她有家庭，有父母。其中对她父母的描写都写得很好，包括里面写那个锄头，更是把由浩亮写活了。小说写到了吴小蒿的家庭氛围，她和她女儿的关系，作为一个母亲的疼痛感，作为一个妻子被家暴的那种无奈和悲苦都呈现出来了。这是以往我们看不到的。

这部小说还反映一个问题，就是我们今天发展得这么快，怎么写出这种剧变呢？像艳庭提到的文件现实主义也是一个概念，太概念化了，用概念来阐释概念，我觉得还是要从现实出发。乡村的确是变化了，今天中国是变化了，那么到底是怎么变化的？我觉得他有实实在在的感悟，干部当中是有一些害群之马，但确实也有一批实实在在的正面的干部，我觉得这还是一个主流，这是要肯定的。但是怎么来写这个现实，很多作家都没有展示出现实的全貌来，但这部小说我要肯定它，它写出了这个乡镇的全貌，写出了当下的现实，这个现实又是和历史结合在一起的，所以我给它的评价就是当下现实历史主义的一种审美书写模式。但我觉得这部小说与历史结合得不够，同学们看得也很准，提的问题也很好，也提到里面的历史事件没有和人物进行有机的融合，这肯定是需要作家进一步处理的。其实大历史提供给我们一种世界性的历史背景，它从司马光的《资治通鉴》开始，《资治通鉴》就是以古鉴今，这是司马光写历史的目的，和这本书的目的是一样的，和作者的创作原意是一样的。所以里面提到一些关键性的核心点，提到1979年、1984年、1985年、1995年，这些年份其实对于中国来说都是很重要的年份。那么对于吴小蒿来说，她的校友会、结婚、二孩，这也是吴小蒿个人世界的核心情节，像点点也是一样。我觉得这也是把民族国家的大历史和吴小蒿个人的小历史和点点的小小历史三者做了一种比较和映照。构成一个大历史，给小历史提供一种思想底色和命运发展的逻辑，这是一种把过去、现在和未来打通的写作路径和历史叙事方式。

历史贯穿了吴小蒿的身份，吴小蒿学的就是历史专业，这种专业给了她一种眼光，所以她有一种来自历史专业的素养和追求，她提到我们中华文化的发展，像范仲淹、梁漱溟这种中国知识分子的审美选择。像里面提到的，你若不出，如天下苍生何？你作为一个生命个体，如果不承担使命的话，你让天下人怎么样？这就是一种中国知识分子的担当。我们乡镇干部同样也是有担当的，她也知道没有多少上升空间，但依然要完成工作使命，这就是中华文化里面的选择。在地方势力的博弈中，在和自我欲望的博弈中，她始终以历史专业教育、文化楷模和生命良知力量为引导，进行一种自我纠偏，像小草一样不屈不挠，追求一种正义。

其实小说还隐含着一个文化的制高点，就是楷坡的历史和重塑。刚才我们兰慧同学提到了它对儒家文化的追求，其实这个很重要。山东人有一颗大心，这是我们对中国伦理文化使命的担当和思考。这里面小蒿像是一棵小草，但有一棵大树之心，这让我很感动。而且这样一个村镇有这种历史和文化，包括吴小蒿从以往的地方志搜寻到的楷树文化，教育局局长来写历史的石碑，到孔庙去求树种，提出楷模文化。其实这也是中国历史上我们遗忘的一个传统叫圣贤文化，也是吴小蒿能够战胜困境，从炼狱中走出来，成为中国乡镇社会的一棵文化之树的精神力量。那么除了吴小蒿，我们看到其他人物，比如坚持原则、拒绝同流合污的镇长和书记，其实两个人都不简单，他们都有弱点，但是他们有底线，这些都写得很真实，没有把他高大化、泡沫化。写到这个程度，我觉得很难得。

我还有感触的一点，就是提到丹墟遗址的考察，她把周围专家放在一起，他们谈星星谈到人类历史的发展，包括她的历史老师说其实人要有一种对正义的追求。我个人的烦恼虽然很烦恼，但是放到大历史来看，这些烦恼又算得了什么呢？这恰恰是一个历史家的眼光。我举一个例子，上周二我到日本去，我们昨天要返回国内时到了东京机场，我一下子就发现了一棵大树，好几米的直径，上面标志这棵树有 2600 年了。我和几个老师很感慨，一棵树能长 2600 年，到最后里面的树心就朽了。那我们说人活 100 年在人类历史长河里也不过就是一秒，一挥手都不到的时间，你说个人还有什么烦恼，人定胜天是多么狂妄啊。我们这几个教授在这儿感慨万千，所以我们还可以想象如果吴小蒿跟历史学家看到星河里面几千年的历史遗迹，还有什么烦恼过不去的，还有什么坎过不去呀。所以你看在这个小说里面，历史一直贯穿在里面，所以我说这部小说与历史非常吻合。小说的结尾可能有点仓促，我很认同。赵老师说最开始这部小说他是写了一个吴小蒿死亡的悲剧，但我们施战军老师觉得这样写太沉重了，别让她死，让她还有生的希望在。所以我觉得从今天的意义来看，一部小说写到这个程度已经很不容易了，还是很成功的。

赵老师写出一种文化追求，一棵小草，一个实践者，推动了当代中国乡镇的变化，那么乡镇变化其实也是她个人的变化，也是吴小蒿从一个软弱的、妥协的女性，变成一个勇敢的、坚强的、有自我意识和独立生命的女性，这就是发出来的光。那么这种光和《带灯》里面带灯形象的光是不一样的，《带灯》是这个小说本身的光，而吴小蒿是有自身的光芒在里边，她的成长在里边，这是一个人物的成长史和心灵史，是一个当代中国艰难曲折的行进史。这其中包含了我们对文化的重视，我们对海岸线的重视，我们在建设美丽乡村、美丽中国中所遇到的种种的艰难和曲折，还有我们乡镇干部所付出的努力。所以我说这是一首当代中国的基层改革者的小草之歌，我很卑微，但是我无比坚韧。特别是像吴小蒿，她有她的家庭，生活之中就是一棵不断被踩踏的小草，但是她还苦苦地支撑着这个家庭。其实她非常痛苦，非常屈辱，但是人总要活下去，她还有孩子和老爹老娘。他写出了她的这种屈辱感，由浩亮到她家里去都很不待见她父母，她是一个非常屈辱的存在，但最后她找到了艰深的力量。就像我们说生活可能很泥泞，但是有我们坚实的脚印在里面。

这部小说把大海的气息，把大山的气息，把历史的气息一起呈现给我们。虽然是一个命题作文，但远远超出了我们的想象，这是一部佳作。当然这部小说有很多不完善的地方，我也非常同意，但我想还要用一个大的视野来看待它。所以我跟同学们说我们要有文学史的维度，吴小蒿这个形象到底好不好，好在哪里，不好在哪里，是在一个比较的维度上来谈的。我的一个坐标点就是贾平凹的《带灯》，还有以往的文学史对乡镇的描写。作者没有去一味地歌功颂德，而是写平凡的基层人的艰难成长，这就像一个心灵的炼狱一样，吴小蒿有种种的烦恼，她能够走出来就是借助她的专业眼光，就像我们谈到为什么以往的那些女性没走出来，教育也是一个很大的因素。吴小蒿有一种更开阔的视野，如果有第二部的话，我想她会从她的束缚中走出来的，其实她已经走出来了。好，我先讲这么多，大家还有什么新的看法，我们再交流。

孙佃鑫： 最近上您的课读了一些当代小说，读了这些小说，很难体会到《经山海》语言的灵气和语言的创造性。我觉得赵老师对语言的挖掘很难给人一种语言的张力，很不够味儿。

张丽军： 但他有自己的味道，他的味道是很独特的。他的味儿让你觉得不够？

孙佃鑫：比较游离，风一来就散了。很多时候你能够感觉到他好像在有意地去使用一些方言词汇，相对来说还是比较疏离的。

张丽军：好，谁还有看法，我们长话短说。

石　琦：就像您说的，主人公从历史中获得力量，从山海之间获得力量，但我觉得这种力量可以显示得更强大一点。最后的结局显示一种大自然的力量，他把人物的命运和大自然的力量结合在一起，这一点我觉得非常好。

张丽军：赵老师在日照生活了几十年，从1993年他就过去了，所以赵老师对海的体验是很深的。中国作家很少写海洋文化，你就天天看海，要想把海的精气神儿写出来，把大海的气象磅礴写出来，也是不容易的。赵老师说他做了很多工作，和渔民交流，可他说自己还写不出大海的神秘莫测。可我们不像日本，在日本时我住在鹿儿岛，那儿就有一座火山，我们去的时候就在喷发，天天喷发冒烟，前段时间还有大迁移，但人家习以为常。海洋文化让你时时刻刻都在体验着不安全感，我们体验不到，所以我们发现中国的海洋文化与其他地方写的不同是可以理解的。

田振华：《贾平凹全集》中有一句话对我触动很大，他说世上的水太清了，就养不了鱼，文学的黑暗是看不见东西的，文学的光明也看不见东西。有时候我觉得自己稍微有点理想主义或者完美主义，希望作家在塑造人物形象时，多去描写他身上的复杂性，而不是像吴小蒿一样做的事都是好事，没有坏的。中华文化的传统是带有混沌的传统。

张丽军：那当然了，人的复杂性他没呈现出来吗？但人的复杂性里面还有人性的自我完善，这也是人之为人的一个维度。《复活》里面的人物形象，我们觉得他们是真实的，我们内心觉得很激荡，像我们看《平凡的世界》中的孙少平一样，我认为少平这个形象是真实的。但是我们说写人的复杂性绝不是说塑造猥琐的人物形象，那是不对的，而是要写出人物的痛苦，人物的挣扎，他如何在磨难中成长，就我们的吴小蒿一样。为什么说小蒿的形象是基层改革者的成长史，她有屈辱，她有屈从，但她要往外走，要挣扎着走，她在乡镇再苦再累，但她内心是快乐的，这是她想要的，她想过独立的生活。

所以我个人认为，我们乡村大多数的改革者都是想把这个地方建设好，这是人性中的东西。我有时候也很怀疑，后来身边有一个人说，你看大多数人还是好的，要这样看，不然你对这个世界就绝望了。人也是这样，你要每个人都说你好是不可能的，但是我们相信人心是有一杆秤的，人要成全自己，也要成全别人。我们今天的文学没有真正意义上的英雄形象了，像李云龙这样的就是英雄吗？太外在了，我们要写出内心的强大。现在吴小蒿才是这个时代真正的英雄，千千万万的吴小蒿在推动中国改革的边界，包括个人成长的边界，我们要从枷锁中，从束缚中，寻找独立和自由。像贾平凹的《带灯》里面，好坏之间游离的人物形象是写得很生动，但那些都是世俗社会中的人，他看不到更高的维度，这是贾平凹的局限性。但张炜的小说里面有一种维度的东西，有追求者的形象，像《独药师》里面有对爱的追求。但是我们看贾平凹的小说里更多追求的是欲望，欲望也是一个核心，没有欲望也没有爱情，它们当然是有紧密的关联，但是欲望绝不等于爱情。前些年来我们请孔范今老师来做了一个演讲，孔老师的演讲很有价值，他说所有的经典文学，最后都是善的力量、救赎的力量，就像我们说潘多拉魔盒最后应该是希望。好，那今天就到这儿。

陈彦《装台》细读

时　间：2019 年 4 月 29 日

地　点：山东师范大学千佛山校区

主讲人：张丽军

参与人：范伊宁、刘玄德、姚婷婷、石琦、
　　　　张艳庭、曹昙昙、孙佃鑫、李春艳、
　　　　刘兰慧、田振华

张丽军：今天我们讨论一部新的作品——陈彦的《装台》。我觉得这是一部很重要的现实主义文学作品。我们来思考一下，进入21世纪这20年来，有哪些作品写得非常动人呢？动人的作品必然有细节、有情怀、有温度，从这一点上来说，陈彦的这部作品让我非常动心，里面体现了我们当代文学作家的一些追求。当然里面肯定也会有一些局限，或者说值得仔细思考的东西。我先谈这一点，把更多的时间留给同学们。好的，伊宁，从你开始。

范伊宁：这部小说应该是我近期读的长篇小说里写得比较好的，首先它能吸引我，让我坐在那里一动不动地读。我最近还在读其他的小说，有的小说读着读着就让人想做其他事情，但这部小说能够让人一口气读下来。我读完第一个反应就是，主人公刁顺一点都不顺，他不是一帆风顺的"顺"，而是逆来顺受的"顺"，他的性格就是逆来顺受、委曲求全。我对小说中他几次下跪的描写非常痛心，有时候你为他难过，但有时候他的下跪又让你非常气愤。顺子不同的"跪"会给读者带来不同的体验，我觉得作家在写作时就把握好了他在"跪"的不同场合所表现出的不同含义。再就是小说中对于顺子梦境的描写，第一个梦是很可笑的一个梦，他梦到导演和寇铁对他很尊敬，同意了他的劳务费要求，给他们涨钱，这表现了他对基本的物质生活方面的需求，包括给他们的盒饭加了鸡腿儿之类的。后来在素芬走后，他又做了一个关于蚂蚁的梦。小说从刚开始就写到了蚂蚁搬家，中间也写过好多次蚂蚁，但一开始并没有引起我的注意。直到他开始做梦梦见蚂蚁时，我突然意识到，顺子不就是这个蚂蚁吗？我认为这应该算是小说中的一个亮点。

整体上谈一下我的阅读感受，就是作者把每个人物的心理都把握得非常好。可能作品的语言表达得不够优美，也不是特别清新，但是在把握人物心理方面，我认为他写得非常出色。让我印象最深刻的人物是刁菊花，她刚出现时我很不喜欢她，就感觉这个人特别别扭。但在后文中写到这个人物的小时候，你就开始对她有了一点理解，甚至还有了一点同情。小时候她会和院子里很多的小朋友玩，但是没有人会邀请她去他们家做客，只有团长把她请到家里，给了她一个很温暖的回忆。这里面每个人的生活都不容易，但他们都在寻找属于自己的那一团温暖、那一团火。包括顺子也是，他做工拿到了钱，给女儿花了一部分之后只剩二百块钱，他就很高兴，并且唱起了秦腔。他还说，这世界上有人关心他，有人关心像他一样蹬三轮的。顺子的善良和他对温暖和幸福的追求，是他没有一直堕落下去的一个原因。如果作者把他写成一个堕落的人，那就会呈现出像祥子一样的悲剧，但作者并没有这么写。可是在小说的结尾，他女儿回来了，他又被迫养了另外一个女人和孩子，新的战争又到来了。作家对于故事的情节和节奏的把握是非常好的，整个节奏张弛有度，在一个紧锣密鼓的叙述中，他又会给你拉远一点，放缓一点；放缓之后，他又把情节调动得紧张起来。在小说最后，我一直希望顺子能够改变自己，变得好起来，但看到小说的结局又让人十分叹息。

张丽军：好的，伊宁谈得很好。对于每部小说，我们都要有自我的感受，伊宁带着一种情感进行了阅读，比如说顺子是逆来顺受的"顺"，这一点谈得非常好。而且还拿祥子做了参照，这是比较了小说之间不一样的东西。祥子放弃了很多，他的堕落是从自己开始的；而顺子却没有放弃自己，并且在不断地做一个拯救者、救赎者，顺子是一个像摩西一样带领伙伴们继续前行、脱离苦海的人。这篇文章还有许多地方值得我们进一步思考。好的，玄德你来说一下。

刘玄德：这部作品的叙事方式和语言很有特点，平铺直叙，意思明白。这部小说是一个比较典型的底层文学，表现了一种小人物的生存困境。作者对于小人物那种挣扎求生的内心纠结、现实的矛盾写得非常真实，非常准确。尤其是当我看到刁菊花和韩梅她们两个打架的时候，我就特别的激动，我的心跳都加速了。那个时候顺子刚刚干完装台，撑了两天两夜，直不起腰来，浑身没劲。我就在想顺子会不会上去给刁菊花一脚，打她一顿或骂她一顿，但我发现好多次他就要爆发了，但是素芬在后面拦住了他，这说明了顺子对家庭还是有很大包容性的。刁菊花对周围所有的人都不满意，但她还是在这个地方生活，一边嫌弃顺子，一边又伸手向他要钱，还是理所当然地要，这让我就对刁菊花这个人物形象有些反感。刁顺很努力，但是对所有的人都太过于包容。他对于刁菊花的看法是：她是我的女儿，我不管她，那怎么办？韩梅也是，当韩梅第一次与刁菊花产生矛盾时，他对韩梅说我带你去散散心。当韩梅第一次看到刁顺被人打了两个巴掌跪在地上时，刁顺感觉韩梅与小时候不一样了，她的心理已经变化了，她也长大了，她嫌弃顺子的身份。坐在刁顺的三轮车上，她主动跳下来说自己去坐公交车，顺子知道之后也没有反对，这是心理上的一个变化。所以我觉得在这部作品中，作家对人物的特点、内心，以及各种变化都描写得非常准确，尤其是对故事矛盾的描写特别能引起我的情感共鸣。

范伊宁：老师我补充一下，我认为顺子这个人物形象里面有着现代文学中一些非常熟悉的人物形象的影子。刚刚我们说他是一个祥子一样的人物，有时候他的处境与孔乙己也非常像。他经常会处在一个被人家聚焦，被人哄笑的一个场景中。例如这句："大家就又哄堂大笑起来。顺子实在有些忍受不了这种难堪的聚焦，就急忙退下去了。"当我读到这个地方时，就想到了孔乙己被人哄笑的场面。另外，我感觉他身上也有一点阿Q的影子。有时候表面上他说自己就是下苦力的，心里反而会有另外一种声音：你们搞艺术的能够评职称，我们不谈钱，没有钱怎么生活。他会用另外一种想法去化解自己所受的不合理的对待。刁菊花整体上看起来像虎妞，当她杀死自家的狗的时候，那种变态扭曲的心理又让人想起曹七巧。小说里的每个人的形象都是非常复杂的，也有一些我们比较熟悉的人物的影子，作家又在这之上对人物进行了进一步的深化，这是我读的几点感受。

张丽军：好的，很好。在这种比较之中，我们对人物的认识就有了更多的阐释空间，并且我们能看出作家写作时这样一种变化的东西是如何组合的。好的，婷婷同学。

姚婷婷：我看完之后觉得顺子这个人物太辛苦了，他的一生一直在为别人而活。即使在后来他想成为一个退休干部，享受悠闲生活的时候，他看到了孩子被烧伤，看到别的队友来求他，希望他再带着自己的团队出去装台的时候，他就又把自己退休的生活搁下，带着团队继续装台。这个人物形象从头到尾都在为他人而活，为女儿、为队友，而他留给自己的空间是非常少的，所以他的生活让人感觉非常压抑。我发现顺子这个人物形象在故事的展开当中是有一定的角色变化的。在一开始的时候，他面临的困扰都是工作、家庭当中的事，后面作者对这个人物形象有一定的拔高，赋予他艺术上的追求，又给予了他一种道德责任上的沉重感。小说当中有一点很让我触动，在寺庙当中，有人让他为他的队友赎罪，这段描写让我感觉非常沉重。作者对寺庙当中和尚的描写，就通过这样一种矛盾转换体现出了不同的人在不同的等级面前，他们的面子和里子之间的矛盾性。

张丽军：好的，婷婷看得很细致。她提到了一点，就是他生活的动力在哪里？他的苦难何时终止？他何时才能有希望和幸福？他想过另外一种生活，但生活又把他拉了回来。这个问题很有意味。素芬这个人物其实是让顺子能够支撑生命苦难的一个非常温暖的存在，但这份温暖最终也离他而去。

石　琦：这本书打开了我生活的视野。以前很喜欢看舞台作品，却不了解在光鲜的表演背后还有这么辛苦的付出。看了这部作品之后，才能够感受到不同的现实人生，给人一种特别的真实感。此外，我觉得这部小说表达了一种观点：他人即地狱。人性能带给人的温暖并不是很浓。无论是他的女儿、妻子，或是他的工友，或者是他所服务的那群剧组、剧团中的人，以及社会上的人，绝大部分都是在欺压他。

我认为作家在进行人物塑造时使用了一个对比的手法。作者把顺子和他的哥哥做了一个对比，他们有着不同的生活方式和生活态度，对于金钱和物质有不同反应。顺子是一个装台者，作者把他和舞台剧的表演者、演员进行了对比，表现出有没有受过文化教育与人性的好坏是没有什么关系的。还有通过他对两个女儿态度的对比，表现出无论是否是亲生的，他对她们的感情都是一样浓厚的。文章快要结尾的时候，他迎来自己人生当中第四次婚姻，你会发现他这四次婚姻都与情感几乎没有关系，而且有一部分还充满了利益和利用在里面。我觉得整个故事表现出了在城市化进程中，物质对人性的冲击。

看完小说之后，我的心情很沉重。因为我们看不到刁顺还有他的工友这群人身上是否存在着一种改变、希望。作者把他们的艰辛和不易写出来了，但我暂时没看到它对命运的启发性。

张丽军：石老师谈得也很好。《装台》这部作品写的是一种幕后的人生，我们大部分人关注的是舞台上的表演者，他们都是聚光灯下的中心，但这部小说呈现的是聚光灯之后的世界，人们看不见的东西，描写的是另外一种人生。我们能看到这种人生的沉痛、压抑、悲哀，这背后还有什么？为什么没有提到一种希望和理想？所以我认为这里面也是缺少了一道光，这也许也是很多底层文学叙述的一种局限性，过度地描述苦难。我们要进行苦难背后的思索，毕竟人不是蝼蚁，需要理性之光照耀，这是这本书所匮乏的东西。祥子之所以有悲哀和痛，是因为他有理想，有愿望，但他堕落了，所以我们感到非常痛心。在文中，我们没有看到刁顺要改变自己的方式。

张艳庭：刚刚听了大家的发言，我也觉得小说里的苦难描写有一点过度了。人物性格的塑造是不是也有些刻意了？嫁不出去的剩女太多了，这部作品里面的人却能够做出那么变态的事情。这种描写有些过度和夸张了，让人不太相信了，我认为她不至于扭曲到这个程度。书中的主要矛盾就是顺子和刁菊花之间的矛盾，刁菊花非要把自己的家给拆散。刚才说到顺子的婚姻中没有爱情，我认为这并不能仅仅用爱情去衡量。在以前的观念当中，爱情、婚姻都是为了生存，相互体谅、相濡以沫也是一种特殊的感情。对于顺子来说，他并不奢望那种特别浪漫的东西，我甚至觉得作者把这个素芬写得太好了。

这部作品是一个底层叙述，但是有时它过分地把底层生活和我们的生活相区别，在写作过程中分底层人和上层人是不太准确的。他过分夸大了人物本身所属于的社会层次及阶层对他的影响，层次把人框定了。我对祥子还没有太大的隔膜感，但是在顺子身上，我就有这种感受，让人无法代入进去。他对所有人都是一种逢迎的态度，甚至在家里也不敢对女儿发火。这也是素芬不喜欢顺子的一个原因，他不敢爱、不敢恨，太软弱了。我认为这里面有一种对底层人物形象固化的倾向，底层人也要找地方发泄，他需要找到一个平衡去建立自己的权威，需要活得有尊严。

张丽军：艳庭说得特别好，这部作品和《骆驼祥子》不一样，不一样在哪儿呢？祥子他是一个普通人，他有普通人的情感，爱恨、愤怒、喜悦，他还有他的缺点。而作者把顺子这个人物的那点普通的性格给去掉了,着重写了他处于底层生活当中的苦难,这就造成了阅读当中的一种隔膜感,使得这个人物形象显得不那么可爱了。好,我们继续进行。

孙佃鑫:陈彦是陕西人,我对陕北作家的感情还是比较浓厚的,对陕北这地方也比较了解,比如陈忠实、贾平凹、路遥这些人的作品,我看得比较多,所以我在看的过程当中,就会不自觉地把他们的作品做一些对比。路遥的《平凡的世界》写的主要不是生活的困顿,而是人在这种困境当中所表现出的一种精神的奋发,所以我们看到孙少平的奋斗相对来说是比较单纯的,他的生活与顺子相比也是比较单纯的。顺子其实是被围困在一团乱麻当中,无法从中摆脱。他没有像孙少平那样有一种更高的精神性的追求,他只是考虑单纯的生存。所以从这一点来说,顺子身上可探讨的点要比孙少平多,这点是毋庸置疑的。

我们这个时代一直在强调普通人的奋斗,但现在普通人的奋斗越来越难。80年代北岛写过一首诗叫作《生活》,就一个字:网。这首诗在当时流传比较广,但是从今天这个维度来看,这首诗所表现的东西其实是很狭窄的。一个"网"字可能只能表现出生活的复杂性,但是生活的复杂性带给人的肉体、精神的挫伤是没有办法表现出来的。所以我在看《装台》的时候,想到很多名人名言,我首先想到的是傅雷为翻译的《约翰·克利斯朵夫》所写下的一段话:"真正的光明决不是永没有黑暗的时间,只是永不被黑暗所掩盖罢了。真正的英雄决不是永没有卑下的情操,只是永不为卑下的情操所屈服罢了。所以你要在战胜外来的敌人之前,先战胜你内在的敌人。你不必害怕沉沦堕落,只消你能不断地自拔与更新。"还有塞林格在《麦田里的守望者》里面写的:"一个不成熟男子的标志是他愿意为某种事业英勇地死去,一个成熟男子的标志是他愿意为某种事业卑贱地活着。"这两个名言都是大家很了解的,但是你把它们放在顺子身上都不是非常符合。他确实是卑贱地活着,但他不是把装台作为自己的事业,而只把它作为一种谋生的手段,像是一种不得已的选择。臧克家后来写旧体诗,他写过一首诗叫《老黄牛》,最后一句是"不待扬鞭自奋蹄",我觉得这句话特别符合顺子。他不需要别人抽打,自己就往前跑,促使他前进的是沉重的压力。他有理想吗？肯定有理想，他的理想就是过上退休干部的生活。比起那些宏大的理想，他的理想是如此的普通，如此的可悲。

顺子的身份问题也是值得我们思考的，他不是一个进城的民工，他是在城镇化的过程当中慢慢地从农村里挟到城市当中来的。这种人的身份是很尴尬的，在乡下人看来，他是个城里人，实际上在城里人看来，他又是个乡下人。连一个看大门的都要拿他来开涮，可见顺子的地位是特别低的。作品里面有个特殊的人物，那就是朱老师，这个人很不一般，他让我想起了《白鹿原》里面的朱先生。朱老师这个人能够在一些重大事件上给顺子提供指导和帮助，所以说这个人物对主人公而言是很重要的。还有一点让我印象比较深刻，就是作品的叙述，他的叙述是特别贴切的，有时候你一看就知道是顺子，一看就知道是刁菊花，所以给人的感受比较直观。把人物的叙述与心理描写相结合，既是人物叙述语言的一种，也是对人物内心挖掘的一种。另外，作品里面还有一些陕北方言的呈现，他对一些语言的提炼虽然不多，但你一看就知道是陕北方言。我觉得这也能看出作家的努力，很难得。

张丽军： 一部小说的阅读需要从生命体验来进行观察。刚才我们提到刁顺没有谈理想，他不像孙少平一样，有一道光芒，但是他的苦难要比孙少平沉重得多。孙少平已经是一个很苦难的人了，但在苦难的背后有一道来自精神深处的光。刁顺没有那样一道光，因为他是更纯更苦的，这种苦难压得他爬不起来。这是需要我们关注的，也是本篇作品的独特之处。约翰·克利斯朵夫他们这些人能够超越这种悲伤、这种苦难，那为什么陈彦要这样写苦难呢？他在里面提到了朱老师，这也算是为顺子昏暗的人生开了一个口。刁顺一生都敬重朱老师，当顺子说他要去抢银行时，朱老师对他说你连这种想法都不能有，你若是有了这种想法，就必然容易将它化为行动，甚至还会煽动别人。朱老师要他做一个良民，但是没有说让他去改变命运。这也是刁顺与约翰·克利斯朵夫的不同。

李春艳： 我读完这部小说有这样一种感觉："天地不仁，以万物为刍狗。"作为一个普通人，我们如何去面对日常生活的琐碎呢？唯有撸起袖子加油干。

我感触最深的地方有三点：第一点就是作者的写作视角是完全以物质为主的，或者说是以金钱本位视角为主。在这样一个视角的统帅之下，无论是对于顺子或是刁菊花的人生，对他们的性格和行为都应该能够有一个合理的认知。顺子的故事是由工作和家庭这两条线索展开，在故事的前半部分，主要是写了顺子作为一个普通人的生活，但越往后看我们会发现作者不满足于对人物的这样一种普通视角的描写，所以把顺子这个人物形象拔高了，让他具有一种崇高的情怀。但这样一来，人物就丧失了真实感，也给读者造成一种距离感。还有书中提到的这些女性，例如刁菊花是来自于城乡接合部，其他女性来自农村，是典型的农村妇女。她们来到城市当中，无依无靠，顺子供养了这四个女人。我们可以看出，这些女人在城里的唯一谋生手段就是嫁人。但素芬这个人物应该是不同的，因为顺子从她身上学到了许多，她能力很强，本应该可以养活自己，却用了一些手段嫁给顺子。在作者这样一种物质视角之下，人物都是在物质漩涡中成长，他们的努力都是为了得到生活的保障。正因为陈彦写这部小说时是采用了这样一个物质的大视角，所以没有展现出那种欲壑难填的生活，没有那种对于物欲的过度追逐，他们仅仅是为了活着而做出努力，便让人觉得尤其心酸。

张丽军： 从这一点上来说，我觉得陈彦与其他作家拉开了距离。他不写欲望，这跟其他的陕西作家，像陈忠实、贾平凹等人都拉开了距离。他写的是苦难，无比沉重的苦难，在书写苦难的质度和密度这方面，他实现了一种超越。

李春艳： 第二点就是顺子算是一个比较异类的人，一个丧失自己主体性的人。其实对于每一个打工者来说，他都是有自己的梦想的。但是在作者这种物质本位的思考角度之下，顺子的主要目的是为了生存。在马斯洛的需求层次理论之中，他追求的就是最底层的东西。他与四个女人之间的关系始终是一种利用与被利用的关系，这充分体现了他主体性的缺失。在当下时代，各个阶层早已划分好，阶层的流动性基本丧失。我觉得顺子他也无法指望通过自己的奋斗浮动到社会的另一个阶层，这是不可能的。为什么不可能呢？顺子作为一个装修队的包工头，他最重要的就是有着三样法宝，但这些法宝都是采取了一种"人治"的方法。这种"人治"在小说中是非常明显的。书里写顺子做了一个梦，他梦到装修集团开了一个大公司，他把自己所有的亲戚都委任了各种官职，甚至连刁菊花、韩梅以及韩梅的男朋友都在他的公司里任职。他的这样一种梦想，其实也就反映了一种"人治"的管理。这种管理与市场经济热潮之下一个组织和一个企业的生存是完全不一样的，是站不住脚的。他一直是以一种传统思路来进行思考的，缺乏现代性。

　　第三点我想谈一下关于顺子人生救赎的可能性，我想了一下也是不可能的。让我印象最深的就是作品里那条叫作"好了"的狗，它让我想起《红楼梦》里面那首《好了歌》。从帝王将相到美貌娇妻，再到儿孙子女，可以说《好了歌》里唱的是上层社会的人生，但这种种的境遇其实在顺子身上也有一定的体现。这样一种"好了"的思想也渗透进了顺子的思想中，要不然他不会有勇气去面对一个又一个的苦难。我觉得在小说中应该是有支撑人物活下去的信念的，老师说这个人物缺乏光亮，我觉得应该是有光亮的，可能我们没有看到，也许就在缝隙的最深处。我考虑了一下陈彦在这部作品中让我们能找到的唯一的救赎方式，后来我想到了书里面出现的秦腔里面的一些苦情戏，包括《天雷报》《窦娥冤》《人面桃花》。我觉得《人面桃花》其实可以作为整个小说的一个副线，因为它主要就是围绕这个戏的排练、出演等写下来的。顺子对于每一段苦情戏都是非常了解的，甚至可以直接唱出来。我认为这里面的戏曲精神，很可能就内化为了顺子自己的一种思想、一种无意识。一个非常明显的例子就是在小说的最后，菊花在婚姻失败之后又回来了。顺子看到自己的女儿回来了，突然来了一段儿《人面桃花》中的唱词，这里面就谈到了人生的"有常"和"无常"。人生当中有很多无常的东西，在顺子看来我们无法逃避，只能面对。我觉得陈彦就是为我们展示了一种普通人的生活方式，我们很可能认为它没有给我们启蒙，和我们如今的主旋律也有一定的距离。我觉得陈彦在写这部作品的时候肯定将这些因素都考虑在内了，所以在后半部分将顺子的思想进行了拔高，拔得有点过高，显得整个人就有些失重的感觉。像顺子这种讨好型人格，我觉得也是存在问题的。

　　张丽军：刚刚春艳同学关于这个"光"的问题提得非常好，我觉得生命中有些光是非常闪耀的，而在这部作品中，这个光是一道微光，就像黑暗中的微火一样，明灭着，却始终不灭。我们要去寻找这部作品存在的微光，这对我们挖掘顺子生命深处的东西来说是非常重要的。还有关于顺子内心与苦情戏之间的联系也谈得不错，其实顺子是一个对戏曲感觉非常强烈的人，他是一个技艺高超的装台设计师，他的艺术感也不差。对于人物命运的发展和结局，我并不满意。为什么不满意呢？因为我觉得顺子他没有挣扎，或者说他挣扎得不够，没有与命运抗衡。这部作品将苦难写得非常深，但在纵深性上写得不够。一部小说其实就像一条大河一样，有回环、有漩涡、有暗礁，这条河流才会有一种激荡感，这才是一条能够经久不息的大河。刁顺子的这条人生河流，虽然是一波未平、一波又起，但是故事的情节都是一个向度的，一个风向、一个起伏，他没有另外一种人生转折，他只能通过其他人物的转折实现改变，而不是依靠自己本身的转折。像《骆驼祥子》这部作品，他的转变是祥子自身的命运在拨转，而顺子的命运都是在别人的拨弄下转动的，这也是这部小说存在的一个局限性。

范伊宁：作者这样一种散点透视的方式其实就决定了他在转动的时候是不可能有那种波峰和波谷的，一直都是别人在对他施加影响，没有人物自己主动性的行为。

刘兰慧：我觉得作者塑造的人物都很有特点，包括那些小人物，比如说三皮。他说："三皮心细，装台主要是做些零敲碎打的细活儿，平常话也少，大家几乎不注意到他的存在，因此，他再从幕后唆出几句干话来，就格外有效果。"还有一个就是刁菊花的初恋，作者是这样描写的："院子里的光线很模糊，只靠着邻里的余光淡扫着。当小伙子进门时，一抹特别强的余光，正好照在脸上，犹如舞台上的雕塑光。"作者在塑造人物时运用舞台上的灯光，还有戏剧化的手法来展现。而主要人物的刻画，作者更多借助一种幕后表现手法和戏剧冲突，哪怕是一个很小的波澜也给人非常多的感触。有一段是讲两个演员在演戏时，年轻的演员狠狠踢了那个老演员，因为评职称时老演员说了几句坏话，导致他评不上职称。舞台上光鲜亮丽地上演着一幕幕戏剧，而复杂的矛盾、戏剧性的冲突、一地鸡毛的描写又在幕后上演着。

另外，我认为这部作品写出了底层人物强烈的自尊，包括刁菊花。瞿团长去找她谈话，说到找对象的问题时，"他没有觉得自己的婚姻生活是家庭和自身条件惨败的缘故，而是认为，这是一个时代的痼疾，年轻人都一样，何况素素是很优秀的年轻人。她突然在这个问题上，有了一点做人的尊严感"。我觉得她并没有大家说的那么不堪，她做出的种种极端的行为，都是想要引起大家对她的关注，她是非常渴望被爱与尊重的，但人格又不太健全，不太会表达。还有顺子，关于刚刚谈到他的讨好型人格，作品中有一处谈到他的一个梦境，他梦见在一个庆功宴上，总导演、总剧务、总灯光师等许多人都给他敬酒，夸他舞台搞得好。其实他的这种讨好型人格是想要获得别人认可的，他有一种强烈的自尊心。关于人物形象问题，作家的女性观可能有一点问题，田苗过于水性杨花，素芬也有点像祸水，手里还握着两条人命。关于这个戏剧片段与人物之间的关系，我也是非常有感触的，它本身是戏剧，但同时又推动了故事的发展，作者以戏剧性的手段来描写人生的戏剧性。

张丽军： 提得很好啊，我们对刁菊花这个人物的研究还应该有更多的变化和更深的理解。

田振华： 我对这部小说在某些细节方面的理解，可能和大家有些不一样。我觉得他写的是比较真实的，许多人并没有大家所想的那一种理想，就像顺子，他是一个底层的人，他的命运在不断地改变。虽然他的命运改变得特别微小，但我认为这就是底层人的一种现实写照。从一开始的生活和工作不顺，随着故事的发展，在经历了朱老师的指导之后，他开始敢于与寇铁反抗。到后来他想退休过老干部的生活时，又意识到了装台团队没有他就无法干下去，这又体现出了他的一点价值。他回来之后，《人面桃花》演到了北京，这对于他来说也是一个理想的实现和突破。在现实生活当中，底层人的自我理想并不明显。我认为陈彦令我最感动的是，他将这样一种底层人缺乏主体性的生活表现了出来。顺子是讨好型人格，但他有限度，他不会欺骗他人，也不会对其他人不利。

这部小说整体上存在一种戏剧性。陈彦是搞戏剧出身的，他之前写过很多戏剧。他的人物、事件都是一直串下来的，没有像张炜的作品那样具有戏剧张力。大家都说性格决定命运，文学作品当中喜欢写人物在被压迫之后突然爆发和转变，但现实生活中这种转变的可能性是非常小的，大家都是过着一种普通的生活。另外我想再说一下关于这四个女性的问题，我认为两个人结合在一起，双方对彼此总有一些需要。古代社会提倡门当户对，现代也提倡，甚至比以前更加精细化、更加具有针对性。我觉得对顺子来说，每一个女性都符合他的需要。前面提到顺子被四个女人利用，但我认为他这种被利用应该是有合理性的，他们是互相需要的。

张丽军：说得非常好。对于顺子人物形象的理解，肯定需要我们从不同角度去观看。他对于装台艺术的深刻理解，他实现了装台队的理想。这个理想在顺子身上体现的是比较浅的，要谈人物的价值还是比较遥远的。

大家讨论得非常好，也非常有收获。我们说了许多不同的观点，从不同的角度进行思考。经过讨论，我们发现《装台》是一部需要我们进一步研究的文本，它需要我们进一步来阐释和思考。这部作品有很多地方都打动我，特别是顺子。顺子是有自己的理念的，他希望建立一个团结平等的劳动共同体。在他这儿人人平等、绝不剥削，有多大能力干多大活。他的要求是很苛刻的，他淘汰了很多人，留下了一个骨干队伍，这个团队是西安城最好的装台队伍。他要建立一个平等的劳动共同体，这个观念是很可贵的。他从现实出发，奉行的是劳动者的自由联合体，他相信平等，这是他的价值和信念，而且他从不放弃，他有担当，为了帮助团体，依然选择了前行，面对苦难。我认为这点是非常可贵的，这也是我们提到的中国文化里面的"四海之内皆兄弟"的平等观念。

《装台》里面对于苦难的书写与其他小说都不一样，他对苦难的描写是有技术性的。书里的苦难存在一种艺术的价值，顺子干的是技术性工作，既具有技术性，又有艺术性，包括光线、色彩等方面。这项工作的确苦、的确累，但更存在一个技术性的描写，这对作家也是一种重要的考验，我认为这点是一个新的突破。当然顺子这个人物形象也不是令我很满意，因为他缺乏变化。一部好的小说应该是一部具有成长过程的小说，这部小说是一部不变的小说，太稳定了。顺子永远以一种方式对待一切，没有理性的思考。他的理想和他没有内部的关系，这种理想没有给他以精神的愉悦感。他并未把自己的工作当作事业来打造，只是为了赚钱，为了生存。所以说一个人看得有多远，走得就有多远，顺子的眼界太低。那为什么会这样？同样是陕西作家，路遥写出了孙少平、高加林，陈忠实写出了《白鹿原》里面的白灵，这都是一类有目标、有追求的人，为何陈彦要写这样的人物？这是小说的一个内在局限性。在人生的风浪中，人物应该是一个具有变化性的存在。无论是堕落或者是上升，都能表现一段变动的历史。但在顺子的人生中，他始终是以一种模式进行书写，导致了小说的同质化。小说并没有体现出一个提升和演变的趋势。小说中每一个人物形象，从主角到配角都是非常鲜活的，让人看一眼便忘不了。每一个小人物、小细节都十分鲜活。从这方面来说，这个小说的艺术品质是非常高的。但它的遗憾存在于主要人物形象身上，他没有像约翰·克利斯朵夫一样，给人一种灵魂的震颤，这可能是我们今天这种底层叙述的局限。包括余华的《活着》也是有局限的，例如有人批评福贵是犬儒主义哲学，好死不如赖活着，活着就好。人物的确能够忍受苦难，但不应该仅仅是这样，人还应该有一种精神，有一种安身立命的东西。但他们没有这样一种精神，只是无穷尽的疲劳，沦为一具皮囊，缺乏生存的"道"与哲理。顺子不是自觉的，他是懵懂的，他的愉悦感不是来自身心内部，而仅仅停留在表层。主人公立不起来，小说就很难立起来。这是我从大家的发言里得到的一些思考。

在当今社会中，普通劳动人民的价值和一点信念也是非常值得尊敬的。顺子想建立起一个平等的劳动人民联合体的意识和意图，同样是很珍贵的。做一名普通的无意识的劳动者，大家都是这样，但这不是理想。那么我们为什么要学文学呢？希望生活中有更多的色彩，我们希望能有一种开启生命理性的精神的光，就是我们学文学、接受教育的原因。我们需要做一个有精神意义维度的人，现实的生活、可能的生活、理想的生活有很多方面，而我们看到的是现实的生活，这也是一种无比残酷的生活，它也打动了我们。这个顺子不是我们要的顺子，他的亲人、他爱的女人都遗弃了他，这也不是没有原因的。顺子是一个非常值得我们敬重的人，他是一个用劳动来获得尊严和价值的人。但是只有坚忍是不够的，我们还要成为一个顶天立地的人，去改变命运，要有理想的光芒，我们可以获得自我生命的愉悦，我们可以带给别人更多的光和希望。

关仁山《金谷银山》细读

时　间：2019 年 5 月 6 日

地　点：山东师范大学千佛山校区

主讲人：张丽军

参与人：石琦、张艳庭、姚婷婷、孙佃鑫、刘玄德、李春艳、范伊宁、田振华、王丽霞

张丽军：今天我们集中讨论一下关仁山的长篇小说《金谷银山》。我先谈一下我的一点看法，我为什么要讨论这部作品呢？一个很大的背景是我国正在积极推进的乡村振兴战略，乡村到底如何振兴，国家现在无比重视，特别在中美贸易战前提下，进一步拉动中国内需，进一步开拓国内市场，显得格外重要。那么最重要的国内市场在哪里？就在中国的农村，中国老百姓的购买力、消费力是很重要的领域。我们几千年的文化、文明，就是基于这种农业文化、农村文化、田园文化，这是我们所有一切的出发点和归结点，今天我们依然要从这里出发。任何文明的积累都要从历史出发，从语境出发，那么在这个语境之下，我们发现乡村振兴依然面临着困境。实际上乡村要让乡民回去，建立起乡村的文化共同体、情感共同体、命运共同体，这才是一个内核，否则何以回到乡村去？要让乡村有所依托，更重要的是情感的归属，让人们愿意留在乡村。怎么成为中国的美丽乡村，这可能是更深厚的问题。

在这个问题之下，我们看到湖北的刊物像《芳草》杂志，去年提出乡村振兴与文学书写。今天的乡村振兴，我们的作家怎么书写它，批评家怎么书写都是值得讨论的。文艺学要和时代互动、和时代对话，那才会有活力，并不是说作家只跟着国家政策走，那太简单化了。其实我们国家提出一个战略、一个命题，都有深层的考量在里面，不仅仅是一个简单的策略，而是文化振兴。其实这个战略特别有道理，我们国家扶贫那么多年，发现有的地方越扶越贫，摘完帽子，又出现了新的扶贫，因此我们强调精准研究，要精准扶贫才有效果。对作家和学者来说，我们不是要从中分一杯羹，而是要看到这个战略的价值意义与担当，也就是说我们要参与到时代对话中去，研究才具有活力。与时代对话，与时代同呼吸、共震颤，这是学者研究的价值和依托。我们山东有个样板，三十年代梁漱溟在邹平进行乡村建设实验，他在乡村里治穷、治病，更新卫生观念，还有重建乡村伦理文化体系的认同。

所以我说今天的乡村振兴，我们的学者应该参与到里面去。一个学者，过去讲修身、齐家、治国、平天下，要体现出自我的参与性、引导性或者建构性。这就是我们提倡的一个语境，这也是我们研究关仁山的一个语境。现在很多作家也在写乡村振兴，但依然停留在小叙事、小情怀、小故事，还是心胸太小了。我们看到现代文学很多大家，如鲁迅、老舍、茅盾、郭沫若，鲁迅写故乡，能想到国民性改造，我们今天为什么还要研究他，因为他有那种大的情怀。关仁山其实一直在思考乡村建设、乡村书写，一个作家如何和时代对话是关仁山一直在做的努力。虽然我们说一个作家努力不一定能做好，但不努力，肯定做不好。我想这一腔热忱，这一个心愿，这一种努力首先是值得我们肯定的，他可能做得不太好，但我想经典也不是一两个作家创立出来的，肯定是一代又一代的作家先呈现出一个主体、一个命题，然后不断深化、不断探讨，这样建构出经典的传承。就像鲁迅说的一句话，"在进化的链子上，一切都是中间物"。从某种意义上来说，关仁山的作品也是中国进行乡村振兴计划和文学书写的历史的中间物。我们现在就来分析一下这部作品。

据我个人阅读来看啊，《金谷银山》这部作品大大超越了以往关仁山的书写。他以往的书写，也想找到一些乡村振兴的动力，实现的方式、途径，包括人物形象的构造和书写。《金谷银山》里面事件的组合、寻找的点，我都觉得特别鲜活和生动，体现在四个方面。

第一个方面，他在和时代对话。范少山这个人物实际上是个回乡的青年，在北京已经小有成就。乡村振兴的动力不是乡村内部的，是从外向内的，这就体现出今天的乡村振兴和以往一个不一样的语境。以前写梁生宝买到种子想要振兴乡村并且信心满满，但今天不是，今天是在怀疑、质问的语境下进行的，我做得对不对，我行不行，我有没有价值，人在不断的质疑中，在自我和自我的对话和挣扎中前行。那么这就是今天一个新的时代语境，就是城乡交融一体化，城市用不同的方式参与到乡村振兴的活动中去。虽然范少山是乡村人，但他的资源、信息、资金、信心，包括他的愿望，都是在城市的语境下诞生的，这是和以往不一样的。当然，还有一点，就是他对乡村热爱的初心，这一点和梁生宝是一样的，是内生的。

第二方面，作家选取的角度很新颖。今天技术革命对我们生活的影响太大了。转基因技术，这也是我们国内争论的一个焦点。我们的种子，比如东北的大豆、玉米等，这些种子几乎都是从外国买的，使用到第二年就不行了。今天市场经济挑战着中国古老的农业文化，已经在极大程度上改变了原有的文化方式。而范少山却坚持寻找中国的谷子，寻找中国的老玉米、中国的本土苹果，这些理念既是最新的，又是最古老的。从这一点来说，关仁山的眼光真的很高远。种子安全、植物安全、粮食安全，这是国家最核心的要素。虽然我们已经逃离了饥饿时代，但我们可能面临另一个问题，种子控制在别的国家手里，这种危险是根本性的。

第三方面，小说中提到了历史文化资源的开发。比如石碑、两棵银杏树、地下岩洞都具有非常鲜活的当代文化气息，这和历史文化结合得非常好。

第四方面，人物形象非常生动。包括人物理念的新颖，范少山认为梁生宝那种艰苦奋斗的作风是不行了，今天要借助政府的力量、借助国家政策的力量来改变命运，这是和以往不一样的。

我先谈这么多，给大家抛砖引玉，给大家提供一些谈论的话头。

石　琦：《金谷银山》和《天高地厚》这两部小说带给我的阅读体验是不一样的。相比较而言，《金谷银山》看起来更顺畅一点，更轻松一点，也更加明确地表明了作者对于乡村振兴的道路的理解。《金谷银山》里面人物形象的塑造比较有意思，但让我感动的不是主角范少山他回乡创业，虽然他改变了自己的命运，还改变了家庭的命运，甚至整个家族的命运，但由于作者一味地去塑造高大的形象，使范少山缺少了人性的复杂性。我反倒觉得写得比较好的是范少山的爷爷，他守着鹿场，打了一辈子狼，狼本来与他是天敌，水火不容，但当他看到两只大狼为了让小狼吃上饭，连命都不要时，他放过了偷鹿的狼，以及后面写到的他与狼惺惺相惜的种种。让我感动的另一位老人是老姑奶奶，她把金谷子葬在了丈夫的棺中，为了希望，为了传承，她同意开棺取种子。

小说一开始告诉我们农村确实很艰难，国家给了政策，希望他们进行搬迁，改变他们的命运。其实按照国家给出的方案是没有问题的，但是很多农民不接受，他们给出了一定的理由，这也是农村的现状。但费大贵这个人担任着村支书，却远离了乡村，住在镇上的别墅里，养了鸟，门口摆了狮子。他为了在换届中继续担任书记，还虚报了年龄。这个人物内心也好，外在举动也好，是很形象的人物，和范少山、杏儿相比多了一些人性，这是小说写得比较好的地方。

张艳庭：读到这样农村题材的小说，我对关仁山立马改变了看法，他写得特别好。写农村题材的作品很多都是悲剧性的，但这个充满了喜剧感。包括插科打诨的人物，他们不像配角，特别真实，农村很多人就是这样的，作者捕捉到了农民对生活的乐观态度。范少山这个人物形象并不显得假，他紧跟时代，而且每个人都是出彩的，都是有灵魂的，包括模仿型人物，其实模仿型人物不是贬义的，每个人的行动都有自己内在的原因，不是作家强加的原因，这种内在的原因使人物特别真实。杏儿说的都是特别生活化的词语，这些都是从流行文化中得来的，很多人觉得农村不应该有这些，而最能接受这种大众文化的恰恰就是农村人。关仁山的思想不保守，但在叙事方式上，又有传统的味道。小说采用的是章回体小说的写法，恰恰是传统文化，古典小说的写法放到农村小说中特别合适。作品和主旋律的衔接，也不是刻意的衔接，不同的人物提出不同的视角，让读者来感受事件。范少山塑造得相对来说没有那么单薄。

张丽军：或者还不够，还没有打动我们石老师的心。

石　琦：他热爱乡村，很孝顺，他身上全是优点。

张艳庭：他也不是全是优点，上学考不上高中，卖菜卖不好，弄个钱还被骗了。

石　琦：在城市里生活这么多年了，我觉得他有点贬低了乡村。

张艳庭：他一定程度上特别真实，尤其是他对杏儿的感情。

石　琦：他要是真爱杏儿的话，就不应该把她扔在城市里，然后把所有家庭的重担、孩子的照顾和抚养权全部交给她，让她支援自己对于乡村的热爱，这个爱有几分呢？

张艳庭：杏儿也会埋怨他，你怎么了？是不是又没钱了？你有钱的时候不会给我打电话。我觉得范少山一根筋，干一件事就想把这件事干好，生活中有这种人，钻到里面就把别的事都忘了。

石　琦：那你觉得支撑他回乡创业的动力是什么呢？

张艳庭：在北京他也是一个漂泊者，在北京卖菜的时候他看到有人靠种菜把整个乡村带动起来了，他觉得雷小军能这样，我也能这样。他想要去改变这个地方，在这个地方他能够得到最大的承认，在外面卖菜，其实人家是低看他的。

张丽军：范少山为什么要回乡，这也是一个核心的问题，这一点我们应该从一个改造乡村的新英雄的角度来分析。生活中的人，有的是先知先觉的，他愿意为家乡发展做奉献。就像我们谈英雄一样，我们以往的英雄太高大上，英雄没有烦恼、没有挣扎，英雄不识人间烟火，但我看到这里面的英雄，他有烦恼、有挣扎、有矛盾，他有解决不了的问题，他有烟火气，我们不能因为一些英雄不识人间烟火就把所有的英雄都否定掉了，这也是有问题的。生活中确实有一部分人他愿意付出，去实现人生价值的最大化。我觉得这就是中国文化里面的一种圣贤文化，他愿意带着大家前进，一起获得新生活的可能性。就像中国人说，独乐乐不如众乐乐，我愿意和众人一起快乐，一起分享，我的兄弟姐妹们得到解放这才是我的归宿点，这是中国文化中很重要的一种东西。好，我们继续进行，婷婷同学。

姚婷婷：这本书写得很有层次感，内容也很丰富。给我印象很深刻的就是他们去开棺取种子的时候，很多虎头村的村民去抢夺被领了牲的羊血的场景，他们相信这种羊血能驱灾治病，这让我想起华老栓买人血馒头，这种感受给我的冲击力很深。老师说过一句话，最古老的地方也是最先进的地方，它体现出乡村有腐朽一面的同时，也给乡村带来了新生。还有就是范少山这个人物形象，有人说他是乡村人眼中的城市人，城市人眼中的乡村人，我刚才也不理解他为什么要回农村，但通过老师的讲解，我明白他是精神先行。这个人物一开始也许没有那么大的能力去振兴农村，但他一腔的热忱在支撑着他改造。他没有钱也没有能力，但他有想法和热情，他都已经在北京买得起二手房，他还买了了车，如果他留在城市，他也会生活得很好，但他还是选择了回乡创业。这本小说虽然是作为主旋律的小说，但它并不生硬，反而很接地气。小说还有一点比较好，他前期对于乡村物质世界的改造,先让村民富起来,后期发掘历史,对村民进行精神改造,这样就让小说不至于那么单薄,有了更多深层次的东西。

孙佃鑫:作者在小说文本中加入《创业史》,我觉得有点生硬。当然《创业史》对写农村题材的作家影响很大,最大的当属路遥,路遥在写《平凡的世界》的时候,他把柳青的《创业史》读了好多遍,当他写作遇到困惑的时候,他就去柳青的墓前倾诉。他在写《平凡的世界》的时候身体已经很不好了,柳青到死也没写完《创业史》,这是他毕生的遗憾,所以路遥说拼死也要把这个小说写完。我从这部小说中,看到关仁山向一些前辈作家学习的努力。《金谷银山》这部作品跟他之前写的《日头》完全不一样,对关仁山来说这是巨大的进步。关仁山说:"其实写完长篇《日头》之后,我就想告别乡村了。"《日头》里的五十年没有生活细节,但《金谷银山》里面的生活细节开始丰盈起来了,这一点对比明显。他说:"首先要培养对农民和土地的感情。当我走进冀东大平原,我才找到了普通劳动者的感觉,体会到农民身上那份质朴、那份被汗水冲洗的满足和宁静,才能体会到一种真诚的、发自内心的、油然而生的感动。"路遥在茅盾文学奖颁奖典礼上,说:"只有不丧失普通劳动者的感觉,我们才有可能把握社会历史进程的主流,才有可能创造出真正有价值的艺术品。"关仁山的感受来自生活实践,他几年前去了北京昌平曹碾庄和燕山深处的长城脚下白羊峪体验生活,路遥获得感觉的方式跟关仁山是不一样的,但是最后都没有丧失普通劳动者的感觉,这一点特别重要。说实话我对主旋律的作品其实很排斥,但是我们对主旋律的作品应该有新的定义,就像路遥说的"社会主义历史进程的主流",我觉得这就是主旋律,我们把主旋律太简单化了,不要觉得这是政府的政策,这是社会的一个历史大趋势。

张丽军:历史发展应该继承。

孙佃鑫:其实《创业史》也好,《平凡的世界》也好,包括《金谷银山》实际上都是主旋律的作品,但为什么这些作品那么受欢迎,这是很重要的一点。从《日头》到《金谷银山》,我看到关仁山的努力,首先在创作心态上他有了转变,他以后再写农村题材会写得越来越好。此外,我注意到一个人物,就是余来锁,他是白羊峪的土著诗人,什么事都能现场赋诗一首。他暗恋着"白腿儿",便在山上朗诵:"啊!那个俊俏的寡妇,俺梦里醒里都是你,人间最苦是相思……"小说里面多处涉及爱情,有老一辈的,有新一辈的,这些普通的爱情特别真诚,特别质朴,充满烟火气。

张丽军: 很动人,老一辈传承下来。

孙佃鑫: 范少山在向新兴事物学习的同时,也不忘回归传统。金谷子是最传统的东西,反而能够带给人们希望。还有一个问题,我在《日头》中也发现了,就是事物的集中性,以白羊峪为例,把所有的东西集中在一个村子,一个人身上。总体来说,我觉得这部小说与《日头》相比有很大的进步,我也看到了老一辈作家,比如柳青、路遥,作为一个作家、一名普通劳动者的努力。

张丽军: 我们发现这部小说有文化和历史的深度感,不仅是乡村振兴的问题,它增加了文章的厚度。佃鑫同学谈得很好,寻找到了一种资源,其实这是一种传承。从柳青、路遥到关仁山,中国作家也在寻找一种使命感的传承,我们在这里找到了他们的一致性。

刘玄德: 作者对农村的问题涉及得很全面,比如说教育问题、孤寡老人问题。教育问题依然是农村最突出的问题。现在我们也是逐渐进入老龄化社会,在农村这个问题更加严重,劳动力已经流向了城市,那留守在村里的泰奶奶、五奶奶这些老年人,他们的生活怎么办。比如文中的五奶奶,生活没有保障,没法做饭,而且她的儿子智力不正常,怎么办呢?范少山提议给他们建一个食堂,这对于农村人来说特别的温暖。小说还写出了当下进城男女的现实生活,尤其是前半部分,写到范少山和杏儿他们两个人的生活,对于范少山回农村的做法,杏儿本来是支持的,说你去一年就可以了,一年之后,如果不成功你就回来。这是她对他的支持,因为她也是从大山里走出来的,她理解他。范少山回村去创业,实行乡村振兴计划,他不是盲目去实行的,他是经过慎重的考虑,也有雷小军这个参照的模板,但他们的方法不一样。他有一个自己想要实施的目标,前进的方向,比如说去种金谷子,他不知道能不能成功,种那些没有农药的苹果,他也不知道能不能成功。他写信给孙教授,孙教授特地跑到白羊峪去实地调查,结果又带来了欧阳春兰,欧阳春兰看到白羊峪的环境,她又留了下来,对乡村的教育事业是一个强大的支撑。这一点也很重要，一些现代的大学生对乡村的振兴有想法，想为基层事业做出贡献，像我现在也是想去西部支教两年，这个心理写得非常真实和准确。

另外小说还有一些不足之处，在范少山回乡创业和带领白羊峪致富的过程中，他的关键矛盾都是模糊化处理的。比如说他去种没有农药的苹果，怎么去种，怎么去管理，这些都没有涉及；种金谷子的时候，他没有写怎么去管理和保护，而是写怎么不让鸟来吃，不让别人来偷；特别没有必要写的就是大虎养猪，他把家猪放进山林，当野猪来养，说这个来钱很快，但猪跑进了谷子地，踩倒了谷子秧，结果范少山就和大虎打了一架。这就间接地说我保护我的谷子，你们谁也不能因为别的原因过来搞破坏，我觉得这样写反而拉低了他的形象。如果这种养野猪的方式真能挣很多钱，他打一顿人家肯定不会跑的，结果打了一顿大虎就去天津打工了，不养野猪了，甚至不在家待着了，这对于关键问题是一种模糊化，没有说明这个问题是怎么解决的。甚至包括他钱的来源，他一直在说，我们村里没钱了，我自己也没钱了，别人都没钱了，但是还是源源不断地有钱进来，给这个垫五万，再给那个垫两万，最后高辉赌钱，他又给高辉垫十万，就不知道这些钱是哪来的，所以这些关键性的问题都是模糊化的处理。而且在一些故事发展过程中设置的矛盾，完全不是那么重要的矛盾，因为我现在也是在农村生活，他涉及的很多问题，其实在我们看来不是问题，比如黄金谷有人来偷，有鸟来吃，这些其实都不是关键性的问题，关键性的问题比如说他与田中他们怎么解决的土地纠纷，书里就说打了场官司，杏儿找了个律师，两段话，他就赢了官司，田中就走了。这是非常重要的问题，首先范少山跟大王庄的村委会签了合同，后来田中也签了，而且律师明确说明了合法但不合情，你不能说因为你提前签了，后面签的就不算合同了。张震这个律师在法庭上面咄咄逼人，说了很多的话，让对方的律师不知道该怎么反驳了，他们就赢了，这种处理方法稍欠妥当，还可以把这个矛盾更加激化一点，这是我觉得小说中出现的问题。

张丽军： 玄德提出了新的思维角度，提到了孙教授，范少山不是盲干，背后有资源的支撑。好，我们继续提出问题来。

李春艳： 我就接着说一下高辉事件和田中事件，这两个事件也提醒我们，在农村虽然法律很重要，但很多时候处理问题都会偏向于情感，也就是说法律在农村真正贯彻执行是非常难的。

我刚才考虑了一个问题，从《创业史》到关仁山的《金谷银山》和《大地长歌》，有五类主要的人物形象。第一类就是乡村人民英雄形象，从梁生宝到范少山，他们都是有高度的集体主义情怀的，他们对于农村的建设有非常大的热情和干劲，他们为了农村实业基本上牺牲了个人领域的生活。从《金谷银山》到《大地长歌》，我们可以看到关仁山的创作出现了明显的后退，退步是非常大的。原因是什么呢？在《金谷银山》中创业者内在的驱动力是一种情怀和精神，靠主体精神的发扬来走向成功。比如要开发旅游业，正好发现了溶洞，这个处理虽然有点牵强，但还能说得过去，但到了《大地长歌》就处理得特别生硬，而且党的政策成段成段地出现在小说当中。

第二类是党的基层干部形象。《创业史》中的郭振山，他从一开始不想加入公社，想自己致富，到后来在党的教育下抛弃了个人的利益，加入了合作化的大潮，他是有转变的。《金谷银山》中的费大贵作为一个干部形象，官本位意识非常强，到了小说的最后我也没看到费大贵的转变，包括最后他是因为虚报年龄才下来的，这个人物塑造得没有郭振山好。

第三类是贤惠的传统女性形象。《金谷银山》中的杏儿其实是范少山创业的提款机，需要的时候就大笔地拿钱，不仅是提款机，她还为范少山创建了稳固的创业大后方。杏儿身上有传统女性的贤惠品质。

第四类是老一辈农民形象。比如范少山的父亲范德忠，他是老一辈农民的代表，他同《创业史》中的梁三老汉一样爱护儿子，起初不答应儿子回白羊峪发展，是不想儿子受拖累。他虽然有私心的一面，但更有无私的一面。临村黑羊峪因为开发铁矿，好山好水都被糟蹋了，山地没了树木，水土都被冲走了。范德忠看着心疼，就和妻子李国芳一起种树，他们一种就是八年，种活了三千多棵对，水土再也不流失了。这个情节就展现了老一辈农民勤劳质朴的品格。

第五类是科技人员形象。在《创业史》中也已经出现了，在《金谷银山》

中有孙教授和欧阳老师。小说中科技力量辐射的面非常广，杏儿对网络的熟悉程度体现了时代的变化，科技在发挥着越来越重要的作用。

张丽军：非常好，这可以写出很好的文章。

范伊宁：我阅读这部小说，第一个印象就是里面出现的人物其实很简单，人物不是很多，也没有各种复杂的人名。或许是因为人口流失，村子里面没有那么多人让作者去写，除了几个主要人物，剩下的都是没有姓名的人，像五奶奶、七爷爷之类的。另外小说中有很多有矛盾的地方，他坚决抵制外国的种子，要种中国的老种子，但作者又写到杏儿给儿子喝外国奶粉，外国的奶粉、中国的种子，这两件事物没有体现出作者意识的统一性。另外作者设计的这个地方不是平原，而是很封闭的山区，包括出去都很难，他可以进行无农药的种植，但更多的是偶然性，比如金谷子种植的历史，还有他突然发现一个溶洞，如果没有这种种子，没有天然的溶洞让他开发，也没有四面环山的封闭环境，那他怎么去发展呢？我很佩服作者从种子这个角度去考虑设置，很巧妙，另外它根植于中国乡村的文化基因，一明一暗两条线让小说立得起来。和《创业史》对比，我看到了作者向柳青致敬的痕迹，同时他也在向赵树理学习，首先是小说中的口语化，对山歌和民间戏曲的引用和介绍，说书人的形象，用自我的对话引导故事发展的方式等，最相似的一点就是反映农村问题，经济方面、人口方面、教育方面，农村中落后、狭窄的问题在里面都有展现。

张丽军：农村的很多问题都体现出来了，都用钱摆平了，有钱就没矛盾了。

范伊宁：小说里面有很多落后性，包括范少山本人。他找余来锁表弟去设计隧道怎么打通，结果用照片威胁，人家就在胁迫之下继续完成这个事情。对于高辉赌博这件事，他只说不就是十万块钱吗，很多事情轻描淡写就带过去了，其实这反映了没有人是完美的，不管这个人多么具有理想色彩，其实还是有人性狭隘和落后的地方。

张丽军：提出的问题也非常好，小说给了白羊峪得天独厚的优势，如果没有这些资源，村庄该如何正面强攻，实现乡村振兴，这也是个核心的问题。好，玄德同学。

刘玄德：我非常喜欢这部小说，因为书中提到的跟我们村很像。比如说大王庄，我们原先就是大王庄乡，后来撤掉了；再比如说果园，我们乡长也提倡种植果园，因为我们是丘陵地区；还有就是开发历史性的旅游资源。我喜欢它的另一个原因，就是小说特别幽默。类似于大难临头，还会给你安排幽默的细节，比如，白羊峪受风灾时，田新仓家的喂鸡盆子刮了起来，正好扣在了田新仓的头上，半盆鸡食淋遍全身，田新仓就对着风大喊："风，你是来逗俺的吗？"这段描写非常具有趣味性。我觉得这部作品反映了新的时代，是一个时代的缩影。范少山区别于以往的祖辈和父辈，他不仅仅是依靠自身的努力，更是在顺应时代潮流的基础上变得越来越好。新时代也带给人们新观念，科技、旅游、生态等观念渐渐深入人心，从黑羊峪的钢企到白羊峪的旅游，实现了第二产业向第三产业的转化。新的观念生成新的希望，范少山自己也说，新时期的农民他们播种庄稼，也播种希望。新时代下还有新的乡愁，范少山对自己说留住了白羊峪就是留住了乡愁，这也充分反映了处于城市和乡村夹缝中的人的状态，范少山有了杏儿这位贤内助之后既能在城市立得住脚，又带领大家在乡村实现了新的发展。

我比较关注老德安这个人物形象，他的死直接催化了范少山的回乡，而村训的石碑也是在他家里发现的。从他的死开始写起，又介绍老德安的一生，通过他的死亡找到了村训旧有的文化传统，促使范少山带领大家对农村进行新的改变。还有整个文本还贯穿着一种延续性，通过父辈留下的根源性的东西，范少山回到农村去建设，最后又将长城文化留给后人，体现了很强的传承性。还有一点就是作者没太处理好范少山和与他周围女性之间的关系，有种不了了之的感觉。

张丽军：看得很细致，这种细节的发现和挖掘是很重要的。

刘玄德：我觉得老德安的死是有隐含意义在里面的，他的死意味着，如果村庄不做任何改变的话只有等死。

田振华：我补充一下，范少山支援农村的动力来源于他对农村集体生活的情感。有一个说法，70后，有一半是农村的情感，有一半是城市的情感，但到了80后这一代，农村情感基本上都没了。

我们是没有历史感的一代，我们在城市生活，不管任何事情，都习惯了以获得经济利益为目的,其实为什么之前那种集体生活,即便有很多问题,我们还能够维持两千多年,而现在才过了二三十年的时间,这种对农村的情感就渐渐消失了呢?我们也觉得农村确实是好的,有好的东西可以挖掘,但是要让我们回农村,我们也回不去,所以说这就是关仁山写范少山这个群体的价值所在。

然后,我再说一下关于本土性的问题,大家也觉得这种本土性是好的,是值得去挖掘的,但是似乎关仁山又走向一种极端,太过于重视本土。中国的金种子是好的,外国种子就是坏的,为什么呢?人家也有好的有坏的,中国的有好的也有坏的,我们原来几十年按照西方现代性的方向去发展,而现在完全又说中国的好,走向了另一种极端。作家要以一种开放、包容的态度去写作。包括关仁山挖掘村训,村规村约中有很好的东西,但最后他要儿子范明明背诵白羊峪的村训,这都是极端化的处理。中国传统文化怎么继承,很多学校组织穿汉服,都有点形式主义,没有真正把现代性和本土性融合起来。

张丽军:本土性回归不是简单的回归,回归要保持历史的理性和文化的宽容,文化与文化之间不是对立的,而是互相包容的,要互相学习,包括作家也是。

王丽霞:我从这部小说里面看到的不是人物,也不是故事,而是文化产业的实现。小说提到,白羊峪因为发现了岩洞,开发了旅游产业。乡村文化,这是目前最具有开发价值,同时也是最有吸引力的旅游资源。同时乡村传统,也都是具有市场价值的旅游资源。传统乡村文化,在今天焕发生机,释放活力,但同时会造成传统乡土文化的异化。比如端午节的民俗,开发后成了商业化的表演。再比如旅游地的商业文化建构,旅游者也参与建构,做文化产业的专家也参与进来了,城市以各种方式参与了乡村建设,可是要回到原来无比熟悉的乡村可能还是很难,老人一批批去世,老物件早不见踪影。

张丽军:王老师的观点很新颖,提的问题也很好。现在乡村振兴的乡村还是原来的乡村吗?乡村路径在哪里?乡村肯定是回不到过去了,那如何体现一个可持续的、具有本真性的和谐的乡村,这正是这部小说所要探寻的。

  我觉得大家谈得非常好。我们以往说乡村人物形象是进不去的城，回不去的乡，但范少山这个人灵活自如，要钱有提款机，回乡有父母有根。虽然说里面的巧合太多，但说书人说要巧上加巧，有时候真有这种情况。真正的小说就是从日常生活出发，正面强攻，怎么来寻找资源，怎么来处理矛盾，但小说中事情的复杂度是不够的，只是通过事的完成，使白羊峪成为小说的主角，对人物形象本身的塑造深度是不够的。《创业史》中梁生宝是有深度的，他有对父亲的认识，有对党的教育的认识。但在《金谷银山》中人物冲突都是外在的，他和妻子的冲突，他和外在的冲突，他从来没有与自己的冲突，从来没有去面对自我。人和人最大的冲突还是自我的冲突，在这一点小说达不到灵魂的深度和阅读的快感。我们看到《创业史》中人物形象是自我成长，但这里面范成山的成长是不够的，变化不大，和父亲的冲突有一些，但没达到内核。不是范少山打动了我，是他爷爷，是泰奶奶，是小雪，是那只狼，包括费大贵的鹦鹉打动了我，这就是生活的细节，作家在这些方面是下了功夫的。我最大的遗憾是作品没写出主人公的深度，自我灵魂的深度。从今天来看，这部小说意义还是很大的，它给乡村振兴可能提供不了一个普遍的道路，但把这个问题呈现出来了。作家是有开创性的，是具有勇气的，也是有先知先觉的智慧的，这就是它的意义和价值。

王方晨《老实街》细读

时　间：2019 年 5 月 20 日

地　点：山东师范大学千佛山校区 3141 会议室

主讲人：张丽军、王方晨

参与人：张艳庭、田振华、石琦、姚婷婷、李春艳、
　　　　刘兰慧、范伊宁、孙佃鑫、刘兰慧、贺小凡、
　　　　程孝阳、郝焱、张璇

张丽军：方晨老师在百忙之中抽出时间来跟我们做这个交流，这个机会很难得。我先来介绍一下方晨老师，方晨老师现在是我们山东省的作协副主席，济南市文联《当代小说》杂志的常务副主编。我记着上次方晨兄小说研讨会的时候，《人民文学》杂志主编施战军老师说，方晨老师的作品体量比较巨大，体积比较庞大，人物形象成一个系列，方晨老师是一个善于长跑并且跑得很有耐力的长篇小说作家。我觉得施老师说的话非常有道理，其实我们很多作家没有耐力，没有热爱，但是方晨老师有对生命的热情，对文学的热情，而且我觉得方晨老师这些年来的创作在不断转型，九十年代方晨老师的作品特别清新明丽，充满浓郁的乡土地域气息。当时在东营给方晨开研讨会时，我觉得李敬泽提的命题很好，山东是乡土文学文化大省，有很厚的底蕴，这是优势，也是劣势，你怎么从传统中走出来？这就是巨大的考验，有很多人在传统中走不出来。我看到方晨这两年他走出来了，走得很成功，特别是近几年方晨来到济南后对济南地缘的熟悉，从乡土上讲城市，这又是一个新的拓展，这让我们有一种惊喜。比如写到老实街系列，像《大马士革剃刀》一炮打响，一把剃刀行走天下行走江湖，威风凛凛，寒光闪闪，意味深沉。近年来方晨把《大马士革剃刀》这个系列不断地书写，形成了我们今天看到的老实街系列。我觉得方晨兄这个转型很清晰，也很难得，从乡村到城市，从古典到现代，从人性到道德困境的书写，这都是今天我们新的命题。这个转型非常重要，这些年我在做70后研究，我个人也把方晨兄纳入这里面，60后作家像格非、余华、苏童，他们是在八十年代成名的一批，65后还有一批影响也很大，但是成名晚一点的作家，都在他们的遮蔽之下。至少方晨兄这几年的走向是一个化茧为蝶的蜕变过程，是一个成长的过程，也是一个自我突围的过程，这让我非常钦佩。所以我们今天有一个很难得的机会一起来交流老实街系列，后面我们请方晨兄谈谈他的想法和感受。

张艳庭：读方晨老师的作品感觉特别顺，一下就被吸进去了。《老实街》

被文坛盛赞为中国版的《米格尔街》，但它和《米格尔街》是完全不一样的，《米格尔街》更多的是对生活之外的传奇式的书写，而《老实街》是立足于生活的书写。《米格尔街》写得确实特别好，因为时代的关系，《米格尔街》对人物的处理方式与视角有很大关系，它用儿童的视角去看一些人，去写他们的生活。他写得惟妙惟肖，但作品没有深入到人物的内心世界。但方晨老师的小说进入了人物的内心世界，视点也不一样，是一个全知视角。叙事的时候也会插入叙述人的话，这种叙述人的加入与传统章回小说的阅读感还不一样，传统章回体小说的叙述人是说书人，它是对叙述节奏的把控，就是"预知后事如何，请听下回分解"，而这里故事的讲述方式是一种平等的视角，不是高高在上的，和读者也构成了平等对话的关系，给人一种拉家常的感觉，读起来很亲切。

小说建构的空间是一个非常独特的空间，首先它不是农村那种空间，小说里面的道德和农村那种道德也不一样。比如乡村道德是要束缚个体的，在这里面有对德行的强调，又有对个体的尊崇，比如"她并非父母所生，而是由自己而来，当然须由自己了结。每天坐在竹器店做着那些活计，此生就已足矣"。个体应该由自我进行完善，而不是由外在的事物去影响他、束缚他，在对个体尊崇的同时，又有一种很强的德行理念，这种德行理念和乡村又是完全不同的。西方有人把空间分为两种，一种是公共符号，另一种是呵护空间。公共符号就像广场、雕塑，它们都是由外在的权力去赋予它们意义，呵护空间就是人们之间建立情感的关系，个人在空间中得到意义，跟情感密切关联。老实街有一个特点，跟公共符号相比它是角落式的，老实街的人也这样去看。地方感是一个主观化的视角，他们也是从老实街去看济南这座城市，他们有自己的地方感，老实街就是他们去感受去观察的切入点。每个城市、每个地方都有自己的呵护空间，最典型的呵护空间就是家。老实街和其他地方不一样的是它有泉水，泉是特别重要的意象，它既在城市之中，又与自然保持着一种联系。这种联系又是乡村情感可以拥有的，人们总是要有饮水思源的想法和观念，人与自然处在这种和谐的关系里。老实街的人共同饮泉水、打泉水，拥有一种共同体的感觉，城市里面的人都是个体化的，这种共同体的感觉是很独特的。后来搬到回迁房一下全都断绝了，曾经那种理念也断绝了。

王老师没有具体提到历史年代，因为市民真正注重的是日常的世俗生活，外在的政治性的东西是市民排斥的，时间感上是市民的时间感，而不是外在的时间去规定的，日常就是他们的时间。但当老实街被拆散之后，他们的时间不得不汇入另一种时间，一种外在的工业化的时间，被严格规训的时间。这和外在的城市建筑是有很大关联的，现代建筑都是同质化的，没有个性化，老实街的时间和工业化时间保持着一种距离，这种距离也是德行存在的原因。当他们搬走之后，好像一切都烟消云散了，这就是这个独特空间的重要意义。这个独特空间其实不可避免在中国现代化的大潮之中，要被打碎，要被拆散。但是现代城市的规划需要的恰恰是开放性的空间，而非隔离式的。

这个小说里特别感动人的就是鹅，用了两章来分述。小说在叙述上也有特点，它是用一个个人物来贯穿，一个人物一个章节，就是穿糖葫芦式的。鹅这个人物打破了这种章节的设置方式，分了两章来讲，前一章有一些行为我还没有完全理解，后一章就理解了。它不是起因、发展、高潮的结构，而是由个体和两个小高潮所连起来的。这个里面讲到了很多不同的人，他们的身份也特别值得关注。鹅之后成了一个雌雄同体的人，她的这种身份与空间有关系。传统的空间对女性身份有一种约束，而这样一种独特的空间容忍了鹅这样一种独特的身份。"他们统统被她身体里的男人给挡住了"，这一句话读到后一章的时候我才真正理解，前面我觉得鹅好像还有点水性杨花的感觉，到后面我知道她男性的那一面，闭眼就看到往事纷纷，正如青苔在茫茫夜色中展开，这种感觉特别好。

张丽军：说了很多新鲜的角度和新鲜的东西。

田振华：之前王老师发表过一个长篇小说《芬芳录》，这是我读您的第一部作品，那时候您写作的重点都是倾向于乡土文学的。但是这一部读了之后我很吃惊，您是进行了一个新的尝试。我初读第一遍的时候，甚至都没有读太懂，读完第二遍，我意识到这是一部很有突破性的作品。突破性有三点：第一点是它突破了文学鲁军对道德化的书写。《老实街》中的道德书写是一种复杂化的书写，人性中都有善的一面、老实的一面，但是它背后孕育的东西，其实在当下的发展中也会有弊端，您把这个挖掘出来是很值得肯定的。第二点是这部作品既延续了您之前对先锋的追求，又展现出了一种独特性。给我第一印象的就是作品当中到处都是隐喻，既有大方面的隐喻，又有小方面的隐喻。举几个例子，一个传统的地方被拆掉了，传统的道德性的东西也消失了。这隐喻了在改革开放的进程中，我们把原来传统文化一扫而光，不好的东西消除了，但是好的东西也被消除了。印象最深刻的一个人物就是鹅，王老师既写出了她的自然属性，又写出了她的社会属性。自然属性就是她并不避讳自己是一个什么样的人，她想追求性就去追求。社会属性是我们都以为她是一个不守妇道的人，但最后唯独她一个人还说我要待在老实街这个地方，其他人还都要依靠她的美色去维护。第三点就是作品的思考深度、哲学意蕴也超越了前期的作品。作品里面既是一种有形的书写，也是一种神性的书写，神形兼备，同时也是一种虚实结合的书写。作品符合有意味的形式和源于现实高于现实的文学性，这种文学性在当下还是比较缺失的。这三点是我最直观的感受。

石　琦："我们这些老实街的孩子，如今已经风流云散。"小说开篇第一句话就很打动人。在关于城市文化的书写当中，您的这部作品真的特别优秀。最近几十年，城市的变迁是远远超过乡村的。您在城市的发展中选择了一个特别好的点，就是关于新旧城区的建设问题，而且您很准确地抓住了济南的精髓。第一章中您引用了乡谣"宽厚所里宽厚佬，老实街上老实人"，由此可见，济南的风土人情都在您的把握之中。虽然这条街是您虚构出来的，但是一开始我真的觉得它是真实存在的。"老实街""涤心泉""友谊苑小区"，您在文章的书写中设置了一个又一个的空间，而这些空间构成了一个整体的文化氛围。济南是泉城，而您也把涤心泉放在老实街重要的位置，这样一来，涤心泉的水的灵动和老实街中传统文化的深厚底蕴便和谐地融合在一起。同时，您的叙述视角也特别有意思，小说中都是"我们"如何如何，带有一种社会的大众心态，从大众的角度去看某些人和事，因此，如果缺少了泉的灵动就比较压抑，所以在小说中它们相辅相成。

您书写的老实街的居民，绝大部分都是生活在城市底层的普通市民，尽管他们生活在城市中，每天也能接触到众多的资讯，但是他们的关注点依旧是生存和家长里短，特别有生活的气息。而最开始带给我这种感受的就是人物的称呼，虽然都是老实街的居民，但是他们没有深厚底蕴的名字，而都是一些外号，这样交织在一起，构成了普通生活的阶层。刚才他们都讲到了鹅这个人物，我特别欣赏这个人物，她对我的冲击感是不一样的。您是塑造了一个女性成长的历程，她在一开始只是着眼于自己的青春、爱情、欲望的抒发，但是当她到了中年以后，青春不再，欲望也在慢慢减退，她好像又回到了社会传统文化的规训当中。其次，我觉得您对人的孤独感的描写很打动人，比如鹅的儿子石头，通过他的一些在外人看来很匪夷所思的举动，我们可以看到他潜藏的对父亲的渴望。还有作品中的那一对兄弟——穆大和穆二，他们虽然生活在老实街中，生活在城市中，但是他们的精神是与城市隔绝的。还有您的作品中出现了很多象征、隐喻，这样就比单纯地讲述一个街道、一群人，在面对拆迁过程中的挣扎、困惑又更多了一种深层次的东西。

张丽军：其实文学的阅读感受很重要，对人物形象、家长里短等的感受对阅读来说都是很重要的。

姚婷婷：这是一部离我非常近的小说，因为一读到"历下区""十六里河"这些名字，我就觉得太熟悉了，就像在写我身边的事。它不像是写一个城市，比如小说中居民都会去汲水，他们通过汲水会打招呼、聊天等，但是在城市这种现象是很少见的，因此，我感觉小说不是在写一个城市，而是在写老街区的这种很重的人情味。他们组成了生存的共同体，为了维护这个共同体，他们强烈反对拆迁，甚至很多人的牺牲都是为了阻止拆迁，他们对于保持老实街的外在形式具有很大的热情，仿佛只要老实街的形式在，老实街中的传统美德就能继承下去。但实际上你会发现并不是，在老实街没拆迁之前，很多道德就已经崩塌了，而先签署条约的恰恰是那些道德的模范者。如果他们拆迁之后真的还想保持老实街这个道德集体，他们可以住在一起，但是很多人却把搬迁后的房子偷偷地卖掉了，他们搬到远离老实街的地方。他们其实也知道，即使老实街存在着，很多东西也已经不存在了，所以在拆迁之后他们也不会想着以后还要在一起，还要保持着共同的道德契约。这种道德的存在到底是一种形式，还是一种从内心生发出的精神凝聚力？

我对"老实"这个词语也展开了思考，我能感觉到王老师您在小说中写到的"老实"是忠厚的、仁义的、和善的，但是如果把这个词语放到现在，并不是多么的褒义，一个人很老实就好像很好欺负。包括您在小说中写到的不要小看老实人，老实人不是没有坏心思，只是有老实的东西在压着他，我这样一想就觉得这种老实挺可怕的。但是我发现如果用道德或不道德的视角审视下来就会觉得作品缺乏具有灵魂穿透力的人物，人物没有随着自己的性格去发展。比如阿Q、孙少平他们身上是带有某种很独特的地方，你读过之后会记住这个人物。我读这部小说的时候会觉得写得非常深刻，但过段时间我就忘记了里面有哪些人。这些人物的内心是由事件发展推动着的，他们真正把丰富的情感展露给读者的好像有点少。

王方晨：你说到的对道德的怀疑实际上正是我所表现的东西，它是符合人性的真实的。刚才也说到了小说中充满了对道德肯定或者否定，当你看到了否定的时候你才会发现鹅的力量，善的力量。你首先还是被我迷惑了，觉得从头到尾都是赞美老实，实际上老实代表了一种德行，一种文化。有的时候老实是不对的，这就是对人性的一种否定，所以说鹅这个形象是在过去的文学作品中没有出现的。在过去的文学作品中鹅是受到伤害的一个人物形象，但是在这里鹅的生命是一种飞扬的状态，因为她有自己坚定的东西，所以她没有被世俗、被流言蜚语打败，这里面存在着一种反抗和否定，我们不能评价她是对是错，但是她的人性是光彩照人的。这样理解的时候，你才会看到人物散发出来的光芒，你才会看到这种人物的价值。

李春艳：我想说的有两点。第一，首先《老实街》是以拆迁为大背景的，而人物的种种命运的纠葛几乎在每一章中都在拆迁的背景中反复出现。我看了一些关于《老实街》的评论，他们都认为拆迁作为一个背景主要突显了小说的人性，但是我觉得我们完全可以把《老实街》当作一部拆迁小说来看。因为在当下，城市的改造是非常热的话题，我们在网上一搜就会发现有各种各样的关于拆迁的小说，但是相对于网上的热潮而言，在我们现实刊物中对于这个主题的书写是比较少的。我觉得原因可能是这个主题的敏感度让很多作家有所顾虑，所以我认为，在当下要触及拆迁这一类话题，肯定需要一种很好的策略。我之所以把王老师的《老实街》当作一部拆迁小说来看，是因为我觉得王老师对于拆迁这个题材的处理非常好。我目前看到的拆迁小说有这样几种：第一种是揭示拆迁的过程中遇到的各种问题，这类小说属于对拆迁内幕的爆料，包括城市的新居安置、官商勾结等，以《李可乐抗拆记》为主要代表；第二类小说具有类型小说的特点，主要讲述的是在拆迁过程中政府工作人员克服各种困难最后完成拆迁的故事，这类作家的书写基本属于主旋律写作，作者也基本上是政府在职的公务人员；第三类小说主要是揭示拆迁过后给居民带来的一系列的心理变化，主要以《拆迁人》为代表。与网上的"热"相比，现实中的"冷"充分表现了当下作家在热点题材创作上的滞后性，所以说如何去面对和书写这个热点是考验一个作家写作功力的试金石。王老师的作品中，拆迁是老实街的一个标志性的事件，它贯穿于整部小说中，王老师在拆迁的大背景下也提出了一系列的问题。比如说，被拆迁人经历了一种什么样的体验？他们产生了怎样的生命冲突？当他们被抛出了老实街后，是否还能再次打捞起生命的意义？这些问题都为我们的拆迁小说的书写开拓了一个空间。我认为《老实街》这部作品就将文学和社会学的前沿问题进行了同步，实现了文学对社会现实的深层次的对接。

其次，关于《老实街》的书写，我有几点想法。第一点这部小说在一开始就为我们建构了老实街这样一个街道空间，这个街道空间是由物理空间和人的主体记忆共同构成，比如说老实街的胡同、泉水、店铺等都为我们构筑了一个街道空间，街道空间又为我们建造了一个老实街的共同体，在这个共同体中我们可以看到物质空间与人的精神空间彼此交织，共同构成了老实街的城市记忆。而拆迁不仅意味着物理空间的消失，同时也意味着精神空间的消失。第二点我用了钱锺书的反向引证的方法来看王老师对穆氏兄弟的书写。与老实街表面上的共同体形成了一个鲜明的对比，穆氏兄弟被隔绝在老实街的共同体之外。小说写了穆家小院，穆家小院一出场就让我想到了《聊斋志异》中的古墓荒斋，而老实街人借助一种传说给穆家加了一个防护罩，将穆家划为了老实街上的一个禁区，甚至他们不会放过任何一个与穆家有交流的人。他们不允许老实街上的任何一个人脱离这个共同体，也不允许任何一个外来者闯入这个共同体。所以在这种强大的力量面前，我们看到穆家兄弟别无选择，只有成为老实街上的隐居者。王老师对穆氏兄弟和院落的书写，令我印象深刻，我大胆预测王老师年轻的时候肯定是一位诗人，这一段书写非常有诗意，而且让人过目难忘，在这样美丽的风景之下，两个人是如此的孤独。因此，我认为这里指向了城市人心中的空和虚。而且这一段书写让我想起了沈从文，沈从文在1956年的时候对于济南也有一段描写，他描写的50年代的老济南与50年后的济南其实没有什么变化，而这样一种岁月静止的书写让我们再次看到了穆氏兄弟的隔绝，同时也见证了老实街力量的强大。总而言之，我认为穆家与老实街居民的关系其实就是一个隐喻，隐喻了当下城市中人的关系的陌生化、距离化。这体现了王老师对旧的城市空间下旧道德的批判，同时又是对未来可能出现的新的城市空间、新的社群关系的忧虑。再次是我对拆迁过程中两个女性的思考，包括鹅和小葵，她们的抗争虽然充满了勇气，但是最后却被遗忘在人们的记忆中，因此这种抗争充满了一种悲剧色彩。

　　王老师在后记中说自己是生活在城里的闲人，因此我认为在某种程度上王老师就有了一种闲逛者的视角，这种视角既可以在这个城市人群之中，又可以把自己置于城市人群之外，这样就可以清楚地看到伴随着现代性来临，城市的建构空间中所出现的问题。其实小说中也涉及了很多关于拆迁的内幕，比如说天桥的地产开发商、光背党等，这些都是拆迁所存在的问题。但是作为一个文学家而言，王老师书写老实街就是要通过文学书写为我们记录下一个时代、一条老街、一座老城，乃至指向了一种可能有的未来。这种书写让我想起了一本书——《美国大城市的死与生》，在这本书中作者指出了我们通过城市的改造最终要实现人与城市的和谐，建构一种人与城的良好生态。这可能也是王老师心中城市未来发展的方向，也是我们努力的一个目标。

　　第二点，我想说一下关于《老实街》的集体叙事，我看这本书的时候，一直是"我们老实街"，"我们"这里面究竟包括哪些人呢？"我们"包不包括作者呢？《老实街》其实采用了多种叙事人称，而且这些人称都在随意的转换。在小说中采用"我们"这样一种人称叙事,我认为是表达人物的一种集体性意识,在小说的开篇作者就交代了关于老实街的定义,并且说老实已经化在血液中,成为集体无意识的一部分,如果谁违背了道德规范,就会成为老实街的公敌。源于集体无意识深处的道德认同就成为采用"我们"这个叙事人称非常稳固的基础,因为"我们"有了这种集体无意识,所以这种人称叙事才得以立足。小说又采用了第三人称,比如小耳朵之类的,这就证明我们的视角叙述是有限制的。那么在这样一种叙述之下,我发现作者的叙述话语充满了各种各样的矛盾。一方面用"我们"这种叙述建构起了老实街的美德,但是另一方面老实街上的这一些人又再去解构老实街的美德。在第一章《大马士革剃刀》当中,我以为下面将是一个美好的老实故事的展开,结果王老师讲了一个美德败落的故事,这样一种分裂其实在小说中出现得非常多。也许作者采用的就是叙述学当中的不可靠叙述的叙述方法,《红楼梦》当中也有出现,比如前面说宝玉"腹内原来草莽",结果宝玉给我们的印象其实并不是这样的,就形成了一种巨大的矛盾张力。我们可以看到,王老师在小说中建构了一个老实街共同体,这种力量相当的强大,我认为已经到了一种可以颠倒是非黑白的程度。正是因为老实街这种道德制高点的存在,我们就会随意评价小说中的人物,这样一种集体叙事非常容易将个人淹没在集体的洪流之中,即使采用了第三人称的叙事方法,也难以浮出水面,与"我们"之间形成一种力量的抗衡。我始终认为,鹅对于个人自由主义的追求,与老实街的力量相比,还是不够强大,处于下风。尽管我们认为,鹅已经算是非常出彩的人物描写了。

王方晨: 鹅这个角色,就好比一双命运的眼睛,她什么都看透了,看透了你的错,也看出了你所有的应该与不应该,所以有人说鹅是圣人在修行,但是也有一些人叫她破鞋。黄发有老师说,小说有种通透感,因为它是用命运的眼睛去看你。"我们"代表所有人的一些看法,但她又不是代表所有人,我觉得这十几种命运的确在她的视野之下,所以她对他们这种看法不做评判。

汪政老师说,这部作品超越了以往的那些拆迁小说,特别之处就在于它顺应了我们这个时代的秘密。老实街的人也不是没有抗争,但是没有采取玉石俱焚的态度，为什么？因为生活和历史教会了我们怎么去做。其实这也是一种生活的智慧。在这种情况下，你想看到的那种激烈的姿态，在个别人身上有，但是并不代表全部。我觉得我是避免去写出这种人物的，这种人物并不符合我们生活的一种真实，作家你必须对这个题材、对生活中的人物保持一种超越。小说中间一再渲染，老实街并不像我们想象的那样，那些阴暗的东西很多，但是我们老实街有本事把它过滤掉。小说写的这种生活态度是非常强大的，其实是一种非常强大的生活观、世界观。这种生活掌握着我们这个世界，这些人物虽然风流云散了，但其实他们内心还是非常强大的。最后老实街败落的时候已经来临，读者期盼着举行一场告别的宴会，但事实上到了最后也没有一个人出来组织宴会，没有一个人能够代表所有人，每个人只能代表自己。我还有两句，第一句，我觉得采用这样一个集体叙事，就形成了一种反讽的叙事风格。第二句，我认为这种叙事形式也构筑了小说一种含混的美学品格。之前看到一个新闻，说一个外国记者到中国来一看，中国到处都写着"拆"，就问这是什么字？接待的人说，这就是有金钱的地方，这在一定程度上还是很对的。有些知识分子就给政府提供各种依据，说这些老街巷必须改造，不适合人居住，其实这也是促进世界和时代发展。每个人的存在都是有自己的意义的，你不能简单被世界捆绑，其实这反映了一种对创造的更高要求。

刘兰慧：我主要从时间和空间两方面进行分析。从时间维度上，可以看到儒家传统在老实街随时代的变迁，而不仅仅就是去批判或者赞美这种老实。从空间维度上，老师写出了那种具有文化和民俗的东西，老实街彰显了济南独特的风土人情，恰如范伯群老师所说的都市乡土小说。

范伊宁：首先我说说我的整体感受，其实一开始我觉得这部小说阅读起来不是很流畅，因为小说中有很多不确定的地方，作者也没有给我们一个交代，让你忍不住再去里面挖一些细节，找一些线索，同时这也就给了我们想象和推测的空间。还有我感觉小说中有很多神秘描写，为小说增加了一种悬疑的色彩，比如说小耳朵能听见800米下的水声。还有一个非常重要的点，就是反讽和悖论构成了一种张力，这种张力从小说的第一章就开始了，老实街人以老实自居，但我们从第一章就可以看到里面人的不老实。其实他们赖以为生并标榜的老实已经出现了裂缝，它让我们思考在社会转型期的世道人心之辨，它呈现出了人心的复杂和变化，我觉得这也是这部小说的一大亮点。很多小说只是呈现了人变完之后的一种批判，但是这部小说呈现了人性在过渡期间的那种复杂状态。还有一个特别打动我的点，就是小说最后锁匠卢大头那一把把没有送出去的锁，他满怀着情感给每一个人打造了一把老式的锁，但是最终却没有人来接受他这份感情，那种"大都好物不坚牢，彩云易散琉璃脆"的感情就慢慢出来了。

其实我还有问题想问一下，这些小说之前都以短篇的形式发表了，尤其是《大马士革剃刀》，反响非常好。您在写《大马士革剃刀》之前，是否就已经有一个长篇小说的构想？

王方晨： 当时写完之后，我并没有接着去写别的，是大家读了之后都说，这个老实街值得继续写，这就形成一个长篇。所以从第二篇之后，我就开始把老实街也作为一个整体去表现，写一条老街巷的消亡。在这种支持下，才有了后面的各个章节。

孙佃鑫： 我从三个方面跟大家交流一下。第一点，先提两个关键词，一个是"老实"，一个是"我们"。因为我是土生土长的山东人，但是求学的时候先去了胶东，然后去了重庆，所以我说老师提炼得非常精准，我觉得文中的"老实"应该是在儒家文化背景之下的，在川渝重庆很少用到这个词，这个词是有鲜明的儒家文化特点的。刚才师姐说是集体叙事，我倒觉得是一种集体伦理，包括《论语》《孟子》本身就是一种集体伦理。法国大革命时期有这样一句话：自由，多少罪恶假汝之名以行？实际上把自由换成很多词都可以，换成集体也是可以的。勒庞在《乌合之众：大众心理学研究》里边提到了一些类似的观点，我觉得大家可以注意一下，因为一提到"我们"，我就可以对每一个人进行道德审判，不管你是好的还是坏的。人在"我们"之中容易获得安全感，但是也容易扼杀他个人的真实情感，这个是很可怕的。我们现在经常说作家写的小说非常好，实际上这个作家可能在城市已经生活几十年了，他的乡土小说可以说是一种想象性的乡土，跟现在的乡土是有距离的。当一个作家去写真实的城市的时候，我觉得首先不管结果怎么样，这是他的空间的一个自然生长性，而这种自然生长确实跟作家个人的人生体验转换是有关系的。小说整体上所渲染出来的这种时代氛围，我觉得很好，李敬泽老师说过，好的小说应该有自己独特的腔调，《老实街》第一句话就是"我们这些老实街的孩子，如今都已风流云散"，我读这一句的时候特别感动，因为我以前很多的朋友现在已经风流云散了。而且这种叙述手法说明它是经过选择的，不是所有的事情都可以拿来写，一定是经过时间淘汰留下的，对我个人也好，对老实街也好，都是有意义的，这是一点。

第二点，我们这些人，不管是男人还是女人，不管是老人还是儿童，对于老实街来说都是孩子，所以整个格局就上来了，你从这个角度去看，它里面的人物有错误，有缺点，你就会抱着一种比较宽容的心态，就不会那么计较。老实街的每户人家住的房子是什么样呢？它里边是一个院子，关起门来它是一个独立的空间，你觉得它是很隐私的，但是你进去一看里面很狭窄，各家各户挨得特别近，几乎又没有隐私，所以这个空间是很有特色的。我觉得老实街本身的气质跟济南的气质是有契合之处的。

第三点，我想从文本细读方面谈一下，其实左门鼻和剃头匠的相见，在半年以前就应该开始了。但是那次没见到，为什么？因为左门鼻听到厨房里"咣啷"一声，他们家的老猫打翻了香油瓶，扶了香油瓶再出来，剃头匠已经走远了。我在想这个细节写得有没有必要，后来想很有必要。从这些细节的处理上，就可以看出作家的功力。

其实我在思考一个问题，老实街的人是从什么时候开始道德衰落或者说有这种倾向的。其实拆迁只是作为故事发展的副线，可能从他们千百年来承担的道德领域而言，这种拆迁是伴随着老实街人道德的发展变化的。对于自身的这种解析，从一开始的不承认到慢慢承认，从而应对了道德的一步一步变化。鹅这个女性，从我一开始以为的水性杨花，到后来成了全老实街的道德重建的依托，这个人物形象体现了作者对于社会责任感的打捞，我觉得这一方面写得很不错。其实我在读这部作品的时候，经常会感受到有两种思维或者说两种评价方式在相互碰撞，这在一定程度上会给别人带来一点阻碍，但是从深层次上也慢慢地顺延人性。这是我的一些感受。

刘玄德： 我觉得这部作品让我印象最深的就是它的日常化叙事风格，

对于一些人物的生活细节和心理变化描述得非常准确。比如说陈玉伋开了一间理发店，他女儿来看他的时候，那些来理发的人一见就不理了，为了让父女在一起多待一会儿，这种人与人之间的感情不是说出来的，简简单单的一个动作就能够体现出来。再有一个就是写出了张小三和鹅他们两个之间的行为，张小三在她家门外磨磨蹭蹭，她从店里看见了就出去招呼他，这是在大庭广众之下。这个时候张小三说我不买烟，但是鹅大声说了一句，你不买烟你就进来，想买什么东西自己拿。这就给人一种此地无银三百两的感觉。其实在这个时候我们都能够读懂鹅的行为，所有人都知道，可能她自己觉得别人不知道，想要隐瞒一下，想掩盖一下，就故意地大声说给别人听的，说你要是买其他的东西你就进来，如果你要买烟的话我还是不卖。当张小三进来之后，她说等今晚上人睡了你再来。走的时候她又跑到门口，脚踩着门槛，扭头向店里大声说，看好了，要买什么自己拿，怕你不给钱。我觉得这个动作写得特别传神，其实这个动作就是做给别人看的，她站在门槛上，而且头要扭向店里边，好像是跟张小三说，其实是为了让外面的人看见。

老实街人与人之间看似封闭，实则是开放的，小石头、小耳朵他们两个人可以到任意一家去，尤其是小石头喜欢捉迷藏，他到所有的人家里去捉迷藏，而且在楼上面扑通一下掉了下来，我觉得写出了城里的乡村人的生存状态，这是对我来说印象特别深刻的。

贺小凡：我就简单提三点。第一点，小说的语言有韵味。比如开篇一句大家都很喜欢，再比如称呼那只猫为"瞎瓜"，是一种非常生动且日常的称呼。王老师用这种真实可感的描写，给人一种娓娓道来之感，就像是一位多年不见的老街坊在给来自异乡的人讲述着自己曾经的故事。还有在理发的时候说鹤舞白沙的做派，"鹤舞白沙"这个词当时我也不明白，就查了一下，是形容鹤在水边的沙滩上舞动，鹤又代表长寿，代表时间的流逝，它又象征着一种旷达无为的人生态度，用这个词形容给一位老者理发，我觉得用得非常挥洒自如。还有形容朝阳街一个半瞎的老人苍颜古貌，"苍颜古貌"也用得十分恰当。小说的语言与时代背景和整体风格是高度契合的，许多词语的使用非常准确并且古色古香，可以看出作者驾驭语言的能力和描述事物时选择词语的敏锐感。里面有一段是这样写的:"我们都分明感到,泉城路就是济南的心脏,也是整个世界的心脏,鲜红娇嫩,如石榴花初绽。"这段文字轻灵而优美,就像是潺潺的泉水,暗流涌动中透露出的一种温润之感。第二点,时空是有特色的,它是一种城市空间的书写。王老师是非常了解济南这座城市的,但是了解并不意味着书写就会相对容易,这依然是一种富有难度的书写。作者不仅表现出这一方水土的精气神,还向读者诉说着老实街的过往种种。这是它建立在时空之上的特色。第三点,内容上有深意。就比如写石头这个孩子,他是一个漂亮男孩顺水漂流,被清洁的泉水洗得光洁白嫩,陡生一种轻盈而舒畅的感觉。老实街的人相信石头是鹅践石而娠的。石头这个孩子背后的东西我还没有全部领悟到,但我觉得他与我们古代传说相互承接,相互呼应,这是作家一种非常可贵的书写意识。最后总结一句,我觉得这部小说整体上是美的,语言美且寓意深厚,最为可贵的是对一种精神、对一种人们已经习以为常的生活模式的反思。

程孝阳:老师,我想讨论一下关于大马士革剃刀的问题,我觉得大马士革剃刀非常重要,它外表上看起来特别漂亮,特别完美,就像老实街的道德一样,但是这个东西一旦用不好就会产生负面的效果。而且我觉得这个道具非常有意思,左门鼻为什么要把一把这么名贵的刀给陈玉伋?陈玉伋又为什么不要?我觉得它是一个烫手山芋。道德一旦给了你,就代表你要承担一定的道德负担。我觉得左门鼻这个人特别狡猾,他把这么名贵的东西给陈玉伋,陈玉伋能接受吗?不接受再还回来,他也不想要。这个时候就把陈玉伋置于了一个两难的境地,这是特别阴险的一招。

我在阅读的过程当中,一开始也是被迷惑了,尤其是第一句话,写得非常好,我以为这是一部对已经消失了的老实街的赞歌、怀念。但是后来感觉越来越不对,读起来越来越莫名其妙,尤其是"我们老实街"一出现,我就特别反感,因为说"我们"的时候,他就把我给隔绝了。我们是一个群体,我们是一个集体,一个集体可能意味着封闭,意味着对别人的拒绝,后来我发现果然如此。这是一个道德制高点,可这是虚伪的,故事中的好多人都是虚伪的,做人双重标准,这让我很反感。我在读的过程当中,发现里面有一个非常有意思的技巧,读者很容易被欺骗、被迷惑,分不清作者的意图到底是在怀念，还是在批判，也许二者都有。

王方晨：这位同学说的问题比较有吸引力。头一章应该说是整个作品的一个核心，它就是把德行提出来，然后在这里面反复地揉搓。你那个理解我是非常赞成的，其实就是这样，作品我不可能只有一个面貌，不可能就那么一个观点直接给说出来，我还有更复杂的意思包含在里面。我的思考应该说还是很深刻的，思辨力很强的。所以的确是迷惑住了很多的读者，包括文坛上的很多大腕，他们看得并不是很细致。就像我们研究者研究一个精美的艺术作品，我们要沉下心来静静地去看，很多人没那个时间，一翻而过。我觉得这个同学的看法和感想很好。

郝　焱：我觉得王老师是一个恋旧的人，但是在这种恋旧中又保持了清醒，现代化进程下，城市日新月异，但是作品体现出您对旧的风物是情有独钟的。老实街展现给我们都是旧的风物，旧式的人情和传统，还有接受新事物冲击之后旧面貌的挣扎和解构。我只有一个问题，就拆迁这件事，你觉得改变是必需的，是不可阻挡的，不管是他们用阴谋也好，阳谋也好，温和的方法也好，暴力的方法也好，这种改变是必须发生的。我的问题就是旧的传统如何与当下的城市化发展相融合，好像您在作品中也没有给出一个明确的答案。我们的城市化发展不一定要以这种暴力的冲突为代价，是不是有一天我们可以找到一种更温和的、更和谐的方式来解决城市化发展和传统的冲突？

王方晨：哲学上有一个命题叫扬弃，我觉得这个观点特别好。我觉得很多东西抱着这种观点去看待，是最正确的一个态度，就是这么简单，其实你不用搞得很复杂。我去年做了很多读书活动，分享会上我提到很多次，如果让你生活在老街巷里，你愿意吗？许多人不愿意。我曾在老街巷遇见了一个老太太，她在后面追我，问我是房管局的吗，问他们什么时候搬迁，因为他们盼着走。这些东西也不完全对，也不完全错，关键是我们怎么用一个扬弃的态度去继承、发展、批判，而且我们要确定我们到底要往哪个方向走。

张　璇：这个小说我读得很慢，我觉得主要是语言的原因，《老实街》中的语言和小说内容是相得益彰的，作品始终都是以一种不紧不慢的语调叙述着,这种缓慢的叙述节奏就给小说营造了一种非常古朴且富有年代感的氛围。我刚开始读第一章的时候,以为小说故事发生的年代离我们还是比较久远的,但是当我看到以小葵为主要人物的那一章,看到小葵的父亲是国企职工,正面临国企改制,随时准备下岗这样一个境遇时,我才知道小说所写的年代可能是八九十年代。在市场经济的裹挟下,人的物欲开始迅速膨胀,老实街的氛围和老实街人的老实就显得非常的可贵。虽然说王老师在小说中的前半部分多次明确地写到老实街不是桃花源,但是我觉得您在一定程度上就是要给当下这个时代的读者构建一个桃花源式的想象图景。野蛮而物欲横流的现实世界中,偏偏有一角就是古朴的、安静的,人们就是知足的,老实街就和外面的世界形成了一种张力,它显然与整个时代是格格不入的,因此小说的悲剧结尾呼之欲出。读到这,我想到了沈从文的《边城》,但与《边城》不同的是,《边城》的悲剧是一种自然和人为冲突的悲剧,但《老实街》的悲剧更多的是人性深处的悲剧。比如第一章左门鼻和陈玉伋互相比老实的比赛,左门鼻为了胜选就把自家猫的毛给剔了,这其实是人性自私的表现,但左门鼻几十年如一日受人尊敬好像也不是装的,所以说我觉得可能更多表现的是善和恶之间的交叉地带。

另外,我觉得小说整体的结构也是很好的,每一章的故事都可以独立,鹅的故事是分散在很多章节里面的,后面的章节可以作为前面章节的补充。我觉得王老师在画一幅老实街的画像,第一章大体勾勒了这个画的框架,奠定了语言的基调和小说的意味,后面的章节是填塞和补充,不断丰富老实街的样貌,并且小说的每一章最后都是写消失,无论是美好人性的消失,还是老实街的消失,整篇小说读下来,每一章都在强调消失的意味。

张丽军: 很好,谈到了生活和艺术的复杂性,作者叙述态度的复杂性,以及作品本身的蕴含,我们同学们做了很好的讨论。我们现在请我们的方晨老师谈谈他的创作感受、思考意图和他设计的悬念,我们欢迎。

王方晨: 我很高兴参加大家的活动,山师的学生水平特别高,特别是你们的导师张丽军教的学生水平很高,我跟山师非常有缘分,也是因为张老师。我们有个栏目,很多同学都已经参与了,你们的稿子经过张老师之手到我那之后,我很省心,一看水平又高,文字上也没毛病,也表达得非常充分，非常恰当，基本上改动不大，感谢大家对于《当代小说》的参与。我谈这些问题，当然是从文学创作的角度来谈。大家在山师学习，更多的是文学鉴赏这个方面，其实是一个样子，文学鉴赏我们要去发现一部优秀文学作品的特别之处、优秀之处。我是一个对文学非常认真的写作者，我也有自己的理想和追求，就是写出一部优秀的文学作品。优秀的文学作品有什么标准？我觉得基本上有三个方面，最基本的一点就是它要有一种经典文学质地。一部书拿到手，文学质地怎么样，我们能够判断出来。当然一批大众的阅读不讲究这个，看完故事就得了，但是我们将来可能是作为一个研究家，甚至将来像张艳庭这样从事文学创作，对我们这些人来说，要求就要高了。这种辨识能力是经过教育、修炼、阅读得到的。文学的这种质地想表达出来也不是那么简单，但是我们要心中有数。我是在曲阜师范大学上学时期开始大量阅读的，我阅读的大多是一些经典文学作品，不像我很多同学看言情小说，看武侠小说。通过这种经典阅读，我发现所有优秀的文学作品都是把文学上升为一种艺术性，可以从这个作品中间看到审美的东西。这种艺术感觉有时候是理性的，有时候还是直观的，一部好作品拿出来，我们有具体可感的感觉，有直观的一种直觉。判断这个作品好不好，跟那个作品有什么区别，有什么差距，从这一点自己可以有一个基本的判断，但是有人判断错了，或者差距很大，就必须通过我们的学习和老师的指导加以改善。《老实街》的语言是非常讲究的，小说第一句话就体现出来了，我相信自己写的是一部精心打磨出来的作品。艺术表现形式也很丰富，不光是写实，写实必须是一种传神的写实，刚才那位同学说的穆氏兄弟的小院子，这不是简单的一种写实，要写出语言的灵动来，云山崩落，它不光有色彩，还有动感和空间感，它一下子把艺术的张力、文字的张力给体现出来。我觉得一部优秀的作品，它应该有更多的艺术表现的手段。有艺术感，作品就会比较灵动，语言也不单调。

80年代，先锋文学刚刚兴起，大家可以看到很多外国的经典文学，最早的还是传统的写实主义作品，后来就有一大批现代派的作品。外国的文学作品教会了我们如何写作，这也是一个非常鲜明的特点，将我们跟上一代作家区分开来，而且它形成了一种风气。说实在话，当时写诗的时候写得越让人看不懂越好。曾经有个笑话，咱们国内的一个评论家也是一个文学编辑，他说我拿了一个稿子，说诗歌就算看不懂，那也不能晦涩到这种程度啊，一句话一个意思，一句话一个意思，他一往后翻，说原来前边是题目，当时的文学创作就是这种现象。这一代作家和90年代生成起来的那些作家还有所不同，因为90年代那些作家他收敛了，他没有了现代派文学，先锋派没有了市场，所以那时候出现了一批所谓的现实主义。但是像我这一代作家所经受的那种文学的熏陶，已经奠定了基础，所以后来这些对我们基本上也没有什么影响，具体的就表现在这部《老实街》中，表现手法更多样，更突出。写实的东西已经进入我们骨髓当中了，因为我们写这个的时候竟然丝毫不觉得费力，非常自然，什么东西该什么时候出现，自然就出现了，就是这种感觉。所以我觉得艺术手法上首先是有意识，另外又因为自己的创作一直有这么一个特点，在这方面应该算是一个突出的特征。另外一个很重要的点，刚才张老师说了，我过去写农村题材的乡土小说比较多，后来转向城市，这也是现实。实际上我从一早就写城市题材，而且非常现代，当时有一个非常重要的作品就是方方的《风景》，我也受她的影响，但是她还不是现代派，她一般是写实。受她的影响，我再结合现代派的表现手法写出了《老实街》。刘玉堂老师曾经称赞我的作品写得很好，有评论家评论我的作品："作家一出现就有一种别样的姿态。"现在我开始进行城市题材创作了，在《老实街》中很重要的一方面就是对城市文化的一种书写，从文化角度进行描写。

　　第二点就是我在这部作品中思考我们这个时代的文化，文学作品中的思想正如我们的灵魂一样存在。我在《老实街》中最重要的就是体现了对传统文化思考，也是对德行的思考。作品中写了很多人性与德行的冲突，同时也是对现在遗失的传统文化的一种缅怀。老实这种传统道德不好吗？老实很好。但是，我们对它是否可靠也存在一些质疑，作品中有大量的篇幅写到这种道德的暧昧和模糊。以传统的道德观念角度看，鹅的行为是大逆不道的，但事实上老实街人对她还有一种保护，没有丑化她，甚至编造出一种踩石头生子的说法，这种道德重负实际上在道德范畴之内进行了消释。鹅在老实街反而活得很漂亮，按照以往的判断标准，鹅这种女性会有很惨的结果，比如说沉潭一类的惩罚。作品中有很多人性与德行的冲突，但我们现代人去思考这个问题的时候，一些现代性的因素影响着我们，现代性表现最突出的一点就是对个人的尊重，这也是文明。每个人各有各的生活方式，通过网络我们了解当下社会有很多复杂的东西，但事实上如果不侵犯到别人时，我们就应该对此包容。日本的电影《一碗阳春面》就特别温暖，里面的人物很打动人的一点是不麻烦别人。不侵犯别人隐私权的时候，大家有一种包容的态度，这就是现代性。传统道德的现代性因素是很多作家没有注意到的问题，我对此做了很多的思考。穆氏兄弟出身肯定不好，母亲被人包养，他们住在一个偏院，两个孩子出身不光彩，但大家对此都进行了包容。小说中还有其他关于这一方面主题的呈现。总体而言，之所以把文化作为创作命题的一个原因是，我们现在到了一个非常重要的转型时期，我们的国家大力提倡弘扬传统文化，中国传统文化中儒家文化一直占据主流。我们提倡重新思考文化的走向，建设现代化，这其中必定存在一些矛盾，所以我想写这个问题。我试图从传统文化中发现一种现代性，这是非常有价值的。过去我们需要依靠道德来维系一定的社会秩序，道德实际上是对每个人的一种保护，我们不能完全地反传统。人类的文明特征之一，就是拥有道德。但同时我们要看到，随着时代的发展过去几千年前的东西，拿到现在有很多是不合时宜的。我们不能固守传统，我们需要顺应时代发展来求变，这是一种对文化现代性的探索。

第三点，无论是写道德写文化，还是写时代写风土人情，这都不是文学的终极目的，文学的目的是写出人在时代下的命运，有的人在坚持，有的人在随波逐流。鹅的一句口头禅是"你青春，我年少"，期待美好的爱情在美好的时代发生，这种向往在左右她的人生态度。鹅一生都是对自己青春理想的坚持，即便所有人都变得通透和世故。生活和历史教会人们怎么做，不应是老实街的那种老实，但是最后胳膊拧不过大腿，这是一种时代命运。小葵的离开，源于新闻事件，更合乎人性和常理。小邰的坚持也是很正面的，但最后也选择与老实街欢笑着告别。老实街将要覆亡时，老实街人还是比较看得开的，通过这些事情我们能发现人在时代中的卑微感。最后的老锁匠用一把尺子衡量三教九流。作品中的每一个人物都有血有肉，他们的很多行为都是静悄悄的。优秀的文学作品要写出生活的微妙和幽微，要有留白，充分发挥读者的想象力，有时我们需要把文学的标准改变一下。我以前有一部作品《王树的大叫》，这部作品是叫出来的，但是以后我再写作品时这种大叫将被压回喉咙，这就是我创作过程中的一点想法。

张丽军： 从大叫转变为一种呜咽，生活中很多人把泪水、苦水压到肚子里，这是生命的常态。我们的人物没有英雄，但更多的是与生命抗衡。幽微无边无际，这是一个作家对生活的一种思考。我们很多同学谈得有深有浅，作家和批评家都要有自己的腔调、自己的话语，每个人都是独特的。

王方晨对道德的思考汇入齐鲁文化的传统，山东作家有很强的荣誉和使命担当，要为这个混乱的年代、没有信仰的年代重建伦理，有一种厚重博大的使命感。但是王方晨的作品有所不同，作品依然在写道德，但是在推倒和反思中重建，这就是历史的复杂性。道德就像一把大马士革剃刀，闪烁着光芒但有某种内伤的东西，这是非常有厚重感的思考。我们这个民族不能没有道德，今天我们该如何重建道德，如何评价老实，如何评价劳动。张炜在《艾约堡秘史》中提到，过去是强取豪夺，但现在是豪取豪夺，这是一种很重要的批判意识。

另外一方面就是民俗的呈现，物的呈现。小说中写了剃头、编筐等，这些都呈现出一种光芒，有一种艺术感，这是作家对生活中物的发现。《穆斯林的葬礼》对玉文化的呈现，《烟壶》对鼻烟壶的呈现，这里面都有一种文化的厚重感。

另一个就是对济南本土地域文化的关注。作品中写到济南的泉水、街道名称，这是一个作家的地理文化坐标，像张炜建构的栖霞、龙口。《桃花流水》对济南文化的挖掘空间很大，《老实街》还可以再写一个系列。一个作家要寻找与土地融合的东西，这体现了一个作家的生命力。另一个方面写城市的东西，写老城的拆迁，风云历史变化下人的命运、情感的变迁和人性的故事。如果将作品比作一把刻刀，《老实街》写得很有力度。好的小说，次要人物是否写得好也是一个评价依据，每一个小人物都很鲜活，用力很深，很有美感。小说创作就像身体的器官一样，每个部位都写好，在这一点方晨有很大的突破。《老实街》呈现出文学鲁军对很多命题的新探索，这是一个群体的探索，也是一个作家个人的探索和突破，非常难能可贵。

王方晨：实际上好多文学作品应该是说不尽的，你要是说完了我们就很怀疑作品水平。丛治辰老师对这部作品的评论就是"把老实街的日常写出了禅意"。将这条街写出了意境，这是一开始我说的第一个特征。文学作品是审美的，但必须有意境，还有更多的阐释空间。第一篇《大马士革剃刀》中人物的很多行为都可以做很多的思考。

张丽军：这就是人性的复杂性，也是生活的魅力、艺术的魅力。在大历史风雨下，每个人都是被同情和悲悯的人。但无论我们是怎样的无奈、忧伤和挣扎，关键一点是我们不能伤害别人。我在2004年去鲁迅文学院学习，有一个老师给我们讲公权和私权的问题。我们每个人都拥有权利，但是相互之间是有冲突的。在这种情况下，就需要你拿出一部分，我拿出一部分，实际上就是你牺牲一点，我牺牲一点，这就形成一个公权，其实就是公共道德。

王方晨：我们当然可以保护我们自己的权利，但是我们必须要有一个公共的准则，它是现代性，讲究契约准则性的东西。但是道德不像法律条文一样清晰，在这种情况下，仅仅用道德去衡量我们的行为，还是靠不住的。我觉得《老实街》中写的这一点应该是一种非常独特的思考，我希望会被很多人看到。现代化进程的道路不可中断，我们是往前走的，要选择允许的一些话题去说。在继承传统的基础上向现代性发展，这一点应该可以大书特书、大说特说，应该被响亮地表达出来。

张丽军：人类在不断地拓展道德的边界，过去奴隶是附属品，可以殉葬，可以买卖，到了封建社会杀人要偿命，今天我们可能扩展得更多。特别欣赏陈思和老师的一句话，人类的世界里，道德的边界是有限的，而人类情感的边界比道德宽广得多。情感具有丰富性、弥漫性、广阔性。

王方晨：我刚才说到优秀作品有三个特点：一个是语言，一个是思想，一个是表达。我努力用这些标准要求自己，按这种标准去写作。

张丽军：我们期待王方晨老师带给大家更多优秀的作品。谢谢大家。

当代文学学术热点交流

时　间：2019 年 6 月 3 日

地　点：山东师范大学千佛山校区

主讲人：张丽军

参与人：朱文健、张艳庭、李春艳、石琦、
　　　　曹昙昙、孙佃鑫、刘玄德、范伊宁、
　　　　刘兰慧、田振华

张丽军：今天我们做一下互动性的交流，以前都是老师讲得多，我们今天交流一下，看看大家这一段时间对学术热点、学术前沿的观察和思考。如果你觉得对前沿问题了解比较少，分享最近读的理论或者文学作品也可以。

朱文健：究竟怎么判断什么是前沿热点？是按照与此有关论文的数量多呢，还是按照学术大咖都主动研究的那个方向呢？我总感觉咱们专业的热点前沿不像理工科那么明确，就像我研究鲁迅，我也不清楚现在鲁迅研究的最前沿是什么。

张丽军：你这个问题很重要，就是从哪里去找前沿？作为博士今后是要独立战斗的，那么就你个人而言，你觉得应该怎么去查找前沿问题？

朱文健：在自己关注的这一块，先就最近一年的论文进行关注，再看看有没有出版的书籍或者是讲座一类的研究。

张丽军：这就是很好的方法了。首先看近三年来，关于鲁迅研究有哪些重要的文章。看看 C 刊、文学核心杂志有没有鲁迅相关的研究，看大家都在研究什么问题，这就是我们说的学术界对前沿的关注点。这个点提出了哪些问题，哪些观点，你认为这些观点有没有创新性，关于这些观点你又有哪些思考。

朱文健：那如何知道是不是新的观点？

张丽军：你要判断它是否具有创新意识。你要对这个问题以前的研究有个了解，大家提出了什么观点，这些观点你是否认同。不同观点之间差别很大，需要你去学会鉴别，只有鉴别后才能继续往前走。学术界是薪火相传，大家都是在前任肩膀上一步步往前走。在你要探索的领域里面有哪些前沿和热点问题，其实这些也不神秘，可能你走得快一点，或者我走得快一点，大家都是把观点缠绕起来，才更容易走到前面。大家就是通过这些论文互相进行学术交换的。所以你想做的领域是哪块，那么这块研究就是你要追寻的前沿问题。你搜集了哪些资料？你看到了哪些热点和核心问题？除了看作品之外，有没有看什么理论书？观点是个前沿问题，有什么新的方法理论也是前沿问题。你的工具更新了，你的观念肯定得变。我们看待一个事物，从这个角度看和从那个角度看肯定就有差别。所以说工具的变革带来观念的更新，形式和内容是一体的。比如说你对郭沫若、鲁迅，或者创造社的研究，用了哪些新方法、新理论，提出了哪些新观点，你把你留意过的，或者稍微做过归纳和思索的文章给大家分享一下。

朱文健： 今天刚看了一篇比较鲁迅与郁达夫的文章。文章主要是说两个性格不一样、文风不一样、对文学的价值追求也不一样的人，他们是怎么深交的。郁达夫可以说是创造社里跟鲁迅关系最好的人，两人很少有矛盾，但两个人又有很大的差距。鲁迅除了几个很好的朋友，剩下一直以来跟他有交往的就是郁达夫了。鲁迅曾写信阻止郁达夫去杭州住，从这个意义讲，他俩已经算很好的朋友。那么，他们是怎么达到这种友好关系的呢？文章还说了他们对彼此的看法，鲁迅去世以后，郁达夫写了很多回忆文章，但是鲁迅写的有关郁达夫的文章并不多。我也不好说这个文章的研究方法就是新观点、新方法，因为它所探讨的都是很早的问题了。

张丽军： 这种研究观点从方法来说没什么新意，主要通过性格来看一下作家之间的交往，但它提出的问题是有意思的。

朱文健： 关于鲁迅研究，我个人感觉很多方法都被用过了，各种可以用到的理论都被前人研究过了。比如说鲁迅跟外国哪些作家有关系，鲁迅跟古代的关系，都有人找到，也都找全了，可能从不同角度，用各种主义、各种理论方法去分析。那么怎么从这些上面去发现他的新意呢？而且现在西方也没有特别有名的新方法，我们如何才能找到新的方法理论创新呢？

张丽军： 这篇文章提的是史料探索，是研究事实，确实很多都被前人研究过了，但这只是一个方面。其实研究主要是要有一个问题意识，你要有个问题，从问题出发探寻才会有意思。写论文是有一种生命情感问题在里面的，我们探寻史料，不是为了研究而研究。当然，发现问题本身就是一个很高的要求了。至于新的方法，我更寄希望于你们发现。大家当然要多读一些东西，比如最新出版的一些书，和一些跟海内外学者之间的交流，因为我们看到的论文是很滞后的东西了，书就更滞后了，一个人写成要用很长的时间，我们要看到一个人思想发轫之初的东西。一个人的论文，酝酿一两年，写成一两年，发表一两年，就已经很久了。所以第一要多出去开会，多看一些文学之外其他社会科学的动态，打破文学史的限制，还要看看国外科学研究的最新动态。

张艳庭：我最近在看海登·怀特关于语言学转向的文章，有一种恍然大悟的感觉。文章从人类起源讲起，把人类语言的这种模式，到叙事的结构模式，再到历史的论证模式、意识形态的模式全部串联起来，我觉得特别有意义。因为我觉得，二十世纪语言学方面非常重要的进步，就是语言叙事的转向。为什么哲学美学都要谈转向，因为人们认识到语言不仅仅是一个工具，它甚至是一种和思维同构的关系。为什么到二十世纪出现那么多学派都跟语言学有关系，就在于此。

海登·怀特在文章中把这种关系分了几种。第一种是转义，也是人类话语的一种最基本的表达方式。你通过一个东西与另一个东西相互产生联系，就会产生转意。他提出了四种话语转义方式：隐喻、转喻、提喻和反讽。隐喻就是找到一种相似的替代物，他们可以相互替代。皮亚杰在分析儿童心理发展的时候做了一个研究就是基于此。隐喻是人最早的一种认识事物的方式，他把某些相似的东西当作是一样的东西，比如小孩、婴儿。转喻就是把邻近的东西产生一种联系，就是一个人将周围的事物一一转换，比如用皇冠来比喻国王，不是隐喻的方式，因为不是皇冠和国王有直接的相似性，而是皇冠和国王有相邻性。随着儿童开始慢慢发展，他开始学会进行分类，把有些玩具放到一块，另外一些放到另一块。分类就是语言学的另一种语言的转义方式——提喻，提喻就是以某一个个体的类别象征着整个相关的整体。儿童发展到七八岁以上，他开始学会最后一种语言转移方式——反讽。他开始去想自己的思想，开始进行反讽的思考，即开始用一个代码两种意义。孩子一开始有一个思想，现在开始去思考这种思想是否是正确的，这就叫一个代码两种意义。这些都是基于基本的人类认知模式和语言的意义生存模式，表面上看好像只是一种修辞模式，为了让一篇文章看起来更好看，但其实它不是一个简单的外在花样。就好像说，历史是纯粹客观的，与人的主观没有联系，但其实不是。就算存在客观，无非就是编年史,编年史的客观在于对时间的记录,而叙事历史的时间是发明。叙事是让所有的历史事件产生连贯性,产生前后的作用,让人去理解历史。新历史主义之前的科林伍德曾说过这种观点,而海德·怀特是将历史和文学联系起来。叙事本身就是思想的过程、认识人类的过程,通过事件的前后联系,即前一个事件怎么导致后一个事件发生的联系,进而产生意义,而不是编年史表,一个时间是不会产生意义的。他提供了意义所在,历史不再是和你没有关系的历史,每种历史书写方式都是一种话语模式,因为你要加入自己的认识、自己的理解,让历史产生意义。海登·怀特还提出四种话语论证模式:形式论的、有机论的、机械论的和情景论的。海登·怀特以此为纲,提出了几种人类主义:无政府主义、保守主义、激进主义、自由主义。此外,他还提到了作品的悲剧模式、喜剧模式、传奇模式和反讽模式。

张丽军:王跃文和张平的创作有什么差别?

张艳庭:张平是采用机械性论证的叙事、保守主义的意识形态,转义的话语方式,他所制造的规矩和王跃文是彻底不一样的。前者用一个原因造成一个结果,后者是把所有事件放在一个语境里面,人物差异都来自语境的造成。

张丽军:你这篇文章提到的新历史主义方法还是可以探讨的。

李春艳:我想问,这个方法是用什么串联?它的原点在哪里?

张艳庭:他用了很多种理论,包括维柯、黑格尔、克林伍德和弗莱。

李春艳:那他又提出了什么新的观点?

张艳庭:在借助他们理论的基础上,把所有的这些东西都放到一起,重新提出历史是一种叙事的东西,而不是一个客观的东西。因为历史本身是以文本方式存在的,所以说,我们接触的任何文本历史都有它自己的话语方式,因此我们无法见到真正的历史。

石　琦:我上学期写的论文是关于《城南旧事》的,老师问我,写这篇文章的前沿性在哪里,我回想自己的文章好像和前沿真的差距很大。虽然我也有关于作品的感受,也解决了一些问题,但是和整个大的台湾文学研究相比就差远了。现在让我们说关于台湾文学方面有哪些核心和前沿,我们还是很难去表述清楚。之前老师上课的时候提到，当你觉得没问题的时候，你就回过头去看文学史就会发现很多的问题。我再回过头再去看台湾文学史的时候，发现台湾文学研究都比较流于平面化，绝大部分的书写并不是特别详细，而且有些定义定位是不准确的。有一些文学常态出现了，但是在绝大部分的文学史当中并没有把它书写出来，现在有人提出要进行重新书写。

关于理论，我最近在看费孝通的《乡土中国》，我觉得这本书写得很好，通过他的社会学归纳，会发现我们所讲的乡土的厚重文化中，有一些是我们忽略的。而且这本书中提到的血缘、地缘关系也可以和台湾靠在一起。四十年代末到五十年代，大批外省人迁移到台湾定居，但是他们中的绝大部分是没有完全融入进去的。这恰恰符合费孝通所说的，中国的乡土的传统地缘依附于血缘。看完《乡土中国》，我又在看《空间与政治》，这本书讲述的是城市的不断变迁、发展，对于哲学、文化还有文学带来了哪些影响与变革。

张丽军：费孝通的观点还是非常有意义的。他的社会学涉及了从物质的空间到精神的空间，物质的生产就是空间的生产。关于地缘和血缘的关系，前几年王鼎钧提出，对中国来说，地缘是另一种意义的血缘。这个说法非常棒。中国没有宗教，我们靠的是宗法、家族，宗法、家族的根本在血缘，所以在中国无论你的身份是什么，永远不会放弃你的是你的至亲，就像在西方不会放弃你的是上帝。这种乡土的理念催生了我们内心的认同感，我在这里生长，我从内心认同这个地方，风土不仅长出气候，更长出情感，长出我们看待世界的方式。关于台湾文学，现在的研究还没有进入很深的领域。一些台湾70后作家，写了很多很棒的作品，有些还很有影响力，像眷村文学等。我们应该找个小的切口进去，深挖一下别人没有挖到的东西。我以前在台湾海峡两岸心得学者会议上，认识了几个眷村文学作家，他们对于家乡的思念和认同感还是很强烈的。关于这些方面研究者很少去呈现，多数做得很零散。

石　琦：我发现台湾作家的创作风格比较多变，就像他们在七十年代刚刚出道的时候，大家都投入相关眷村的一些书写。但是现在所谓的眷村二代作家们，他们中后期的创作反倒是和眷村的关系有所衰减。于是我就不知道该怎么界定，是研究从一个时间段到一个时间段，还是只是研究他们关于眷村的这些作品。

张丽军：我的思考是以眷村一些作品为例，来讨论台湾人心理情感关系的变迁，从作品来看社会大时代。文学既要入内，还要走出来。前两天蓝博洲来做报告，他讲到台湾热血青年的抗战激情，他们创作的歌曲等，我听后非常感动。他们参与抗战，主动奉献和牺牲却被怀疑，令人动容。蓝博洲教授带着台湾的访问团来山东谈新闻记录，谈传媒影视，讲得非常好。我们熟知的一些台湾作家，比如林清玄，他是畅销书作家，他的作品仿佛心灵鸡汤，但是我读了之后，感觉到他对生命的思考有更深的层次，而不仅仅是中小学考试那点简化了的东西。再比如龙应台，龙应台散文中有大江大河的视野、情怀、气概，又有雄心壮志。我们用几年时间打造一个博士论文，要让人一看能够眼前一亮。

曹昙昙：我最近在看70后女作家的一些作品，读到一篇论文，论文讨论了为什么70后女作家都写中短篇，写长篇的却非常少。她们会获得鲁迅文学奖，但是获得茅盾文学奖的还是一些50后、60后的作家。它认为这些作家如果没有一定的能力或者对整个长篇的把握能力，是写不出长篇的。论文对比了一批70后美女作家，这批作家之前在九十年代风靡一时，但是后来被很多人诟病。这部分人的写作在形式上就是把一个短篇扩充来构建长篇，而短篇就是从长篇里边截选出一个个段落变成短篇。论文就此进行批评，称这批作家对于作品长短篇的把握只在容量。但实际上并不是这样。

张丽军：这些说法你去考量验证过吗？

曹昙昙：还没有。我觉得一些说法还是有漏洞的，像卫慧的作品，她的长篇和短篇从题材到内容，各方面差距都是很大的，虽然风格差不多。

张艳庭：我提供一个观点，不一定对。女作家体制内的多，男性作家在体制外还有很多种方法养活自己。很多女作家把职业生涯都压在鲁奖上，获了奖职业生涯就有了保障。要不然就是走市场，做美女作家，去进行身体写作。如果你写纯文学，出版可能不太有市场。当然这个观点还是很片面的。

曹昙昙：我考虑的是，一方面这些作家在思想上达不到，另一方面就是对形式把握不到位，比如怎么构思、怎么去串联内容、怎样架构每篇的开头结尾。

张丽军：这些都可以想到，那么你看了多少 70 后女作家的中短篇和长篇小说？如果看得不多，那你就都是建立在想象的基础上，这些都是别人的理解，你所听到的观点也未必准确。我们对问题的研究要基于事实，作家的写作也不是说想写多少就能写多少，要对作家的写作保持敬畏感，写一个长篇也不容易。很多人也写了不少了，比如鲁敏的长篇小说也有好几部了，魏微、盛可以等这些女作家们的长篇也不少。

曹昙昙：我有一个问题，站在写作者的角度来看，是因为花费的时间和精力太多导致长篇较少吗？

张丽军：一个作家写长篇还是中短篇是个综合性的问题。一个人写长篇肯定要耗费很多的精力，写完后就需要写个中短篇调解一下。至于一个故事是长篇还是短篇，有人提出来说一个中短篇就是一个片段、一个枝叶，一个长篇肯定就是关于命运、关于家族的故事。像铁凝等一些作家，对于中长篇和长篇都做过很好的分类和比喻。现在有一些 70 后作家的长篇写得也很好，但是比起 50 后、60 后作家来说，他们的掌控把握能力、对世界认知的深度可能还是有距离的。

孙佃鑫：我说三点。第一点，我最近半年多读书，有一些体会。从我们一开始学现代文学，很多老师都告诉我们要建构一个文学研究的氛围，要读读《中国新文学大系》《剑桥中华民国史》，这些书我也在读，但是我发现这半年来，我受益最大的并不是来自这些书。我在读鲁迅、萧红等作家的作品的时候，也读了萧红的《回忆鲁迅先生》，还有聂绀弩的一些相关的回忆录文章、年谱、传记，我从这些里面反倒建构出了对当时文人交往和整个民国氛围的意识。所以给大家提一个建议，不妨去读一读这些回忆录等文章，你会对民国氛围、民国时代的想象有新的认识。

第二点，理论著作我看过一些但不是很多，但是相比于专门的理论家写的理论著作，我觉得像毕飞宇、福斯特这些小说家写的理论著作给我的印象要深一些。比如说张爱玲的《红楼梦魇》、蒋勋的《蒋勋细说红楼梦》，你会发现作家从自己的创作经验出发所得出来的一些理论，跟理论家写出来的理论是不一样的。我不是说谁优谁劣，各有所长，但是作为作家而言，他的一些敏感度和细腻处真的值得我们学习。这一点对我触动最大。

第三点，我建议大家读一读福斯特的《小说面面观》，这本书对我影响很大，影响在于这本书开头一句话。这本书建立在英国的小说研究基础之上，但在最前面的导言里面，这本书列举了一些世界小说的例子，为什么举这些例子，他说："恕我直言，这是为了能为我们的主题投下这么个起始的阴影，如此，当我们最后回顾时，方能在真实的光线下更加清楚地认清英国小说的真相。"我反思了一下，很多文学家为什么文学做得好，说他们是受了西方理论的影响，这点毫无疑问，但我觉得这不是最根本的，最根本在于他思考的时候比我们多了一个维度，这个维度就是世界文学的维度。我觉得我们大多数的研究者、评论家不是没有这个维度，而是做得不是那么好。就我自己而言，我对古代文学不熟，对世界文学的了解更是少得可怜，所以在建立坐标系的时候，即使有一个横的坐标系，纵轴也是没有的，这是我将来要努力的一个方向。作为研究者来说，我是不称职的，我甚至连诺贝尔获奖作家的作品都没读全，文本积累不够是很大的问题。再一个问题是理论的问题。我个人不是很排斥理论，但是一部分作品的理论分析并没有打动我。我印象最深的反而是新批评里的文本细读，这甚至不算一个理论，只是一个方法，因为它本身就是从作品出发的。我比较推崇的是勃兰兑斯的《十九世纪文学主流》，我们还是要立足于作品，再根据作品的需要，找一些东西。这个东西不一定是理论，不一定是别人的，你拿来之后会很契合。可能一个理论在刚提出的时候去解释它当下的作品是非常好的，但是我们用它去解读其他作品的时候，可能契合，可能就会有差距。所以我觉得，最根本的还是从大量作品中生发出东西来，很多理论都很好，但是你拿出来解读文学作品，总感觉很难触动心灵。我觉得学术批评也好，平时研究也好，也是一种创作，定位应该跟小说家创作小说，诗人写诗是一样的，应该给人留下深刻印象，应该读后使作者有灵感启发。

张丽军： 谈得挺好的。我们对这个时代的了解，包括作家的交往、书信和日记，要比从历史家的书写中获得的感触深刻得多，因为一个文学家他的根源依旧是情，是感受，是体验，其实这也是一种方法。我个人认为，今天对于作家之间的交往的研究还是很不够的，这种交往会呈现一个时代心理结构的关系，是一种审美和时代的变迁。前两年中国现代文学馆做了一个关于现代文学馆藏书籍研究的重大项目，分给我一个子课题，做馆藏作家书信研究。我也一直没多少时间做，不过我很认同这个选题。在五十年代，我们看到老舍和巴金的书信往来。其实书信在心灵关系上是一个很重要的例证，因为书信具有私密性，更接近于内心的真实状态。书信研究、日记研究都很重要，但我发现这些方面都没怎么有人做。甚至我们可以举一些例子，像聂绀弩和萧红、鲁迅和郁达夫，他们的书信既见性情、又见心灵、又见文学。包括作家对作品的评价就更有意思了，作家之眼看世界、看文学，作家的批评观研究也很有意味。但我们在这块做得不够，因为作家的批评观不是系统的，而是散在的，怎么串联起来，怎么梳理出一些东西，这是一个很好的点。

  谈到研究者的维度，特别是世界文学的维度，这点非常好。像我们研究现当代文学，作品看了多少？不看作品就没有发言权，说了没底气，也没权威，这些是基本的东西。再一个，你要有古代文学和外国文学的积累，像日本文学、俄罗斯文学、英国文学、法国文学、印度文学，都各有千秋。作品有多少层境界，需要心有多少层境界去体验、去契合。

  至于理论，不是说我们学它是为了套用，而是把理论化为我们的血肉。好的批评家都是不着痕迹地化用，甚至作为一种眼界、一种趣味、一种见识来对作品进行感受和理解。很多同学生搬硬套，不是理论学多了，而是学得不够好。像我们常说热点、前沿问题要有一种和时代对话的意识，你的作品要有时代意识。研究古代文学的人有古代意识，研究当代文学的人要有当代意识。任何的学术研究在每一个领域长期挖掘都需要坐得住，要有向学术前进的东西。

  刘玄德： 关于前沿问题，最近我一直在看《人民日报》（海外版）的公众号，新文学地理推送涉及各个地区的文学书写。因为它里边提到的作家涉及的作品不是特别全面，所以我就按照它发出来的新文学地理的文章，说下我自己的理解。我觉得，这个新文学地理对当下作家创作的范围及其所在地，还有书写的风格、书写的特征的归类，与以前现代文学中的文学地理是不一样的。比如在现代文学中，三四十年代有白洋淀派、京派、海派等，那时候的文学地理是一种内在的划分，所有的作家是在内在精神上统一追求。但是我看了这个新文学地理，更多是按照行政区划去分别。那么区分的意义在哪里？

张丽军：对各个地方的作协有意义。

刘玄德：这样的划分方式对我们研究者来说，它的重要性在哪儿？它的意义和价值在哪儿？关于理论，对我来说价值最大的一本理论书，是乔纳森·卡勒的《文学理论入门》。这本书很简单，而且特别薄，但是这本书让我对文学理论有一个非常大的改观，文学理论并不是我们之前想象得那么枯燥、那么乏味，读起来也是很有意思的。通过这本书，我再去看其他的理论，去理解其他的观点，从而对理论方面有一个更深入的认识。

李春艳：我在读书过程中发现中国的学术界正在转向自己的话语。改革开放四十年与人文学科、社会学科的关系都是非常紧密的，目的只有一个，就是张扬我们中国的主体意识。而这种主体意识的张扬体现在文学批评方面，最重要的表现就是一种研究方法的更新。学术界讨论的关于西方学术话语的中国化问题，比如说大家都谈自然，那么亚里士多德谈的跟中国所谓的天人合一有什么区别？当前文论的大咖们就在说，我们自古以来就有这一种传统，所以我们要把所谓亚里士多德西方的传统转化成中国的学术传统，摆脱一种强制阐释，最好能弄出中国自己的文论话语。各个C刊都有这样系列论文的推出，对我来说是很好的一个方面。因为关于中国的主体意识彰显体现在文学批评上，肯定是要有一套跟现在的批评创作相适合的中国化文论话语的产生。

张艳庭：那这种转向的完成度怎么样？

李春艳：前两天刚开了古代美学的大会，出来了一些成果。我当时跟踪了两个古代文论大咖发的一些论文，我发现对于专家个人而言已经开始建构出一定的体系来了。

关于前沿，我仔细梳理了一下老师这一学期讲的和我们集中讨论的几个主要的话题，其实都是比较前沿的。我看了一些C刊，主要是《探索与争鸣》《文学评论》《文艺理论与批评》这三个，比如说《探索与争鸣》这本刊物对前沿问题的反应还是比较及时的，比较具有探索意识。《探索与争鸣》常发的文章，第一类就是关于乡土文学的一些评论，第二类就是当下的城市文学的创作。此外，还有关于青年的探讨，关于《狂人日记》的探讨。

说到这里，我谈一下《狂人日记》。以前我们看鲁迅，是活在人间的鲁迅，他是一个有血有肉的人物。我们会去探讨鲁迅究竟赚多少钱才能养活一大家人，以及他跟周作人、跟朱安的关系。但是到了今天纪念《狂人日记》一百周年的时候，我发现对鲁迅研究慢慢地转移了，研究的是鲁迅跟这个社会之间的关系。这种研究的转向其实也表明了批评家对于当下社会与文坛，或者是说是对意识形态的一种呼应，其实我觉得我们的批评受社会整体语境的影响还是比较大的。通过《狂人日记》一百周年诞辰，我感受到我们评论家的创作有时真的是身不由己的。我今年参加了很多会议，比如说人类学、社会学、民俗学，还有哲学。在一个社会学的会议，列了六个专场，讲了六个前沿问题，其中第一个就是关于城市的，讨论的是关于城市建设的加速度问题；第二个就是关于乡村的，讨论的就是关于梁漱溟的农村建设问题，讨论所谓传统道德、乡村礼仪召唤的可能性在哪里。我觉得当下的人文和社会学科基本上是保持着一种互动的状态，是同步的。

给大家推荐一本书，米兰·昆德拉的《慢》。这是一本小说，虽然写得不是非常好，但是就我们当下的城市生活，就我们个人生存的精神状态而言，是一个非常好的文本。我有时候觉得，我们生活在当下的城市中，会不自然地被裹挟进城市发展的速度当中。比如最近我经常会感觉时不我待，如果现在不努力，可能明天会后悔。但在我加速学习的过程当中，我感觉我的生命并不是变得更加丰盈，而是变得更加萎靡。米兰·昆德拉在书中写的一句话点醒了我，他说，"在慢与记忆，快与遗忘之间有一个秘密联系"。当你速度越快的时候，就意味着你遗忘得越快，当你的速度慢下来的时候，你遗忘得才会越慢。他认为，在一个快节奏的社会里，每个人都变成了舞蹈家，把这个世界看成是他的观众，所以舞蹈家重在表演，他的个体生命并没有真正插入世界的存在之中，他个体的生命是处于一种萎缩的状态，我觉得这状态就特别像我现在的状态。好的小说的妙处在于其不可重复性。当然做解读不能说只可意会不可言传，告诉大家羚羊挂角，无迹可求，这都是不负责任的，但是好的小说还是需要自己去仔细体会阅读的。

最后做个总结，这半年来，我慢慢地意识到一个问题，就是做学术研究，其实更多的是学习批评家人格的书写方式，你是什么样的人，那么就注定了你的批评是一种什么样的风格。因为我背后有一个非常庞大的创作群体，所以我经常跟他们交流什么是前沿，不是学术的前沿，而是创作的前沿，现在国家提倡什么、鼓励什么，我们应该怎么去创作，我们的技法如何，我们的取材如何，我们的细节处理又如何，等等，我经常会跟他们切磋。但是后来我发现，这种切磋就是批评。原先总有人批评我的观点曲高和寡，我提出一个玄妙的理论，自己还洋洋自得，觉得别人都不理解，别人很庸俗。比如说那天讨论王方晨的小说，当时我提出了不可靠叙述和共同体的书写两个观点，他们就觉得很靠谱，认为这个观点在题材和技法上都有一个非常好的指导作用。所以我今后努力的方向就是要做有用的批评，应该提出一些便于作家促进自己创作的建议。

张丽军： 春艳谈得非常好啊，关于当下文论转向，我也在思考，无论做什么研究，我们都要提出思想的原创性，做文学批评同样需要原创性，这是毋庸置疑的。一个学者要建构你的体系，这才是我们更高的追求。

李春艳： 老师，我补充一点，我问了很多博导，他们告诉了我一个追踪学术前沿问题的方法。比如你看《探索与争鸣》的一篇文章，后面都有一些参考书目或参考论文，你把参考书目和参考论文都拿来，在这些参考书目和论文下又有一些参考，如此循环，你就会顺着一个母题，牵扯出很多子题，发现很多小论文和书对同一个问题的论述后，再形成自己的观点，将观点和你看到的第一篇论文的观点进行比对，往往会比对出完全不同的一个观点来，这就是发表论文的诀窍。

张丽军： 看参考文献和注释是很重要的方法，看一个作者文章的精神资源、路径是从哪里来，从他的路径去摸索前行的路径，这种方式还是不错的。

范伊宁：因为硕士论文的关系，我会不自觉地对中国小说的叙事方面有所关注。最近有一些论文说，中国小说的叙事传统可以从传奇的源头找起，凸显它的重要性，有不少拿到了关于传奇这方面的国家课题。但是我发现一种苗头或者是倾向，就是有一些学者在研究古代小说中突破了我们所认为的一种传统的现代性方面，比如说从叙事视角方面来讲，不是全部都是全知全能的，也有一些限制性的第一人称视角，这些学者把以前古代小说传承中的个别现象挖掘出来之后，对其进行夸大，极力想证明西方所说的叙事模式在中国小说中古已有之。看到这个观点我感觉很奇怪，个别性的现象如果真的很常见、很普遍、很有影响力的话，那在当时就应该会产生一定的影响，但事实上在小说的发展过程中，它的影响却是微乎其微的。现在关于中国化的问题都是很热的问题，但是我认为在做热点研究的时候要保持冷静，不能抱着西方的优点我们都有的态度，这种研究心态就比较奇怪。

再一个，我比较关注关于十七年方面的研究，感觉还是有热度，并且大家的研究在不断地向外拓展。以前可能是集中于对红色经典文本进行阐释，现在大家都会注意到地方性的部分，包括地方戏曲的书写，还有少数民族的研究都已经展开了。我前段时间看到一个对十七年时期莎学研究的研究，就是说，在十七年时期，我们是怎样去研究国外文学的。我个人比较遗憾的一点，就是我在阅读十七年小说的过程中，发现作者有意无意中提到了主人公在读的一些国外作品，但是当时只是记了几个作品，后来没再研究，现在有学者已经开始着手做这方面研究了。还有就是学者对十七年文学中的革命历史小说中风景的关注。学者主要是对自然书写的研究，但这跟我个人的阅读体验有点差异。学者把风景的功能性，比如烘托、象征、隐喻都研究了，可是风景的这些功能不只体现在十七年革命文学里，这不是这时期文学最特色的东西。包括对十七年小说一些缺点的批判，我也并不认同，说它既没有做到沈从文的优美，也没有现代生态学的观念，还批判说风景的描写多是白描。这些批判一直停在叙述的层面，没有往作者的创造心理做进一步挖掘。包括提出关于审美的方面，说十七年革命历史小说中喜欢写宏大的场景，风景比较壮阔，学者把它归结为作者和当时老百姓的审美，但没有给出证据和史料。最近一年我感觉到了史料的重要性，有史料的话，会让人感觉你的研究不是虚的，不是飘浮在空中的，给你的文章一种扎实感。研三时我看到一篇贺桂梅老师写的论文，给我提供了一个新的角度。这篇论文从赵树理的《三里湾》出发去看待当时整个中国的存亡，以小见大，内含很多文本分析和一些当时社会使用的正史史料。

研一的时候我读巴赫金的《陀思妥耶夫斯基诗学问题》，这本书读起来很吃力，用了很长时间。我读完后的感受就是，通过研究他人的研究思路和研究方法，可以找出他人思考的痕迹。比如最近在看的这本书，就是先指出一个人们常见的现象，通过这种现象推导人们怎么理解一部作品，直到推导出一个结论，然后反问这种结论会带来一种什么不好的倾向，有种以彼之矛攻彼之盾的感觉。这让我在看他人的文学研究论述的时候，也会常常提醒自己反问一下。

李春艳：我到今天读理论书还是这样，有时候一遍读完，就是说不出东西来。我师兄说，你读完这本书，必须用自己的话把它说出来，你要告诉我这个路径是什么，他是怎么论述问题的，他用了什么方法，如果你不行，你就再读，一直读到你能说出来为止。后来我发现确实是这样的，你只有能够说出来了，才是读懂了。

张丽军：刚才谈得都很好。十七年文学还有很多的空间来阐释，关于风景还可以做很多文章，所以说，不要把它太简单化了。风景本身蕴含天、地、人，就像卞之琳《断章》写的风景一样，那才是真正的风景，是哲学意义的，是文学的，是抒情的。十七年里的风景包括地域文化、地域风景，民间的与民俗的合为一体，它的诠释空间很大。所以我们今天读十七年文学发现常读常新，我们会发现赵树理还是热点，作品不多，却还在探讨，这就很有意味。

刘兰慧：中国文学网有一则信息说，"中国文学研究70年"学术研讨会在京召开，这个新闻里面就提到了当代文学史料的整理工作以及当代文学史的撰写已进入研究者视野，大致的意思是说，当代文学批评史从当代文学史中脱颖而出，获得自身在基本材料、研究路径和逻辑观点立论方面的整体独特性，是其学术身份与研究地位的主要成立标志。当时我就感觉这可能是一个热点。另外一个就是视觉文化理论和图像理论，其实最初关注视觉图像，是本科的时候听报告讲了一些这方面的理论，后来发现有好多相关论文，好像科幻文学影视改编一类也可以列入图像视觉这一类的理论当中。还有一个是在赵勇老师讲座的时候提出来的，赵勇老师以红色经典《红岩》为例，提到资本主义有大众文化，而《红岩》就是十七年红色经典的集体创作，可以算作是社会主义的革命大众文化，两者在好多方面是非常契合的。我感觉一些批评家或者小说家在进行文学批评的时候，更多的是体现出作品的文化内涵和思想性，最近看起来这样的方式比较能够提升作品的深度。

张丽军：最近收到中国艺术研究院的硕士论文，做的是当代文学评论刊物的研究，做得很扎实，资料很细腻，其中还包括山东的《作家报》，这是很重要的刊物，但是后来刊号被取消了。这个刊物内容的收集、整理、研究都没太有人做，这就是非常好的选题。

田振华：两年以来，我最大的收获就是就是关于文本细读的深化。在交流中，听大家对作品文学性的感受，对我自己而言是有提升的。关于文本细读，我有一个亲身经历，文本细读不一定像英美新批评，纯粹从文本出发，也可以从实际体验出发。比如关于改革开放四十周年期间社会学和人类学研究的本土性转向，我看到好几个博士会去作品写的地方待一两个月，创作者更是这样。通过这种方式去研究或者创作，更能贴近文学与现实的关系。很多作品本土性的追求，给我一种回归到过去的感觉，与现实联系不是太多。

文化研究还有延伸，比方说文化地理专业研究、文化伦理学研究，都有一些专门的著作。这些研究在法国、英国等国家早就有了，但是在中国还是比较晚的，大概是21世纪第二个十年左右才开始有正规的专著出版。在之前，文学史的创作基本上都是以时间线来串联。这些研究打破传统，以空间和地域来写文学史。当然每种方法都有利有弊，但是文化地理学一个很好的作用就是它打破了古今。因为在这个地域下生存的人员，古往今来一直在这里生存。前两天我刚看到一本书，叫《文学地理学原理》，是两个专家刚刚出的一部作品。我看了一下评论，说这部作品也是走向了本土情怀，就是在这种文化研究的基础上分支出来的一种新的拓展。

接下来，我也想说一下我的博士论文。因为我写的是乡土文学当中的民俗书写，所以前段时间我重点都在读民俗学的书，读闻一多、顾颉刚、周星老师等的作品，读完之后很有收获。周星老师提出一些最前沿的观点，比如本真性和日常生活。再一个就是现在文学与现实的关系，我家里经过好几次拆迁，我没有看到过任何一个人说自己不想拆，但是文学当中书写的大多都是大家抗拒拆迁。

李春艳：以前拆迁过程中会出现种种问题，老百姓不想拆迁，是因为以前给的补偿太少了，但是现在给的钱比市价都要高。

田振华：我是说文学与现实之间有极端化处理的成分，它要表达一种情感。

张丽军：现实未必就是合理的，现实肯定考虑的是钱，知识分子考虑的是文化，角度、视野不一样。我们在一个唯利是图的社会里，在理工的世界里，还坚持强调人文学科的重要性，原因就在此，它是一种人文关怀，这就是文学的价值。在城市文明高速发展的今天，我们为什么还强调乡村的重要性和存在的合理性？我们看到中国消费的层次是很不均衡的，我们都向城市集中，如果农村很好，我们为何不在农村？很多人说希望我有一天能够看星星看月亮，希望有片菜地，但是这些在农村就可以实现，还需要奋斗到后半辈再拥有一块花园吗？农村花园有很多啊。这就是资源的不均衡性和差异性，可能会带来一种内在的不平衡性。

李春艳：我插一句，最近我在看一篇小说叫《颠倒的时光》，里边有一个人叫木丹，他在种大棚的西瓜，他种下的时候就特别难受。我看一篇论文分析，说他之所以难受，是因为他排斥现代科技，他觉得大棚西瓜违反时间的规律。西瓜就应该在夏天长大，所以他总会回忆他母亲给他吃西瓜的味道。我觉得科技从文明发展的角度来看是好的，但是总有一种批判的眼光去看科技的发展，去怀念过去的东西，这些作品里面的焦虑感和批判的目的何在？

张丽军：我们强调文明的多样性、文化的多样性，梭罗说，在"文明的沙漠中保留一小片荒野的绿洲"。当然我们的人文学者对现在科技保持一种警惕是对的，包括今天科技的无限制发展，这种变化没有人阻挡得了，潘多拉魔盒一旦打开就回不去了。但是我们可以通过限制它，提供另一种可能性。不是说存在就是合理的，这也是文学超越现实之外的另一种目光。文学不是实用的，但是文学关乎生活的品质和情怀，人依然需要文学。理解的丰富性和多样性，包括人文学科的价值都在这里。例如拆迁，你愿意住老房子吗？都不愿意住。但是老房怎么改造，新城和老城的关系如何处理？就像我们看到的北京城一样，梁思成提出来，新领导人建设北京新城可以，但要把老城作为旅游区保护起来。我们今天的建设就是眼光很浅，破坏了历史的丰富性。我们要以一种学历史的眼光或者一种文学的眼光来看东西。我们肯定回不到过去，但我们要把有用的东西重新拾起来，为我们今天的文明提供补充。所以文学不是个实用的东西，可以用物来衡量的东西，可以来看的东西，而是我们要守护的另一个重要的世界。

今天大家谈得非常好，梳理了文学前沿的问题，我们能够互相启发、互相推荐，收获很多。大家的每一次发言，很多小细节和新角度都能给我很深的启发。所以我们说教学相长，我也很愿意给我的硕士、博士上课，每每有一些感受很敏锐的同学给我很好的启发，这是最快乐的事情。关于前沿，我们这个课程本身就是前沿性的，我们课上讨论的形式，包括我设置的几个专题就是我今年几个项目的章节，都是比较前沿性的课题。申请一个项目要打动评委，怎么才能吸引人的眼光，都需要课题具有前沿性，让人觉得有价值。我特别感谢大家，希望我们在以后的人生旅途中和学术征途中，能够互相关照、互相观看、互相阅读、互相欣赏、互相交流、互相切磋，我们是一个学术共同体。我在文学院也跟老师们交流，说我们都是亲人。我们这些同行彼此之间互相关注，在这个世界，我们探讨文学、探讨生命、探讨情感，我们是能够互相读心的人。最后一句话，谢谢大家！

博士论文写作的思考

时　间：2019 年 6 月 10 日

地　点：山东师范大学千佛山校区

主讲人：张丽军

参与人：范伊宁、孙佃鑫、田振华、刘兰慧、
　　　　石琦、姚婷婷

张丽军：有人提出这样一个问题：博士的学术要求如何体现？今天提出不要唯论文、项目为评价尺度，一个研究生如何体现真才实学？王晓明老师说，在八十年代，哪个老师有水平大家都公认如此，哪怕那个老师一篇论文都没发过。现在学术共同体的认同机制发生了变化，没有共同的认知理念、准则和尺度。对于博士生来说，无论别人如何说，还要有我自岿然不动的东西。去年年底，学校开会说现在的老师存在重科研、轻教学的问题。学科开会时，我当时提到这个事情要辨证来看，教学、科研是一体的，要用学术眼光和水平来教育学生，高水平教学要有高科研水平支撑，这是一体两面。科研产出是有影响力的基础和尺度。学科恰恰要重视科研成果，但科研成果的产出要有价值感。一方面为了毕业，但最重要的是写文章要有一种认同感，认为写这篇文章很有意义，这样内心才有依托，有价值感，写论文才有意义。朱德发老师在世时也说，中国的高校分为三六九等，山师的学校层次较低，这从经费划拨情况也能看出来，清华大学、北京大学等的经费划拨很多，山师只有省里给的一部分经费。我们的捐款、赠款收入也很少。我们要对自己有个清晰的定位，我们对于学术成果的产出，最重要的是我们内心热爱，心中有所思考，正本清源。博士毕业之后的学术道路也是这样，内心要有一种认同感，这样以后的学术道路才不被焦虑、痛苦所左右。论文依然是大家面临的核心主题，我们通过具体案例来分析论文写作，我也与大家交流一下我的论文《论张炜〈艾约堡秘史〉——当代文学的"财富书写"与社会主义新伦理文化探索》是如何写的。

这篇论文的题目是我读完张炜的小说《艾约堡秘史》之后的第一反应，阅读感受很重要。当时读完之后，我有两个反应：一、这本书是关于财富的书写，以往的文学都关乎生存意义，比如"中国当代文学中的饥饿主题书写"。饥饿是当代文学书写中一个很重要的主题，年轻作家东紫等人的小说也都写了饥饿的记忆，毫无疑问，今天饥饿已经不再是一种可以切身体会的记忆。我还有一点饥饿的记忆，小时候用地瓜面做饺子，地瓜面黏性很低,只有和小麦面掺在一起才能和面。21世纪的中国人民已经没有了饥饿记忆,今天中国人的购买力也有很大的提升,时代变迁影响了作者判断和写作中心的转移,主题已经改变。二、这部小说有一种文学内部因素的变化,对欲望的书写。对于一个文本的探索,小说开头很重要,奠定了作品的基调。当下有很多读者认为张炜的作品很唯美,不俗,但有的读者不喜欢这种风格。有意味的是,张炜的最新长篇小说《艾约堡秘史》,是以对身体的审视为叙述开端的,这样的书写方式与张炜之前的写作大有不同。小说描写艾约堡主任蛹儿,"清晨要做的第一件事就是伏在镜前,以犀利的目光细细挑剔一番,花上三十多分钟的时间从额头看到脚踝,不放过任何一个细节。"《艾约堡秘史》在某种程度上打破了以往张炜小说在阅读之初常常遭遇的因为历史、文化的负载而带有的坚硬外壳,而是以一种通俗、流畅的话语,让读者很快进入叙述语境之中。"她在镜前微张嘴巴露出洁白的牙齿……光阴在这儿停滞了,一直停在许多年前的那个时段:丰腴紧实,水润鲜滑。"这是小说所展开的蛹儿在镜前对自己身体的第二次凝视,即在开头第一段的细节性聚焦之后的一次整体性观照,以"丰腴紧实,水润鲜滑"来释放出艾约堡女主人公的身体之美。"她索性一丝不挂地站在橱镜前,打开高瓦数顶灯看这被纷乱尘世打磨了四十个春秋的胴体……",这是蛹儿的第三次镜前审视。小说第一章开头的这三次镜像,从清晨到夜晚、从局部到整体、从过去到现在,以立体、全方位的方式呈现出蛹儿这位艾约堡女主人的历经时间沧桑而未老的令人惊艳的身体之美。这是阅读感受的一种呈现,是小说文本带给你的一种别致的东西。一个好的批评家,要在作品中展现出自己的阅读感受。这是第一层,这一层很关键,能判断自己是否喜欢这部小说。另一种则是区别于他人的阅读感受,这种感受源于个人的生命体验。文学批评强调独一无二的东西。这是我写这篇文章的两个感受。

接着就是思考如何架构这篇文章,这部小说的意义在哪里?我发现了小说中的财富主题、财富书写。文章的摘要很重要,是文章的精神气息和价值。谈时代背景、主题、人物形象、价值意义,以往关键词都是三个到五个。开篇部分要开宗明义,提出自己的观点,展现自己的问题意识。事实上，21世纪以来对中国当代文学书写当下现实生活的呼声越来越大，亟须我们正视与思考。文学是最重要、最丰富、最深刻的艺术载体，为时代发展提供最敏锐的观察、思考和判断，是艺术发展的精神源泉与思想发动机。五四新文化运动时期，陈独秀的《文学革命论》激发了语言艺术变革和思想解放潮流。20世纪80年代文学引领了一个又一个文艺思潮。当代中国社会的急剧变化，给当代作家认识今日之中国增加了极大的难度，这既是巨大挑战，又是难得的机遇。优秀作家应当把握这一历史性机遇，去书写属于这个前所未有的新时代的时代史诗，塑造出这个剧变时代的英雄以及他们极致的痛苦与欢乐、迷茫与挣扎、困境与救赎，探寻关乎当代中国和人类未来道路的新问题、新思想、新文化。这是这篇文章的背景。这篇文章的意义和价值在哪里？张炜力求"变法"，向自我、时代和文学进行挑战，选择最难以把握的当下现实生活与改革开放富起来的一代中国人作为文学书写的对象进行书写，对当代中国社会现实进行精神审视和审美观照，创作出了长篇小说《艾约堡秘史》。这是张炜的独特性。李敬泽说："《艾约堡秘史》就是站在这样一个高度上，正面地对我们这个时代的精神状况等一系列根本问题做了有力表达的作品。"在此基础上探寻《艾约堡秘史》对当代中国社会最核心、最繁复的逻辑理念及其语境下的人性、人心之变的思考，探寻21世纪中国社会主义伦理文化建构的可能性途径与方式，从而实现文学与时代、未来的思想对话与一种精神引领。在统领总貌的基础上审视张炜这部作品的价值，对整个作品进行定位。

　　对当代文学批评的审视，每个人都有不同的维度。比如我和我的师姐张艳梅，我们两个风格就不同，张艳梅老师是对当代作家、作品进行迅速地批评，而我时间精力有限，批评介入则是有选择的。首先是讲求地域性，首选山东的大作家、青年作家。我的关注是第二波关注，大家筛选出作品之后，我进行第二步的跟进和阐释。第一波批评的好处是新、快，劣势在于不深、不厚、不透。我想做的是对好的作品的挖掘，阐述其价值，烧一块千年不坏的金砖，把作品的前因后果、历史背景、时代气息、未来价值进行一整锅的熬制，是研究式的批评。做当代文学批评，要有文学史的维度，读现代文学大师的作品，这样才能有底气、有依据。

接下来则是进行深入的分析。论文第一部分，重点分析百年中国文学中的"财富书写"。"天下熙熙，皆为利来；天下攘攘，皆为利往。"司马迁在《史记》中的话语，以最为简洁的语言，向世人揭示了"利"的巨大力量。财富、利益，是所有人类活动的内在纽结之处与隐秘的逻辑理念内核。有学者认为，财富伦理是指人们创造、占有和使用财富的方式，以及与此相关的生产、分配、交换和消费过程中蕴含的伦理内涵和道德意蕴。财富与制度、秩序、思想、文化有着深层的内在性精神关联。"在一种文化特别是经济伦理文化中，财富伦理是具有根本意义的伦理价值观。""仓廪实而知礼节，衣食足而知荣辱"，就是一种非常质朴而带有生命温度的文学性表达方式，亲切自然地阐述了物质财富和精神文明二者之间的关系。马克思的《资本论》中关于经济基础决定上层建筑的论断，则更深刻揭示出二者之间的关系，揭示资本主义社会运行的逻辑理念与核心秘密。马克斯·韦伯在《新教伦理与资本主义精神》中，提出"资本主义精神"，论证了经济层面与宗教信仰层面的内在关系，从而指出现代资本主义的经济伦理学的核心理念所在。这些古今中外的关于财富伦理的思考与阐释，都为阐释百年中国文学，为建构当代中国社会主义伦理文化提供了思想资源和精神启示。

鲁迅的《阿Q正传》描绘了阿Q的极端经济贫困，从贫无立锥之地到恋爱失败、偷窃，再到做梦幻想子女、玉帛，直至最后判刑，无不揭示出阿Q命运、情感心理结构与财富之间的深刻关系。在《伤逝》中，鲁迅塑造了接受五四新文化精神与新爱情伦理的新女性子君形象。子君勇敢冲破旧家庭的束缚，无畏无惧世俗意义和传统旧伦理的有形与无形束缚，但是却羁绊在具体的日常家庭生活，跌倒在柴米油盐酱醋茶的生活贫乏之中。贫贱夫妻百事哀，正是因为经济困窘这一隐蔽的内在根本性因素而让有着新文化理想维度的新人生活无以为继，最终被金钱所吞噬。因此，鲁迅在《娜拉走后怎样》的杂文中，毫不留情、不带任何幻想地指出，离家出走的娜拉只有两条路可走，不是堕落，就是回来。继而，鲁迅对追求独立、自由、理想的新女性说："要求经济权也一样，有人说这事情太陈腐了，就答道要经济权；说是太卑鄙了，就答道要经济权；说是经济制度就要改变了,用不着再操心,也仍然答道要经济权。"这是鲁迅对现代人格的思考。

茅盾在20世纪30年代发表的长篇小说《子夜》对"民族工业黄金时代"中的上海金融市场进行直接的审美书写,塑造了民族资本家吴荪甫、金融资本家赵伯韬等大资本家形象,揭示民族资本家力图实业救国,但是雄心壮志不得伸展,后被买办金融资本联合绞杀的悲惨结局。《子夜》对上海金融资本市场和资本家日常生活的精细描绘,为当代人提供了难得的历史场景和审美镜像。茅盾对吴荪甫的形象塑造,集中体现在对一个资本家在企业管理、资本投资等物质性方面的财富书写,而对吴荪甫本人的内在情感、家庭关系、童年生活等着墨较少。这在一定意义上影响了吴荪甫人物形象的精神深度和艺术感染力,即仅仅是一个可见的、物质性的、追逐财富的吴荪甫形象,而不是一个有情感深度、思想高度和生活温度的人物形象。文学依然需要以情动人,而张炜的《艾约堡秘史》恰恰就在资本与欲望、财富与情感、堕落与救赎等精神性、情感性维度的方面,有了新的开掘,即在物质性维度之外,显现出一种情感的丰富与灵魂的深刻。当然,应该看到茅盾塑造的吴荪甫这一早期资本家形象及其财富书写,是有开创性意义和启发性价值的。同时期的新感觉派文学,也对上海这一新兴城市及其市民生活进行了文学书写,比如刘呐鸥和穆时英的作品。

20世纪40年代,财富不仅是革命者和广大群众关心的重要问题,而且某种程度上也是延安文学书写的内在精神线索与叙事动力所在。从"打土豪、分田地"到"减租减息",这些鼓舞人心的口号是对财富的重新分配,体现出那个时代对公平与正义的新伦理文化吁求。解放区文学的《李有才板话》《王德锁减租》《红契》《太阳照在桑干河上》等作品,展现了地主与农民关于土地这一财富源泉的深层次斗争。小说塑造了黑心、狠心、毒心的地主形象,与期盼、喜悦、恐惧交织的复杂心态的农民形象,这些人物形象都极为生动、鲜活,富有生活气息,同时也令作品富有一种精神深度。

初期社会主义道路如何走?如何从个人致富走向集体富裕的社会主义新道路?这是1949年中华人民共和国成立之后,社会主义文学书写的叙事主题与内在要求。《不能走那条路》是对过去地主剥削道路的否定与对新道路的召唤。而这一时期的《创业史》则有力回应了社会主义意识形态与伦理文化的诉求，体现为对社会主义集体财富、共同富裕道路的审美书写，塑造了不同于养父梁三老汉那种自发式个人致富道路的、身上闪耀着新伦理文化光芒的社会主义乡村领路人与探索者——梁生宝这样一个社会主义新人形象。中国文化有一种互助的传统，《创业史》依然在思考如何致富。

改革开放时期，文学用艺术的方式重新肯定劳动致富、书写新的致富人物形象，即以财富为小说叙事的逻辑主线，揭示这个时期的政治、经济、文化语境下人与社会的整体性精神嬗变。高晓声的《陈奂生上城》，描绘了陈奂生从昔日的"漏斗户主"到上城卖油绳这样一种身份转换与贫富变化。而在这一经济独立过程中，伴随而生的是个体独立人格成长与生命尊严的新精神诉求。贵州作家何士光《乡场上》的冯幺爸过去是吃救济粮的大户，但是随着"搞活经济"新时代的到来，有了余粮，再也不用被救济了。与此相伴而生的是冯幺爸生命尊严的觉醒和主持正义的伦理自觉，而这其中最大的隐秘的精神逻辑就是财富的拥有与经济的独立。不依托于别人，腰杆才能硬起来。只要付出劳动，就能走上致富道路。

在高晓声、贾平凹、何士光等作家之外，具有悠久历史传统和深厚伦理文化的"文学鲁军"，对此做出了较早的集中又深刻的精神思考和文学书写，创作了一系列关于"义利之辨"的审美文化作品。矫健的《老霜的苦闷》则直接揭示了市场经济下的新苦闷：为何一向先进的自己成了绊脚石，被儿子和周围的人看不起？为何追求财富的邻居从昔日被批评者，一下子跃升为儿子追捧的对象？这是老脑筋的老霜难以接受的。王润滋的《鲁班的子孙》探索市场经济时代下的伦理文化问题，提出这个时期个体财富追求与重义轻利文化传统之间如何调适的难题。张炜的《古船》则以更为宏阔、厚重的叙事视角，通过隋抱朴形象来思考个体如何摆脱私欲和内耗的魔咒，走向集体富裕的社会主义伦理文化问题。

21世纪以来贾平凹创作的小说《秦腔》《高兴》，分别呈现了乡村农民无以为继的经济困境与进城寻求新财富的时代变迁。梁鸿的《出梁庄记》则展现了乡土中国的社会转型与农民到城市寻求财富的艰辛探索。而张炜的《艾约堡秘史》则是沿着以往财富书写和社会主义伦理文化探索的精神道路，通过淳于宝册等人物形象来对1949年之后、已时达70年的社会主义财富积累、发展历史，以及21世纪中国富起来这一当代中国社会现实，进行精神思考与审美观照的当下现实主义文学力作。这是张炜作品的时代性。

改革开放以来，当代中国最大的变化就是21世纪中国富起来了。财富巨量积累是21世纪中国人为之骄傲的显在事实，而与此相伴而生的就是人们对美好幸福生活的无限憧憬。而对幸福美好生活的憧憬，则是21世纪中国人的内在精神追求和一种主观情愫。可以说，外在的物质财富巨大增长的事实，包括曾遭遇的一些问题，与内在的人民群众内心对美好生活的憧憬，构成21世纪中国的繁复现实。

接下来是我的阅读体验，这篇论文的第二部分是从其艺术模式进行分析的。《艾约堡秘史》的小说叙述框架，或可以说是一组巨面镜像群的叙事结构模式。蛹儿三次在镜前的凝视组成了小说第一组叙事镜像，形成了小说叙事的第一个小高潮。蛹儿与三个男人的关系叙述，是小说的第二组叙事镜像。不同于第一组叙事镜像的自我凝视，第二组叙事镜像是小说关于蛹儿的身体之美及其所激发的异性"他者镜像"。三个男人眼里的蛹儿竟然有着惊人的一致性。离婚后成为书店主人的她，遇到了第三个男人，即狸金集团董事长淳于宝册。淳于宝册为蛹儿的身体之美所折服，并在精神上爱她、倚重她。在淳于宝册的建议下，蛹儿以主任身份来管理艾约堡。三个男人眼中的蛹儿形象构成了第二组叙事镜像，这与第一组叙事镜像惊人地指向了同一个焦点：这是一个令人无比惊艳的、一种极致之美的象征与隐喻。至此，小说完成了第一个叙述焦点的建构。

如果说小说开头三章以蛹儿为叙述焦点，之后则以蛹儿的视野和感受描绘出了第二个、也是最重要的叙述焦点——淳于宝册。小说第四章的第一部分，是以一夜失眠的蛹儿的眼睛来观看世界的方式叙述，以人物眼光和直觉的方式，打量眼前这个"遇到了不可逾越的什么障碍"的淳于宝册，"经历了三年多的堡内生活之后，自己与这个男人已经是一种'共命'关系：远远超过了爱"。至此，小说自然而然开启了叙述视点、镜像与焦点的转换。在做了一共三章的有力铺垫，建构了一个叙述焦点之后，小说主人公淳于宝册正式登场了。在小说家得心应手的叙述笔下，淳于宝册从作为观照蛹儿的一面镜子，转换为蛹儿是观照淳于宝册的镜子，淳于宝册成为新的叙述焦点。就整部小说而言，淳于宝册和蛹儿互为镜鉴，彼此映照，但是主焦点是淳于宝册。正如研究者所言，"她和他的彼此阅读，展开了艾约堡秘史"。所以，从第四章开始，正是借助于蛹儿的镜鉴，一个底色纯洁、色彩斑斓、灿烂夺目，而又无比忧伤、焦虑、罪感、羞涩的人物形象——淳于宝册，鲜活地呈现于读者的面前。这是我的阅读感受和判断，这样的主人公才是动人的。

　　淳于宝册是小说镜像叙事的主焦点。读者正是通过蛹儿阅读记录淳于宝册日常言行的系列书册，和在与淳于宝册的心灵对话中，呈现出淳于宝册童年、故乡、亲人等核心信息。这既让蛹儿也令读者了解到淳于宝册流亡、苦难与温情交织的生命成长史，从而有效建构起关于淳于宝册的丰富、饱满、立体的人物形象世界。在蛹儿这面镜子里，淳于宝册是以董事长和多情男人的身份出现的。在第一次接触中，淳于宝册的第一句话就是"自然，我是为你而来。在下也未能免俗"，如此坦率、直接的话语让蛹儿惊讶而又恐惧；淳于宝册"集中了所有男人的优长与魅力：沉着、坚毅、神秘、率真，而且还有未能消磨净尽的纯洁"。实际上，蛹儿的惊讶更来自其集团积累的巨大财富。"实力及规模当在数省区之首，产业分布海内外，囊括矿山、钢铁、房产、远洋、水泥、造纸、运输、医药、金融……真正的巨无霸。"除了蛹儿之外，小说第三组镜像叙事中的镜子——欧驼兰与吴沙原，则从新的视角映照出淳于宝册另一个面目形象，即恶的一面。

　　具有令人惊艳"身体之美"的蛹儿和拥有惊人财富的淳于宝册，或可以视为欲望和财富的一种象征和隐喻。而在淳于宝册看来，"人世间的一切奇迹，说到底都由男女间这一对不测的关系转化而来，也因此而显得深奥无比"。作者正是通过镜像叙事，不仅映现出人物命运的发展轨迹，而且呈现出了当代中国社会的繁复现实及其内在精神隐秘。

　　论文的第三部分，迷途的"孩子"及其寻回本心的精神之旅。"老师，我做错了什么？改正还来得及吗？我千辛万苦九死一生才走到今天，再往哪里走啊？"这是淳于宝册在失眠之夜向老师李音的心灵倾诉。尽管拥有了追随和崇拜自己的、令人无比惊艳的蛹儿，有着"巨无霸"式财富积累，但是淳于宝册却一夜一夜地失眠，对人生和未来备感迷茫，依然在寻找回家的路。"蛹儿没法安慰这个哀伤的男人。她这时再次明白：这世上没人能够取代李音。那个老师会一直伴随他，用目光指引他。可他还是迷路了，像一个茫然无措的孩子。"李音是自杀而死，死前交代宝册去青岛看望父亲。为了完成老师的嘱托，宝册历经艰险，终于见到了李音的父亲，并在其关照下，成为工厂一名技术员。后来宝册重新回到了老榆沟，在李音老师住过的小屋里，遇到了杏梅，这位号称"老政委"的妻子，后来她成为宝册人生的第二位导师。李音是精神财富导师，"老政委"是物质财富导师。淳于宝册一生遭遇无数苦难，但都没有屈服，然而在建立巨无霸式狸金集团过程中，却有意无意做了许多违心的事。尽管在蛹儿看来，"这世上像您一样善良的人再也没有了。您像个孩子那么单纯，人说是菩萨转世"，但事实上公司当时几乎已经是声名狼藉了。

与蛹儿相比，欧驼兰是真正与淳于宝册对等的另一个叙述主角，是继李音、"老政委"之后的第三位"导师"。淳于宝册聘请欧驼兰做"文化总监"，被她断然拒绝。淳于宝册在爱情无果的同时，集团投资计划也遭遇巨大挫折。"我们就是我们，不想与你们发生关系。"在吴沙原看来，狸金集团的"恶"远远不止这些，"过去有个词儿叫'巧取豪夺'，今天已经过时了，因为太麻烦，不如'豪取豪夺'"，而更大罪恶"是因为有了狸金，整整一个地区都不再相信正义和正直，也不信公理和劳动，甚至认为善有善报是满嘴胡扯……"欧驼兰的严词拒绝和吴沙原的"诛心之论"，既让淳于宝册无比懊丧，又让他看到了一个从来不愿面对的、背离本心的自己。

张炜刻画出了淳于宝册的丰富性，而非简单对立的好与坏，写出了人的复杂性。尽管认为自己本心未变，但是在财富积累过程中，昔日无比善良的淳于宝册却不知不觉迷失了本心。"走过了太多的长夜，到处一片漆黑。老榆沟的昨天、三道岗的昨天，两个村庄之间的无边荒野，到处都是这样的黑夜。他匆匆追赶，奔跑，满怀惧怕，最终才迎来熹微。可是今天好像一步踏空，又重新跌进了黑暗。"家是生命的起点，是淳于宝册心中念念不忘的爱、美、善的所在。正是在"回家"的精神之旅中，淳于宝册找到了寻回本心的途径与方式，从重视财富走向重新寻觅正向的精神价值观，令其重构新的财富观、人生观和价值观成为可能。

论文的第四部分是新财富观与社会主义新伦理文化探寻。寻回本心之路何在？淳于宝册在陷入生命困境的同时，开始思索自我精神革新的道路。"这目光需要时刻温习，这样才能记住，才不会使老师失望。他想回到老榆沟、回到那所学校，可这一天遥遥无期。"在跟李音老师的目光的"温习"与对话中，宝册读出了复杂的意蕴，"目光交织了期待和鼓励，还有绝望。后一种目光令他心悸，每一次惊惧起坐都与那种神色有关""我那天从海边草寮回来时突然明白，自己流浪了十一年，原来一直在找一条回家的路"。"回家"的念头，在宝册的心中越来越强烈，"这一路是非走不可的"。可是，"家"在哪里？"本心"又在哪里？童年的苦难，在让淳于宝册体会人性残忍的同时，也在老奶奶、李音、小狗丽等人那里，感受到人性的善良与温暖。可令人遗憾的是，淳于宝册在无比痛恨暴力、血腥的同时，却在追逐财富的过程中也不知不觉成为他自己所憎恨的角色。就如文章中提到，"财富应该正当获得并使用于使人获得自由、独立的有益事业中；而不应该通过奴役抢夺他人而获得，并使用之作为奴役他人的手段"。这恐怕才是真正让淳于宝册所不得不面对的生命之疼与心灵之殇。而这正是李音老师的父亲李一晋拒绝居住在宝册为其建筑的别墅的根本原因，也是欧驼兰和吴沙原视其为"敌人"的原因所在。

虽然欧驼兰拒绝了淳于宝册的邀请，但也正是由于欧驼兰这个人物的存在，使淳于宝册意识到了集团蕴含的巨大危机与财富积累过程中的罪恶，从而在某种意义上担当了"导师"的角色。在淳于宝册与欧驼兰的对话中，欧驼兰显然是有备而来，她说："我想让您也记住，无论是我还是您，任何一个人，比起矶滩角这样一座历史悠久的渔村，都是十分渺小和短暂的。我们很小，很短暂，海和沙岸很大，它们对我们意味着永恒……"显然，对于欧驼兰的箴言，淳于宝册并没有真正明了与汲取其中的精华意蕴。实际上，对于这位毕业于"流浪大学"的财富拥有者淳于宝册来说，在现实世界中他心里已经接受和认可的，依然是传统家族企业的思维方式，一度难以接受新的现代企业理念和现代伦理文化。

小说在叙述淳于宝册与欧驼兰交往过程中，穿插了"拉网号子"的民俗故事。"二姑娘"坚决不嫁，"仙化"为仙，专门保佑海边的人。淳于宝册对此深以为然，说："我看这才公平。真正的美，大美，就该属于所有人。"中国传统文化强调的是一种基于生命共同体的精神关爱和财富公正。张炜在20世纪80年代的名作《古船》中，就讲述了一个哈姆雷特式的"王子"隋抱朴对财富问题的深刻思考。手执《天问》和《共产党宣言》的隋抱朴终于算清了一本大账，只有惠及每一个个体的集体财富才能制止个体贪婪和暴力的延续。何棣华在《论我国市场经济条件下的财富伦理建设》中，写道："财富伦理建设的核心内容是要建立合理的冲动体系……释放人们的'经济冲动力'是人性解放和社会进步的根本途径。"

在中国人"富起来了"的新时代里，如何看待欲望和财富，如何实现社会公平正义，如何实现可持续发展，如何建构新的有效的社会主义伦理文化，是21世纪中国文学书写的重要与核心问题。而且在21世纪的今天，在当代中国拥有巨量财富的新时代语境下，这些问题显得尤为重要而且迫切。王国银在《财富伦理研究综述》一文中写道："我们必须学会如何追求财富，富人必须学会如何支配财富，穷人必须学会如何看待财富，我们必须共同呼唤财富伦理、建设财富伦理，才能真正实现人人共建、人人共享的社会主义和谐社会。"《艾约堡秘史》镜像叙事中的欧驼兰和吴沙原经为淳于宝册及其狸金集团的发展，提出了新财富观建构的可能方向和路径。21世纪中国财富需要的是一种建立在尊重历史、文化、民俗基础上的绿色财富。原生态的渔村与"大海"才是真正的"大地方"，这样的财富才是诗意的、符合人类心灵需要的财富，正所谓"青山绿水就是金山银山"，社会主义和谐发展观是尤其应该受到重视和加以注意的。21世纪中国财富需要的是基于透明、公开、公正的阳光财富。"公开""公正"和"透明"，是矶滩角对抗狸金集团的最大武器，是确保财富获得的途径和过程能够行走在正义道路上的重要制度性保障。21世纪中国的财富积累，需要的是建立在良知、善良与爱的基础上的德行财富。正是因为有着一颗接受了爱与美教育的高贵灵魂，淳于宝册无法接受背离本心的行为与巨量财富所曾经带有的"罪与恶"，而一遍遍地接受"目光之罚"的审判与寻求生命的自我革新之道。

虽然，文学解决不了实际的社会问题，但是文学能够开启智慧的启迪之门，启示人们去思考问题、解决问题。优秀的文学作品就是把时代最重要的、最根本的、最核心的问题，以一种审美的文学书写和艺术表现方式鲜活地呈现出来，从而实现为国家立心、为民族立魂、为生民立命的目的、使命与责任担当。《艾约堡秘史》以一种生机勃勃的叙述方式，揭示了21世纪中国当代最大的物质与精神现实，塑造了巨量财富的积累者、拥有者淳于宝册这个人物形象，及其有情和寻觅初心的愿望与可能性，描绘了财富"巨无霸"式的狸金集团昔日的贪婪与恶，形象揭示了在改革开放的历史征程当中，如淳于宝册者所曾经遭遇的前所未有的社会新现实、新的精神困境以及二者之间的内在关系。可谓是作家以文学书写，为现实把脉的一种尝试。而这样的文学书写，又何尝不是"当下社会的一剂'独药'"。

改革开放40年，中国人创造了并继续创造着二战以来世界最大的奇迹。十三亿的中国人，经历了从"站起来"到"富起来"的伟大变革历程。这一伟大变革历程，其艰辛度、复杂度、广阔度和深远度，都远远超出了人们原来的想象，更是需要在更深远的时间维度上显现出其独特深远的意义与价值。这正是"当下现实主义文学"的难度、价值与魅力所在。

伟大的时代呼唤伟大的文学，新时代已经为伟大的文学提供了无比丰厚的艺术土壤，为作家提供了难得的创作契机和艺术机遇。优秀的作家，理应抓住历史性机遇，呼应人民对当下现实主义文学的需求，去书写属于这个伟大时代和人民的心灵史诗。

正是在这个意义上，《艾约堡秘史》体现了当代中国作家书写当下中国现实的巨大勇气、把握时代精神气象和时代特征的气魄与能力，更显现了一种以艺术形象来穿越当代中国现实的巨大精神探索能力，呈具一种启示进行精神探索的思想引领性价值。《艾约堡秘史》告诉我们，"淳于宝册"及其"狸金集团"曾经的聚敛财富之路，再也不能不加思索地走下去了，我们必须寻找具有社会主义精神特征的财富新路，必须建构一种新的社会主义伦理文化。这就是艾约堡的"秘史"，淳于宝册的"秘史"。张炜以文学笔触，通过对曾经的"秘史"的解读和文学书写，体现了一个有使命感和责任感的作家主动所做的一种现实思考，同时也开启了社会主义新伦理文化的探索与建构之路，为我们提供并且留下了一个当代文学的"财富书写"与社会主义新伦理文化探索的文学样本。这是这个小说的独特意义和价值所在。

负责这篇论文的编辑刘艳老师特别负责，前前后后修改了八遍，伊宁辅助修改，这是我这篇文章写作的历程。其实写到最后我不是很满意，但是把问题和价值呈现出来了。以上就是我的探索过程、写作过程。

范伊宁：好文章都是改出来的，刘艳老师真的很细心，脚注上的一个标点错误，老师都发现了。在校对的过程中，刘艳老师也把《艾约堡秘史》读了，她不仅发现了一个新的观点，更重要的是把前后都勾连起来了。对比自己写论文，非常缺乏的就是这种勾连能力，简单来讲就是书读得少。有时候读了书很难找到点勾连起来，这是论文写作很重要的一点。

张丽军：刘艳老师是很负责任的老师，好多自己看不出来的错误，她都发现了。修改很多遍之后还有问题，有一次都改到凌晨两三点。好编辑阅尽天下好文章，思路在哪里，如何完善表达出自己的想法很重要。最后还是改出来了。

孙佃鑫：我学习到了老师写论文的整体思路，我之前写的论文都没有文学史的维度，时间跨度很小。老师刚刚说阅读体验，我有时担心用自己的阅读结构和生命体验进行文本分析时，对小说理解会不会出现偏差呢？会不会不牢靠？

张丽军：文章千古事，得失寸心知。要有信心，对文学的阅读理解有多种，剑走偏锋也是解读本义的一种。要建立学术自信，相信自己的学术观点。比如我写的这篇文章，引用了别人观点，这样进行对读，互为镜像。比如说财富书写，看了很多社会学的东西。你的感受，要和别人有呼应。我们每个人都看到一个点，每一个点都很重要，你要把自己发现的点阐释出来，让它有逻辑、有道理，然后进行自我纠正。写文章，写一篇小说研读，要有文学史的深度。还有一系列的作家作品分析，要找一条线串联，不然就太密集了。单部小说拓展深度，多部小说则是找到一条线，寻找内在逻辑。吴义勤老师说，要为当代文学史烧一块砖，构成当代文学史的基石。后人从你的评价中找到你内心的痕迹，心灵的痕迹，这块砖的内在品质很重要。

孙佃鑫：原先对当代文学有偏见，老师的研究式批评很有意义，对我很有启发。还有就是我之前写的论文与时代、当下没有对话，很难把作品与时代相勾连。

张丽军：我做的是从问题语境的时代问题出发。现当代文学面临时代，好的作家是灵魂的批判者和思考者。古代文学也有现代意识、当代意识，《红楼梦》《荷马史诗》等经典文学作品产生之后，与当下的我们仍然有一种牵连、呼应。要有当代的人文情怀，这些意识是培养出来的。写文章也是过程，我原先写文章也是模仿，要主动与编辑交流，要建立联系，不要怕麻烦。我们要写自己的话语，写自己的生活，把自己的生活带入到自己的论文，这样才有独特性。写文章源自自己的话语，话语源于自己的生活。

田振华：开始我认为张炜的作品不好读，后来发现自己缺乏文本细读的能力。我之前读小说很少，没有细致读下来，写的文章会很空，没有与心灵产生震荡。大作家把握现实的能力其实很强，但我们在读他们作品的过程中可能体悟不出来。有时，我们可能知道小说这样写有一定目的，但我们把握不好作家为什么这样写。通过老师的分析，我理解了小说写作的精妙，明白自己现在很缺乏文本细读能力。

范伊宁：以往读作品时可能很容易读进去，但是很难跳出来。根据老师的文章，再进行阅读之后就很容易发现内容背后的价值。

张丽军：这些都需要时间、知识积累。生命体悟的试图融入很重要，文本细读能力也很重要。写文章要贴着文本写，要有理有据。我们要把作家隐喻性的东西传递出来，我们的分析要阐释出深度来，作品的内容大于作者。好的作品是由时代凝结而成的，是对历史的传承、对未来的发言。我们要通过关键性的点进行论证，这样的分析才能焕发出光芒。我们要有一颗敏感的心，一颗关怀时代、与时代对话的心。我们写的文章要有情感色彩和文采。我们强调生命体验，但同样饱含着对理论的理解。高手写文章不露理论痕迹，不是专门引用。好的批评要化用别人的观点，要引用得恰到好处。

石　琦：之前意识到自己的论文与好的论文有差距，但是不知道自己的差距、不足究竟在哪。首先，我的阅读量不够，一是文本不够，二是文学理论有欠缺。只有大量阅读之后才能实现勾连，这也是对自己的一种鞭策。现在我发现文章开头就写得不好，问题意识不强。我内化理论的能力很欠缺，我们不能唯理论是从，要有自己的想法化用理论。

张丽军：一个人的道路有多条，想走就可以走下去，而不是仅仅看到一条道路。当文章写完，所有的痛苦化为快乐，痛苦与快乐并存。写好文章的前奏都是很痛苦的，但后面写起来，会有无数灵感出现。

石　琦：我们写出一篇文章，它的价值有多大？

张丽军：意义是多向度的。我表达出了自己的观点，这就是一种进步。包括现在博士论文写作，都是一种训练，要有很好的学术训练。思考时有问题意识很重要，运用理论时要注意化用。一定要坚持写完，哪怕不满意，写完可以修改。一篇文章传达一个观点就很好了，可以不断完善。要相信自己的价值判断，要寻找学术前沿问题，这本身决定你的意义和价值。写完之后，把下一段开头写出来，把点列出来，这样不至于中断。

姚婷婷：读老师文章最大的感受是，先给文章找一个主干，然后通过自身阅读积累来丰富这篇文章。写文章要有解决问题的意识，从老师论文的题目中就可以看出解决问题的指向。

张丽军：山东走出的批评家都很优秀，像张清华老师、吴义勤老师、施战军老师等。这些老师既有理性又有感性，他们的学术论文都写得很出彩，文章很有深度和感觉，蕴含着深入的理论分析。马克斯·韦伯的《新教伦理与资本主义精神》中提出了很重要的理论观点，例如，现代社会从宗教到资本主义的呈现、赚钱与信仰之间的渠道，等等。什么是社会主义伦理也是我思考的维度，我们应该向马克思·韦伯学习。这一方面有所欠缺，我先把问题呈现出来，以后再做思考。东方的财富伦理观在哪里？它应该指向德行，我们如何阐释它，这值得我们思考。写论文时的注释也很重要，细节不能有错误，这是硬伤。注释出现错误，整个论文就出现了缝隙。引文打字错误也是硬伤。

很高兴大家都有收获，这是我自己的心路历程，把时代气息、个人经验、文学史放到论文，最重要的是把自己的精神、生气灌注到文章之中。批评家的文章，同样能看到批评家的性情、信仰。敦煌莫高窟的塑像是无名匠人打造的，但是每一锤子都注入了信仰，写文章同样要将自己的情感注入进去，像看一幅画一样气韵生动。